शब्द-बध

(उपन्यास)

वाणी प्रकाशन
21-ए, दरियागंज, नयी दिल्ली-110002
फोन : 011-23273167, 23275710
फैक्स : 011-23275710
e-mail : vaniprakashan@gmail.com
website : www.vaniprakashan.com

शब्द-बध

वीरेन्द्र जैन

मध्यप्रदेश हिंदी साहित्य सम्मेलन के
वागीश्वरी पुरस्कार से पुरस्कृत उपन्यास

वाणी प्रकाशन का 'लोगो'
विख्यात चित्रकार मक़बूल फ़िदा हुसेन की
कूची से

ISBN : 81-7055-163-3

वाणी प्रकाशन
21-ए, दरियागंज, नयी दिल्ली-110002
द्वारा प्रकाशित

प्रथम संस्करण : 1987
पांचवां संस्करण : 2007

मूल्य : 175.00

शुभम ऑफसेट, दिल्ली-110032
में मुद्रित

SABDA BADH
Novel by Virendra Jain

‘वायदा माफ गवाह’ के रचनाकार
अशोक अग्रवाल
और
‘लेकिन दरवाजा’ के रचनाकार
पंकज बिष्ट को

इस उपन्यास का कथा-संसार नितांत काल्पनिक है, सो इस चराचर पर पाए जाने वाले किसी प्राणी से कैसे भी साम्य को महज संयोग या कुयोग ही माना जाए।

—लेखक

प्रवेश

"क्या मैं अंदर आ सकता हूँ?"

"हाँ आइए। कहिए, क्या काम है?"

"मुझे श्री दामोदरनजी ने भेजा है। उन्होंने बताया था कि आपके संस्थान को एक शोध सहायक की जरूरत है। और अगर मैं अपने-आपको इस योग्य पाऊँ तो आपसे मिल लूँ।"

"हाँ-हाँ बैठिए। मैंने कहा था दामोदरन से। कैसे हैं वह?"

"जी, स्वस्थ-सानंद हैं।"

उन्होंने इंटरकॉम का बजर दबा कर कहा, "गैंदालालजी, जरा इधर तो आइएगा।"

टेलीफोन रखकर वह पुनः मेरी ओर मुखातिब होकर बोले, "तुम्हारा नाम?"

"मुझे आनंदवर्द्धन कहते हैं।"

उन्होंने अपनी मेज पर बाईं ओर रखी एक मोटी किताबनुमा डायरी निकालकर सामने रखी–साइन पैन से उसके एक सफे पर लिखा–15 नवंबर, 1971–शोध सहायक। नाम–आनंदवर्द्धन।

"हाँ, उम्र?"

"लगभग सत्रह वर्ष।"

"क्या?" उम्र के कॉलम में उम्र दर्ज करने से अपने-आपको रोककर और मुझे देखकर अपना आश्चर्य प्रकट किया। फिर मन-ही-मन में न जाने क्या सोचकर मुस्करा दिए।

अभी वह प्रफुल्ल मुद्रा से उबर भी न पाए थे कि गैंदालालजी ने केबिन में प्रवेश किया। मेरी समझ में न आया कि उनके मुस्कराने की वजह क्या थी–मेरी उम्र का आँकड़ा या गैंदालालजी का आगमन?

"कहाँ तक पढ़े हो?" उनका अगला सवाल था।

"जी, इसी वर्ष दर्शन में शास्त्री की परीक्षा प्रथम श्रेणी में उत्तीर्ण की है और अब आचार्य कर रहा हूँ।"

उन्होंने अपनी डायरी में दोनों सवालों के जवाब लिख लिए—उम्र : सत्रह वर्ष, शिक्षा : शास्त्री (दर्शन में)।

"तुम दामोदरन को कैसे जानते हो?"

"हमारे विद्यालय की प्रेस से सांध्य हिंदी दैनिक समाचार-पत्र निकलता है। दामोदरनजी उसकी प्रूफ रीडिंग का काम करते हैं। सो वहीं रोजाना उनसे मुलाकात हो जाती है।"

"पर तुम उस विद्यालय में पढ़ते हो या प्रेस में काम करते हो?"

"मैं विद्यालय में तो पढ़ता हूँ ही, उस पत्र का एक कॉलम 'विदूषकजी' भी नियमित रूप से लिखता हूँ।"

"क्या कह रहे हो? 'विदूषकजी' तुम लिखते हो?"

"जी हाँ, क्यों?"

"कुछ नहीं, यों ही।"

फिर वह बहुत देर तक अपनी डायरी में इस तमाम बातचीत का सार लिखते रहे। गैंदालालजी यथावत् बैठे थे। कभी मुँह मेरी ओर घुमा लेते, कभी उनकी ओर। वह साहित्य, दर्शन, व्याकरण संबंधी प्रश्न करते रहे, मैं उत्तर देता रहा।

कुछ क्षण के लिए वह मौन साध बैठे। फिर अपनी डायरी में अब तक हुई बातों का संक्षिप्त सार लिखने लगे। गैंदालालजी अब भी पूर्ववत् बैठे थे। उनकी उपयोगिता क्या थी वहाँ, यह अब तक स्पष्ट नहीं हो पाया था।

"तुम रहते कहाँ हो?"

"कैलाश नगर में।"

"कहाँ हुआ यह?"

"यमुना नदी के पुल के उस पार।"

"इतनी दूर?"

"जी, ऐसा कोई खास दूर तो नहीं है। फिर यहाँ शहर में किराए भी तो बहुत ज्यादा हैं। फिर पगड़ी, जान-पहचान, स्तरीय रहन-सहन...इन तमाम झंझटों से जो मुक्ति चाहें या ये शर्तें पूरी न कर सकें वे सभी यमुना पार की कालोनियों में ही रहते हैं।"

"किसी के साथ रहते हो?"

"जी हाँ, एक सहपाठी हैं पुराने, स्कूल के समय के।"

"वह क्या करते हैं?"

"जी, स्कूली किताबों की दुकान है उनकी अपनी।"

"कितना किराया देते हो?"

"साठ रुपया।"

"आधा-आधा देते होगे?"

"जी हाँ।"

"यहाँ तक आने-जाने में क्या खर्च होगा?"

"तकरीबन एक रुपया रोजाना।"

और वे अपनी डायरी में लिखने लगे—दोस्त के साथ रहता है, कैलाश नगर में, 60 रुपया किराया देता है। 24 दिन दफ्तर आने-जाने में 24 रुपया यातायात पर खर्च।

"...हाँ, कोई और शौक—मसलन फिल्म देखना, घूमना, सिगरेट, बीड़ी, पान या कुछ और...?"

"जी नहीं, अभी तो शौक पालने का अवसर ही नहीं मिला। हाँ, एक-दो हैं। पढ़ना और ईमानदारी से कर्त्तव्यपालन।"

"वह तो ठीक है। अच्छा...तो ठीक है, हम तुम्हें काम पर रख ले रहे हैं। कल सुबह ठीक दस बजे दफ्तर पहुँच जाना। और हाँ, दामोदरन को बता देना कि हमने उनकी जिम्मेदारी पर तुम्हें रख लिया है। तुम्हारी किसी भी गलती के लिए वे जवाबदेह होंगे।"

"जी बहुत अच्छा, पर मैं आपको यह विश्वास दिलाता हूँ, ऐसा अवसर नहीं आ पाएगा। मैं उस दिन बेरोजगार हो जाना ज्यादा पसंद करूँगा जिस दिन मेरी वजह से उनकी प्रतिष्ठा पर आँच आए। आप निश्चिंत रह सकते हैं इस ओर से कि मेरे काम या व्यवहार में शिकायत ढूंढ़े से भी मिलेगी।"

"अच्छा, आज तो अब तुम जाओ। कल समय पर आ जाना। मैं उम्मीद कर ले रहा हूँ कि जो तुम आज कह रहे हो, वही, वैसा ही, करोगे भी, वैसे ही करोगे सदा-सदा।"

"जी हाँ, ऐसा ही होगा। आपका बहुत-बहुत धन्यवाद।"

उन्हें नमस्कार कर मैं कमरे से बाहर चला आया। मेरे साथ ही गैंदालालजी भी बाहर आ गए। वे अपने केबिन की ओर चले गए और मैं ठीक उनकी विपरीत दिशा में मुख्य द्वार की ओर। एक कुतूहल मन में लिए कि आखिर गैंदालालजी

वहाँ क्यों बुलाए गए, क्यों बैठे रहे, क्या उपयोगिता रही उनकी, क्या प्रयोजन? और भी न जाने क्या-क्या प्रश्न मन में उठ रहे थे।

उत्तर केवल एक ही मस्तिष्क में उभर रहा था बार-बार। गैंदालालजी इस वार्ता के चश्मदीद गवाह-भर बने रहे।

तो क्या प्रमाण के लिए उन्हें इतनी देर वहाँ रोके रखा गया? ऐसा ही काम है यहाँ क्या? बस! तो क्या मेरी उपयोगिता भी यही होगी?

नहीं, नहीं, मुझसे जो सवाल पूछे गए उनसे तो लगता है उन्हें वास्तव में कोई मेधावी व्यक्ति चाहिए--शोध में सहयोग देने वाला।

मगर काहे की शोध?

यह मेरी उनसे दूसरी मुलाकात थी। इससे पहले भी दो-तीन वर्ष पहले मैं उनसे मिला था। मगर उन्हें याद नहीं आया। यह अच्छा हुआ एक तरह से। मैं डर रहा था कि यदि उन्हें हमारी पिछली मुलाकात का स्मरण हो आया तो नौकरी नहीं मिलेगी। इसीलिए जब दामोदरनजी ने मुझे उनसे मिलने को कहा था तो पहली ही बार नहीं बल्कि अनंत बार मैं टाल गया था।

टाल तो मैं इस बार भी जाता, मगर जब मैंने दामोदरनजी को बताया कि मैं क्यों नहीं जाना चाह रहा हूँ, तब उन्होंने मुझे पूरी तरह आश्वस्त करने के लिए उनकी एक विशेषता यह बताई थी कि ये साहब दो दिन पुरानी बात भी लिखकर ही याद रख पाते हैं। सुनकर यकायक विश्वास नहीं हुआ था मुझे। मैंने सोचा, भला ऐसा कैसे हो सकता है? इतने बड़े संस्थान का संचालक और स्मरण-शक्ति इतनी कमजोर।

बस, तभी तय कर लिया कि इनसे एक बार और मिल ही लिया जाए। कम से कम एक अजूबे से दो बार साक्षात् का प्रतिमान तो बनेगा अपना। यह कुतूहल मन में आते ही वह भय तो जाता ही रहा कि कहीं पहचान गए तो!

तकरीबन तीन वर्ष पुरानी बात है। मैं जिस छात्रावास में रहता था उसे अकस्मात् बंद करने का निर्णय ले लिया गया। हमारा विरोध, प्रतिरोध कुछ काम न आया। नतीजतन हम जनवरी की ठिठुरती रातों में सड़क पर आ गए। पढ़ने-लिखने के शौक के चलते लोक हितकारी साहित्य मंडल और उसके संस्थापकों से कुछ इस कद्र इकतरफा परिचय था कि दूसरे ही दिन मैं जा पहुँचा लोक हितकारी के स्थानीय कार्यालय में।

उन दिनों हितकारी के संचालक किसी अन्य शहर में स्थित प्रधान कार्यालय

में विराजते थे। स्थानीय अधिकारी को जब मैंने अपनी समस्या बताई तो उन्होंने सहृदयतापूर्वक उस पर विचार किया और मुझे काम पर रख लिया। चूँकि मुझे स्कूल भी जाना होता था इसलिए उन्होंने ऐसी व्यवस्था की कि मैं शाम चार बजे से आकर रात नौ बजे तक पांडुलिपियों व बिलों को टाइप किया करूँ। मेरे लिए इससे बेहतर कोई व्यवस्था हो ही नहीं सकती थी। मैं उनका सहयोग पाकर मानो फिर जीवंत हो उठा, वरना उससे पिछले दिन तक तो ऐसा लग रहा था कि अब पढ़ना-लिखना तो समझो बंद। बिस्तर बाँधो और चलो वापस गाँव। और वहाँ जाकर वही बंजी और सूदखोरी का पुश्तैनी धंधा अपना लो।

चौथे दिन जब पिछले तीन दिनों की ही तरह नियत समय पर मैं हितकारी कार्यालय पहुँचा तो देखा कि स्थानीय अधिकारी बड़ी बेसब्री से मेरा इंतजार कर रहे हैं। उनके हाव-भाव देखकर मैं क्षणभर को जहाँ-का-तहाँ ठिठका रह गया। मेरी समझ में ही न आया कि वे मुझ पर खफा हैं या खुश हैं। मेरे इंतजार में हैं या मैं हूँ ही नहीं उनकी सोच का विषय। मेरे खयाल से मुझे आने में देर भी नहीं हुई थी। दीवार पर टँगी घड़ी ने अभी हाल में चार बजाए थे। कल का काम भी मैं अधूरा नहीं छोड़ गया था। जैसा बताया था ठीक वैसा ही किया था। तो क्या वह गलत हो गया? फिर तो...

यही सब सोचते-सोचते मैं उनके सामने रखी कुर्सी पर बैठ गया।

"भाई साहब!"

"हूँ?" जवाब में केवल हुँकारा भरकर वे फिर अपने काम में व्यस्त होने का अभिनय करने लगे।

इसका मतलब है कि कहीं कुछ घपला है जरूर। मैंने मन-ही-मन सोचा, फिर उन्हीं को संबोधित करते हुए कहा, "वो कोई काम बता देते तो..."

अचानक उन्होंने व्यस्त-भाव से गर्दन उठाकर मुझे देखा। उनके देखने भर से मुझे लगा वे मुझसे कुछ कहना चाहते हैं पर संभवतः तय नहीं कर पा रहे हैं कि कहें या नहीं। और जब तय नहीं कर पा रहे हैं तो जरूर बात मेरे अहित की होगी। मैंने एक नजर पूरे दफ्तर पर डाली। सभी और दिनों की अपेक्षा कुछ अतिरिक्त व्यस्त दीख रहे थे। क्षणभर में मैंने स्वयं को हर अच्छी-बुरी खबर सुनने के लिए तैयार किया और परमहंस मुद्रा में स्थानीय अधिकारी के चेहरे को एकटक देखने में व्यस्त हो गया।

दूसरे की निगाह में स्वयं को कमजोर महसूसा जाना किसे स्वीकार्य होगा भला और तिस पर दूसरा भी और कोई नहीं केवल नितांत अपनी कृपा पर टिका

अधीनस्थ सहकर्मी! स्थानीय अधिकारी क्षणभर में प्रकृतिस्थ हो आए। अपना चेहरा और कुर्सी दोनों ही मेरे नजदीक लाकर बोले, "आनंद, आज हमारे संचालकजी यहाँ आए हुए हैं। मैंने उनसे तुम्हारी बाबत बात की थी। वे तुमसे मिलना चाहते हैं। तुम ऐसा करो, उस सामने वाले कमरे में चले जाओ। वे वहीं बैठे हैं।"

उनके कहने पर मैंने उस कमरे की तरफ देखा। अन्य दिनों की अपेक्षा आज उसके दरवाजे पर ताला नहीं था। दरवाजे खुले हुए थे और दरवाजे का काम एक मोटा सुंदर-सा पर्दा अंजाम दे रहा था। मैं अधिकारी की आज्ञानुसार उठकर उस दरवाजे की ओर चल दिया।

"सुनो!" अचानक अधिकारी ने पीछे से आवाज दी। मैं जहाँ-का-तहाँ ठिठक गया। उन्होंने हाथ के संकेत से मुझे अपने पास बुलाया। जैसे ही मैं उनकी मेज के करीब पहुँचा, वे अपनी कुर्सी से उठे। एक बार इधर-उधर सब कार्यलीन सहकर्मियों पर नजर दौड़ाई, फिर मेज पर झुककर अपना मुँह मेरे कान के समीप लाकर बोले, "संचालकजी से ढंग से पेश आना। उन्हीं पर तुम्हारी नौकरी का दारोमदार है।"

मैं यकायक चौंका! क्या कह रहे हैं यह? तो क्या अभी मैं नौकरी पर नहीं हूँ! मेरे चेहरे पर आए असमंजस को जैसे उन्होंने ठीक-ठीक पढ़ लिया हो, नजर मिलते ही गर्दन हिलाकर उन्होंने अनुमोदन-सा किया, 'हाँ।'

अब मेरे पाँव उस सहजता से संचालकजी के कमरे की ओर नहीं उठ रहे थे जिस सहजता से दो मिनट पहले वाले प्रस्थान में उठे थे। तब भी, उसी मनःस्थिति में मैंने कमरे का पर्दा हाथ से एक ओर किया और "क्या मैं अंदर आ सकता हूँ" कहने के साथ ही बिना अनुमति या असहमति की प्रतीक्षा किए कमरे में चला आया।

संचालकजी उस समय किसी से फोन पर बातचीत कर रहे थे। उन्होंने एक नजर मुझे देखा और दूसरे ही क्षण मुझे नजरअंदाज कर दूर-वार्ता में व्यस्त हो गए।

मैं दो-चार मिनट किंकर्तव्यविमूढ़-सा खड़ा इधर-उधर देखता रहा। फिर सामने बिछी कुर्सियों में से एक पर बैठ गया।

"खड़े रहो, खड़े रहो," अचानक संचालकजी बोले।

मैं चौंका। उनकी तरफ देखा। वे फोन में व्यस्त थे। उसी व्यस्तता में उन्होंने कहा, "नहीं, नहीं, आपसे नहीं कहा था।"

मैं आश्वस्त हो आया और उठंगासन से मुक्त हो निश्चिंत होकर बैठ गया।

तकरीबन पंद्रह मिनट तक टेलीफोन-वार्ता और चली। बाद उसके संचालकजी ने मुझे देखा। थोड़ी देर तक वे दत्तचित्त होकर मुझे देखते रहे। इस तरह यदि कोई आपको घूरे तो असहज हो जाना स्वाभाविक ही कहा जाएगा न? मैं सकपकाया। सीधे उनकी ओर देखना संभव नहीं था सो कभी दाएँ तो कभी बाएँ नजरें घुमाकर समय काटता रहा। हर दो पल बाद मैं कनखियों से उनकी तरफ देखता और उन्हें पूर्ववत् अपनी ही ओर देखते हुए पाकर फिर इधर-उधर ताक-झाँक-सी करने लगता। फिर काफी देर यही आँखमिचौनी चलती रही मानो संचालकजी को इस विषम स्थिति में से आनंद का सोता फूटता दीख गया हो या उनके सामने कोई अजूबा आ बैठा हो।

अपने-आपको, संचालकजी की ही सही, निगाह में अजूबा बनता देखना मुझे ज्यादा देर तक रास नहीं आया सो हिम्मत बटोरकर अपनी दोनों आँखें उनके चेहरे पर केंद्रित कर दोनों हाथ जोड़कर जोर से कहा, ''नमस्कार।''

संचालकजी के चेहरे पर हल्की-सी स्मित-रेखा नजर आई और तत्काल ओझल भी हो गई। चेहरे पर फिर वही गांभीर्य ला उन्होंने पूछा, ''यही तहजीब है?''

मैं चौंका। क्या मुझसे ही पूछ रहे हैं?

''हाँ, तुम्हीं से पूछा जा रहा है!'' जाने कैसे मेरे मन में उठे प्रश्न को पढ़कर उन्होंने आश्वस्त-सा किया।

''जी, मैं समझा नहीं...''

''वह तो दीख रहा है कि तुम नासमझ हो।''

''मुझसे कोई भूल हुई क्या?''

''हाँ। क्या यही सीखा है स्कूल में कि बिना अनुमति लिए किसी के भी सामने जा बैठो!''

'ओह!' उनकी निगाह में अपनी भूल जानकर राहत-सी महसूस हुई।

''जी नहीं, हमें स्कूल में यह सिखाया गया है कि अगर सामने वाला व्यस्त हो तो कुछ इस तरह उसके सामने से हटकर बैठो जिससे तुम उसके लिए व्यवधान साबित न होओ। इसीलिए मैं...''

''यानी तुम कहना चाहते हो कि तुमने कोई गलती नहीं की!''

''जी हाँ, यही कहना चाहता हूँ।''

''अब भी, जबकि हम बता चुके हैं तुम्हारी गलती?''

''जी हाँ, तब भी।'' मैंने उसी दृढ़ता से कहा।

अगले कुछ पल तक वे केवल मुझे देखते-भर रहे निर्विकार भाव से। फिर

इधर-उधर जाने क्या-क्या तलाशा। फिर दो-चार कागजों को एक फाइल में समेटा। फिर कुर्सी से उठते हुए पूरे व्यस्त भाव से मेरी तरफ देखा। मुझे लगा, मेरा अब भी वहाँ रुका रहना उनकी निगाह में दूसरी भूल हो चुकी है। उन्हें कमरे से बाहर जाने की तैयारी करते देख मैं भी कुर्सी से उठ खड़ा हुआ।

"मेरे लिए क्या आज्ञा है," मैंने जानना चाहा।

उन्होंने भर नजर मुझे देखा। उनके देखने-भर से हालाँकि मैं जान गया था कि क्या आज्ञा हो सकती है, फिर भी उनके मुँह से सुन लेने के इंतजार में वहीं ठिठका खड़ा रहा।

"तुम...तुम जाओ यहाँ से।" उन्होंने खीझकर कहा। मुझे लगा यह निर्णय, निर्णय लेने के दौरान बदलकर लिया गया निर्णय है।

इसी धारणा से अपने-आपको तसल्ली देता मैं वहाँ से बाहर आ गया। ठीक मेरे पीछे-पीछे वे भी कमरे से आए और सीढ़ियाँ उतर जाने कहाँ बिला गए।

मैं फिर स्थानीय अधिकारी की मेज के सामने स्थिर हो गया। न मुझे कुछ कहना पड़ा, न उन्होंने कुछ जानना चाहा। मुझे हाथ की थपकी से ढाढ़स बँधाकर वे दूसरे कमरे में गए।

वहाँ से लौटकर उन्होंने एक कागज मेरे सामने रखा जिस पर लिखा था "मैंने तीन दिन के काम के वेतन के रूप में लोक हितकारी से छह रुपए प्राप्त किए।"

"मुझे अफसोस है यंगमैन!" अधिकारी ने फिर मेरी पीठ पर सांत्वना-भरा हाथ रखा। मैंने जैसे ही उनकी तरफ देखा उन्होंने मेरा ध्यान उस कागज की ओर दिलाते हुए आग्रह-सा किया, "इस पर दस्तखत तो कर दो आनंद।"

मैंने निर्दिष्ट स्थान पर दस्तखत कर दिए। उन्होंने कागज को एक बार देखा। फिर कागज को मेज पर रखकर अपनी जेब से दस का नोट निकालकर मेरी तरफ बढ़ाते हुए बोले, "लो, इसे रख लो।"

मैंने नोट उनके हाथ से लिया और उसी संवादहीन स्थिति को बनाए रखते हुए सीढ़ियों की तरफ चला आया। बाहर सड़क पर आकर एक आइसक्रीम वाले से नोट खुलवाया, फिर वापस हितकारी के कार्यालय की सीढ़ियाँ चढ़ने लगा।

अभी मैं बीच सीढ़ियों पर ही पहुँचा था कि ऊपर हितकारी कार्यालय के कई लोगों के स्वर मेरे कानों से टकराए। मैं आहिस्ता-आहिस्ता और बेआवाज सीढ़ियाँ चढ़ने लगा। संभवतः उनकी बातचीत का विषय मैं ही था। बहस का विषय था मेरी नौकरी। मुझे निकाले जाने या न रखे जाने पर वहाँ मतैक्य था।

वे सब किसी एक बात पर सहमत हो भी न पाए थे कि मैं वहाँ जा पहुँचा। मुझे देखते ही सब यकायक चुप हो गए और स्थानीय अधिकारी की मेज के गिर्द बना गोल घेरा भी तितर-बितर हो गया।

मैं स्थानीय अधिकारी के ऐन सामने जा पहुँचा। अपनी जेब से दो-दो रुपए के दो नोट निकालकर उनके सामने रखे और वापस चलने को हुआ कि तभी एक बुजुर्गवार मेरे कंधे पर हाथ रखकर बोले, "बेटे, ये रुपए तुम्हीं रख लो!"

"क्यों?" मैंने पूछा और उन बुजुर्ग के साथ-साथ स्थानीय अधिकारी की तरफ भी देखा। वे अभी तक एकटक उन रुपयों को निहार रहे थे। उन्होंने जो कहना चाहा वह चूँकि बुजुर्गवार कह ही चुके थे इसलिए वे असमंजस में भी थे कि अब क्या कहें?

"ये हमने जानबूझकर दिए थे।" वही बुजुर्ग फिर बोले।

"जी नहीं, मैं दान नहीं लेता।" थोड़े क्रोध के साथ मैंने कहा।

"नहीं, नहीं बेटा, यह दान नहीं है। यह..." अपनी बात पूरी न करके बुजुर्गवार ने अधिकारी की मेज से रुपए उठाने का उपक्रम किया। मगर अधिकारी ने उनका हाथ वहीं थाम लिया। गर्दन हिलाकर ऐसा करने से मना किया। फिर स्वयं अपनी कुर्सी से उठकर मेरे नजदीक आए और मेरी पीठ थपथपाकर बोले, "शाबास यंगमैन, शाबास!"

मुझे आज भी ठीक-ठीक नहीं मालूम कि ऐसा उन्होंने मेरी प्रशंसा में कहा था या उपहास में। अलबत्ता मैंने उसे प्रशंसा के भाव में ही आत्मसात् किया था।

सीढ़ियों की ओर मुड़ते समय मैंने देखा कि बुजुर्गवार अपनी ऐनक हाथ में लिए हैं और धोती के छोर से अपनी आँखें पोंछ रहे हैं।

तो यह थी उनसे पहली मुलाकात की दास्तान। उसके बाद पिछले तीन वर्ष जिस तरह से कटे वह अपने-आप में एक अलहदा कहानी है।

बहरहाल, इस दूसरी मुलाकात में उन्होंने मुझे नहीं पहचाना और यह अच्छा ही हुआ।

दूसरे दिन मैं निश्चित समय पर लोक हितकारी कार्यालय में जा पहुँचा। मुझे गैंदालालजी से संपर्क स्थापित करने को कहा गया। गैंदालालजी ने बताया कि हितकारी संपूर्ण प्रकाशित धर्मग्रंथों की एक सूचनात्मक पुस्तक तैयार करना चाहता है ताकि शोधार्थियों और धर्मप्रेमी पाठकों को पुस्तकों के चयन और प्राप्ति में

सुविधा रहे। इसके लिए मुझे विभिन्न शहरों के बड़े-बड़े धार्मिक, सरकारी, सहकारी और निजी पुस्तक संग्राहकों के यहाँ जाना होगा। वहाँ जो-जो भी पुस्तकें उपलब्ध हैं उनके नाम, लेखक नाम, अनुवादक नाम, टीकाकार का नाम, प्रकाशक, प्रकाशन वर्ष, पृष्ट संख्या, मूल्य, संस्करण, भूमिका लेखक, आकार और उपलब्ध स्थान के अलावा संक्षेप में पुस्तक में प्रतिपाद्य विषय और एकाध छोटी-सी टिप्पणी लिखनी होगी। प्रत्येक पुस्तक या जिल्द का एक पृथक् कार्ड बनाना होगा। फिर उन कार्डों का वर्गीकरण वर्णानुक्रम से, फिर विषय क्रम से और फिर लेखक क्रम से करना होगा। यह काफी बड़ी योजना है। समय, धन सभी कुछ ज्यादा ही लगेगा। और हाँ, पूरी तन्मयता से काम करना होगा।

अगले तीन दिन मैं समय से हितकारी जाता रहा। इन तीन दिनों में मुझसे कोई काम नहीं लिया गया। हर रोज गैंदालालजी मुझे कुछ स्थानों के नाम, वहाँ मौजूद पुस्तकालयों के नाम और कुछ परिचितों का परिचय देते रहे। यानी मुझे काम दूसरे शहरों से शुरू करना था।

इन तीन दिनों में मेरी कई जिज्ञासाएँ शांत हो गईं। मसलन कार्यालय का स्थान क्यों बदला गया। पुराने लोगों में से कोई है या नहीं। ये लोग जो यहाँ काम कर रहे हैं ये कब से हैं।

गैंदालालजी ने सिलसिलेवार तो नहीं, हाँ, प्रसंगवश बताया कि इस शहर के पुराने कार्यालय में जो लोग थे, उनका पूरा कार्यालय दूसरे शहर में स्थानांतरित होने पर उनमें से कई नौकरी छोड़ गए। बाद में एकाध वर्ष बाद जब प्रधान कार्यालय यहीं आया तो यह बड़ा कार्यालय लिया गया। तब कुछ पुराने, कुछ नए और कुछ पुराने शहर के कार्यालय में काम करने वाले लोगों को मिलाकर यह टीम तैयार हुई जो इन दिनों हितकारी का काम सँभाले हुए है। वे स्वयं भी पुराने शहर से यहाँ स्थानांतरित होकर आने पर साथ नहीं आ सके एक संपादक के स्थान पर नए रंगरूट के रूप में आए हैं।

काफी बड़ा कार्यालय था। बहुत-से लोग काम करते थे वहाँ। तीन दिन में न सबसे संपर्क संभव था, न उसका कोई औचित्य ही था। मात्र गैंदालालजी से इन तीन ही दिनों में अच्छी घनिष्ठता हो पाई थी। उसकी एक वजह तो यही थी कि मुझे उन्हीं के निर्देशन में काम करना था, दूसरे वे दामोदरनजी के भी मित्र थे। और तीसरे ये तीन-चार दिन मैंने बिताए भी तो उन्हीं के साथ।

चौथे दिन मैंने दिल्ली शहर छोड़ा तो फिर लौटना हुआ मार्च के अंत में। इतने कम समय में बाहर का काम पूरा होना तो संभव नहीं था पर चूँकि अप्रैल

में एक तो मेरी आचार्य प्रथम वर्ष की परीक्षाएँ थीं, दूसरे जमापूँजी सब समाप्त हो गई थी, इसीलिए मैं काम बीच में छोड़कर चला आया था।

दिल्ली पहुँचते ही गैंदालालजी को पूरी रिपोर्ट दी और एक महीने बाद उपस्थित हो पाने की लाचारी जाहिर कर अपनी परीक्षाओं की तैयारी में जुट गया।

अगले दिन विद्यालय जाकर पिछले चार महीने की छात्रवृत्ति लेकर जो कमरे में अपने-आपको बंद किया तो फिर परीक्षाओं के बाद ही शहर को नजरभर के देखना नसीब हुआ।

1972 के मजदूर दिवस के दिन जीवन में दसवीं बार हितकारी के कार्यालय में अपने को मौजूद पाकर मैं रोमांचित हो आया। यह संख्याओं का खेल भी अजब है। चीजों को इस तरह गिनने, गुनने में जाने कैसी तो एक आत्म-मुग्धता-सी छा जाती है मन में। जिस लोक हितकारी के नाम से लोग चौंक-चौंक जाते हैं, मैं आज दसवीं बार उसकी सीढ़ियाँ लाँघकर आया था। जिस हितकारी से मैंने एक दिन दान नहीं स्वीकार था, इच्छा थी आज वह प्रसंग बताकर गैंदालालजी से कहूँ कि मेरा चार महीने का वेतन उस पर उधार है, वह दिलवाइए जल्दी!

गैंदालालजी के कमरे तक जाते समय मैंने आज गर्दन उठाकर पहली बार वहाँ काम कर रही कतार को देखा। मुझे यों लगा गोया ये सब यहाँ इसलिए अब तक काम करते रह पाए हैं चूँकि मैंने पिछले चार महीने से अपना वेतन ही नहीं उठाया।

गैंदालालजी यकायक अकबका गए।

“आपका वेतन! अरे! इस संबंध में तो संचालकजी से बात ही नहीं हुई। ठहरिए, मैं लेखा विभाग से पता करता हूँ। शायद कोई निर्देश आया हो।”

जाने के क्षणभर बाद ही मुँह लटकाए गैंदालालजी को वापस आता देख मैं समझ गया कि इस मजदूर की मजदूरी अभी तय ही नहीं हुई है।

मुझ पर आँकड़ेबाजी का जैसे भूत सवार था। तभी तो संचालकजी के कमरे में प्रवेश करते ही मेरे मस्तिष्क में फिर एक संख्या कौंधी। जीवन में तीसरी बार मुझ-सा, मामूली और सस्ता मजदूर एक महँगे मजदूर से मुखातिब होगा।

मुझे एक कुर्सी पर बैठने का संकेत दे गैंदालालजी स्वयं एक अन्य कुर्सी पर बैठ गए। मैं पूर्ववत् खड़ा ही रहा। क्षणांश बाद संचालकजी ने चेहरा ऊपर उठाया। गैंदालालजी ने तुरंत एक कागज की पुर्जी उनके सामने रख दी। संचालकजी ने उसे पढ़ा। फिर मेरी तरफ देखकर गैंदालालजी से पूछा, “यही हैं वो?”

“जी।”

“बैठिए।” संचालकजी ने मुझे आदेश दिया।

मैं अभी बैठ भी न पाया था कि संचालकजी ने पूछा, "तो आप हमारे लिए काम कर रहे हैं?"

"जी।"

"कैसा काम किया है इन्होंने?" वे गैंदालालजी से मुखाबित हुए।

"जी, संतोषजनक है। मैंने इस कागज में लिखा भी है।"

"ठीक है, मैंने पढ़ लिया है। जरा इनका काम तो लाकर दिखाइए।"

"जी, बहुत अच्छा," कहकर गैंदालालजी कमरे से बाहर चले गए।

"आप पहली बार यहाँ कब आए थे?" वे फिर मुझसे बोले।

"जी, पंद्रह नवंबर, 1971 को।"

उन्होंने टेलीफोन पास में खिसकाया। बटन दबाकर आदेश दिया, "हाँ टेकचंद, जरा पिछले नवंबर की डायरी भिजवाना!" फिर फोन बंद करके अपने सामने बिछी फाइल में व्यस्त हो गए।

डायरी के साथ टेकचंद और कार्डों के बंडलों के साथ गैंदालालजी एक ही साथ कमरे में पहुँचे। आते ही गैंदालालजी ने एक बंडल खोलकर कुछ कार्ड उनके सामने रखे। उन्होंने कार्डों को उलटा-पलटा। बीस-पचीस कार्डों की इबारत पढ़ी। "काफी होशियार हो" कहा और शेष कार्ड मेज से हटाने का संकेत देकर टेकचंद की ओर हाथ बढ़ाया जो डायरी लिए इसी क्षण की प्रतीक्षा में खड़े थे।

"पंद्रह नवंबर न?" उन्होंने डायरी खोलते-खोलते फिर पूछा।

"जी हाँ।"

"हाँ, आनंदवर्द्धन? दामोदरन ने भेजा था?"

"जी हाँ!"

"कैसे हैं दामोदरन?"

"जी स्वस्थ-सानंद हैं।"

"उन्हें मालूम है कि तुम यहाँ काम कर रहे हो?"

"जी हाँ, एक तरह से उन्हीं के निर्देशन में काम किया है यह।"

"क्या?" उन्होंने डायरी से नजर हटाकर एक बार गैंदालालजी को संशय-भरी निगाह से देखा, फिर मुझे, और फिर डायरी में लिखी इबारत में से कुछ-कुछ एक अलहदा कागज पर उतारा और वह कागज गैंदालालजी की ओर बढ़ा दिया।

कागज हाथ में थामते ही गैंदालालजी उठ खड़े हुए। उनसे संकेत पाकर मैं भी उठ गया।

संचालकजी को प्रणाम कर मैं ज्यों ही बाहर जाने को मुड़ा उन्होंने ताकीद

की, ''आनंद, तुमने अच्छा काम किया है इसका मतलब यह नहीं कि अब तुम लापरवाही बरतो। भविष्य में भी तुम ऐसा ही काम करोगे यही सोचकर हमने तुम्हें उचित वेतन देना तय किया है।''

जवाब में केवल चेहरे से आभार के भाव दर्शाकर मैं गैंदालालजी के साथ-साथ केबिन से बाहर आ गया।

अपने कमरे में पहुँचकर गैंदालालजी ने एक अलहदा कागज पर जोड़, गुणा, घटा, बाकी जैसा कुछ किया। फिर 'एक मिनट में आता हूँ' कहकर चले गए।

थोड़ी देर बाद जब वे कमरे में लौटे तो उनके साथ एक बुजुर्गवार भी थे। चेहरा जाना-पहचाना-सा लगा। मुझे याद आया यह तो वही बुजुर्गवार हैं जिन्होंने तब मुझे दस के दस रुपए रख लेने को कहा था और जब मैं जाने लगा था तो आँखों की कोरें धोती से पोंछने लगे थे। उन्होंने भी एक बार मेरी तरफ देखा और बोले, ''नाम कुछ सुना हुआ-सा लगा था मुझे, इसलिए यहाँ तक चला आया। क्या हम पहले भी मिले हैं?''

''याद नहीं!'' मैंने उस प्रसंग को ताजा न करने की नीयत से टाला।

''खैर,'' उन्होंने भी प्रसंग को टाला, फिर एक वाउचर मेरी ओर बढ़ाते हुए बोले, ''इस पर दस्तखत कर दीजिए।''

मैंने दस्तखत करने से पहले उसे पढ़ना जरूरी समझा। उस पर लिखी इबारत पढ़कर मैं सकते में आ गया। लिखा था–माह नवंबर, दिसंबर 71 और जनवरी, फरवरी, मार्च 72 के 109 दिन के वेतन (चार रुपए प्रतिदिन की दर से) की मद में 436 रुपए प्राप्त किए।

मैंने नजर उठाकर असंतोष के साथ गैंदालालजी की तरफ देखा।

''इस पर दस्तखत तो करो, अभी एक वाउचर और है।'' उन्होंने इस तरह कहा गोया अलीबाबा के खजाने की चाभी तो अभी मिलनी शेष है।

''काहे का?''

''आप जो इतने दिन बाहर रहे उसका टी. ए. डी. ए.।''

''वह अभी कैसे मिलेगा! रसीदें तो हमें मिली ही नहीं।'' बुजुर्गवार ने तुरंत गैंदालालजी के रहस्यलोक को तितर-बितर करते हुए सूचना दी।

''आप चुप भी रहिए मुनीमजी। वे सब भी मिल जाएँगी आपको।'' गैंदालालजी ने मेरी उपस्थिति में पहली बार ऊँची आवाज में संवाद अदायगी की।

फिर वे दोनों काफी देर तक बहस-मुबाहिसा करते रहे और इस बीच मैं गणित की एक नई पहेली में उलझ गया। मेरे हिसाब से 15 नवंबर से 31 मार्च

तक 137 दिन बनते थे जबकि वाउचर बता रहा था महज 109 दिन।

अभी उनकी बहस किसी नतीजे पर पहुँची भी नहीं थी कि मैंने टोका, ''मगर मेरे यानी कैलेंडर के हिसाब से तो इस बीच 137 दिन गुजर चुके हैं।''

''बिल्कुल ठीक कह रहे हैं आप, मगर हम अस्थायी कर्मचारियों को इतवार और प्रत्येक माह के दूसरे और चौथे शनिवार का वेतन नहीं देते।''

''क्यों?''

''क्योंकि उस दिन दफ्तर में अवकाश रहता है।''

''क्या संचालकजी ने मुझे भी उन दिनों का वेतन नहीं देने को लिखा है?''

''नहीं, लिखा तो नहीं है। यह तो पहले से तय है।''

''क्या उन्होंने मुझे अस्थायी कर्मचारी ही मानने के लिए लिखा है?''

''नहीं, लिखा तो नहीं है पर हमारे पास नियुक्ति-पत्र की कोई प्रतिलिपि नहीं पहुँची इसलिए हमारे हिसाब से आप अस्थायी कर्मचारी ही हैं।''

''जब सब कुछ पहले से नियमबद्ध है तो फिर उन्होंने इस पुर्जी पर क्या लिखा है, क्या मैं भी देख सकता हूँ?''

मेरा सवाल सुनकर दोनों ने एक-दूसरे की तरफ देखा। संभवतः उन्हें इस प्रश्न की अपेक्षा नहीं थी मुझसे। दोनों ने आँखों ही आँखों में कुछ तय किया। तब मुनीमजी ने संकोच के साथ वह पुर्जी गैंदालालजी को थमा दी और दुगुने संकोच के साथ गैंदालालजी ने वह पुर्जी अपने दोनों हाथों से पूरी सावधानी से दबाकर मेरे सामने फैला दी, जिस पर मेरे श्रम का मूल्य अंकित था।

नाम : आनंदवर्द्धन

शिक्षा : आचार्य में पढ़ रहा है।

उम्र : अठारह वर्ष।

दोस्त के साथ रहता है, किराया देता है–30 रुपया

आने-जाने में खर्च करेगा–24 रुपया

खाने-पानी पर खर्च होगा, तकरीबन–60 रुपया

अन्य खर्चे (कोई शौक नहीं है)–6 रुपया

चार रुपए प्रतिदिन की दर से वेतन दिया जाए।

और नीचे एक जलेबी-सी बनी थी जिसका आशय था–श्री लालचंद्र भारत के एक प्रतिष्ठित प्रकाशन संस्थान और देश की मूर्धन्य और अज्ञात प्रतिभाओं को समान रूप से सम्मान देने वाले विख्यात परमार्थी न्यास के संचालक!

मजदूर दिवस पर किसी मजदूर के साथ इससे अभद्र मजाक और क्या हो सकता था!

मैंने पूरे रोष के साथ गैंदालालजी की गिरफ्त से वह पर्ची खींची और उनसे जानना चाहा कि क्या मैं संचालकजी से मिल सकता हूँ?

"आज ही?"

"हाँ, आज ही और अभी।"

"क्या करेंगे उनसे मिलकर?" गैंदालालजी हकलाए।

"पहले इस वाउचर को तो रफा-दफा कीजिए।" मुनीमजी ने चारा फेंका।

"जी नहीं, मैं इस वेतन को स्वीकार नहीं कर रहा हूँ, और इस अपमानजनक वेतन पर मुझे नौकरी भी नहीं चाहिए। मैं यही संचालकजी को बताना चाहता हूँ और साथ में अब तक के काम का मूल्य लोक हितकारी को दान करना चाहता हूँ।"

"ऐसा गजब मत कीजिएगा आनंदजी," मुनीमजी घबराकर बोले, "हमें आपको यह पुर्जी दिखानी नहीं चाहिए थी। अगर संचालकजी को यह पता लग गया तो वे हम पर बिगड़ेंगे।"

"फिर उनसे मिलने का कोई लाभ भी तो नहीं। आपको जो आपत्ति हो मुझे बताइए। मैं आपकी शिकायत आगे प्रेषित करूँगा।"

"हाँ, यही नियम है यहाँ का।" मुनीमजी ने गैंदालालजी की बात पूरी की।

"आप कैसे करेंगे? और क्यों करेंगे? यह काम तो मैं स्वयं ही करूँगा। आप इतने चिंतित न हों। मैंने तय कर लिया है कि मुझे यह नौकरी नहीं करनी।"

इससे पहले कि वे मुझे दीन-दुनिया की और बातें बताते, मैं वहाँ से उठकर संचालकजी के कमरे का दरवाजा खोल चुका था।

संचालकजी के पास मेरी दलीलों का कोई जवाब नहीं था। मैं सवाल पर सवाल पूछता रहा और वे सबका मौन साधे रहे।

मैंने जानना चाहा कि जब उनके हिसाब से मेरा माह-भर का न्यूनतम खर्च एक सौ बीस रुपए है तो मैं छियानवे और कभी बयानवे रुपए में गुजारा कैसे कर लूँगा?

कि जिस दिन कार्यालय बंद रहता है उस दिन मुझे खाना खाने या मकान में रहने का अधिकार है या नहीं?

कि यदि मेरा नियुक्ति-पत्र अभी तक तैयार नहीं हुआ तो इसमें मेरा जो दोष है उसका दंड मुझे कब और कितना मिलेगा?

कि शनिवार और इतवार को मैं जो काम करता रहा वह अपराध क्षम्य है या नहीं?

कि भविष्य में मुझे जो पुस्तकालयों में सुबह पाँच बजे और शाम पाँच बजे

दो-दो बार जाना होगा, उसके लिए मुझे पैदल यात्रा करनी होगी या दिन के ग्यारह बजे से शाम के पाँच बजे तक यानी जितने समय पुस्तकालय बंद रहेगा, वहीं धरना देना होगा?

कि सौ रुपए की नौकरी देने के बदले मैं उनका ऋणी हुआ रहूँ या नहीं?

मेरी सभी जिज्ञासाएँ जान लेने के बाद भी संचालकजी काफी देर मौन साधे बैठे रहे। फिर टेलीफोन का बजर दबाकर दूसरे छोर को आदेश दिया, ''टेकचंद, मुनीमजी और डॉ. गैंदालालजी को भेजो। उनसे कहो आनंदवर्द्धन की नियुक्ति पुर्जी साथ लेकर आएँ!''

कुछ इस तरह गोया गैंदालालजी और मुनीमजी दरवाजे के बाहर ही खड़े हों, फोन रखते न रखते कमरे में आ पहुँचे।

''बैठिए!'' दोनों को हाथ से संकेत दे, संचालकजी ने वही हाथ फिर फोन पर जा रखा। चोंगा उठाया और दूसरे छोर को आदेश दिया, ''टेकचंद, आकर डिक्टेशन लो!''

जैसे ही संचालकजी ने फोन रखा, मुनीमजी ने मेरे हिसाब वाली पुर्जी उनके सामने रख दी। वे तब तक उसका मनन करते रहे, जब तक कि टेकचंद मय कापी, पैंसिल के अवतरित नहीं हो गए।

''आज दिनांक 15 नवंबर, 1971 को श्री आनंदवर्द्धन को इस संस्थान में शोध सहायक के रूप में नियुक्त किया जाता है। इन्हें 120 रुपए प्रति माह वेतन दिया जाएगा। वेतन में प्रत्येक कैलेंडर वर्ष के जनवरी माह में 10 रुपए प्रति वर्ष की दर से वृद्धि होगी। यह वृद्धि जनवरी 73 से लागू होगी। इससे पूर्व जनवरी 72 में इन्हें विशिष्ट वेतन वृद्धि 60 रुपए दी जाएगी। वेतन के अतिरिक्त चार रुपया प्रतिदिन यात्रा-भत्ता दिया जाएगा। प्रारंभिक छह महीने के बाद इन्हें शोध सहायक के अतिरिक्त संचालक के निजी सचिव का भी कार्यभार वहन करना होगा। दोनों कार्यभार वहन करने के दौरान इन्हें वेतन और यात्रा-भत्ता के अतिरिक्त अधिकतम 500 रुपए तक मकान किराया दिया जाएगा। मगर तब इन्हें संचालक के मकान के आसपास ही मकान लेकर रहना होगा। शेष अन्य कर्मचारियों को मिलनेवाली सुविधाएँ भी इन्हें उपलब्ध होंगी और संस्थान के सभी नियम-उपनियम इन पर लागू होंगे।''

''मैंने (आनंदवर्द्धन) संस्थान के सभी नियम-उपनियम पढ़ लिए हैं। मुझे उपरोक्त शर्तों पर लोक हितकारी साहित्य मंडल को अपनी सेवाएँ देना स्वीकार्य है।''

नियुक्ति-पत्र में दर्ज की जानेवाली उपरोक्त इबारत बोलकर संचालकजी ने मौन साध लिया। वहाँ मौजूद हम सभी एक-दूसरे का मुँह ताका किए।

"आप टेकचंद के साथ जाइए। ये आपको नियमावली दे देंगे। हमारे घर का पता भी इनसे मिल जाएगा। पंद्रह दिन के भीतर-भीतर उसके आस-पास मकान तलाश कर हमें सूचना दें। अब आप जाना चाहें तो जा सकते हैं!"

इसी के साथ संचालकजी ने सभा विसर्जित कर दी।

पिछले एक घंटे में यह क्या से क्या हो गया! मैं समझ ही नहीं पा रहा था कि मुझे खुश होना चाहिए या मायूस। यह सही है कि अब मैं यहाँ स्थायी नौकरी पा गया था। मेरा वेतन, सुविधाएँ सब ठीक-ठाक तय हो गई थीं। मगर क्या यह सचमुच सच था कि सेवा शर्तें और सुविधाएँ मुझे वे ही मिल रही थीं जो मिल सकती थीं? क्योंकि यदि इतना वेतन और ये सुविधाएँ पाने का मैं अधिकारी था तो मुझे पहले ही क्यों नहीं दी गईं? क्या इसलिए कि इनकी नीयत देने की नहीं थी? या इसलिए कि ये केवल माँगनेवाले को ही दी जाती हैं यहाँ? अगर ऐसा है तो संभव है नियमानुसार मैं इससे भी ज्यादा का हकदार होऊँ? क्या गारंटी है कि मुझे वह सब अब प्राप्य है जो भी इस पद पर काम करनेवाले को देय होता हो?

इन सवालों ने मुझे फिर दुविधा में डाल दिया। नतीजतन खुश होना चाहकर भी खुश होना संभव नहीं हो पाया। अंततः मैंने यही सोचकर मन को तसल्ली दी कि फिलहाल यही सही, बाकी हक भी समय आने पर ले ही लूँगा!

नियुक्ति-पत्र के टाइप होकर संचालकजी के पास जाने और उनके हस्ताक्षर होकर मुझे दिए जाने तक मैं गैंदालालजी के पास ही बैठा रहा। इसी बीच मुनीमजी नए सिरे से मेरा वेतन, यात्रा-भत्ता और अन्यान्य सुविधाओं की मद में दी जानेवाली रकम के वाउचर तैयार करके ले आए।

बीच में एक बार आकर उन्होंने मुझसे पूछा था, "आनंदजी, आप विवाहित हैं क्या?"

"यह किसलिए जानना चाहते हैं आप?" मैंने प्रतिप्रश्न किया।

"यदि आप विवाहित हैं तो आपको बच्चों की शिक्षा के लिए पंद्रह रुपए प्रतिमाह शिक्षा-भत्ता मिलेगा।"

"तब तो यह पूछिए कि मैं बाल-बच्चेदार हूँ या नहीं।"

"नहीं-नहीं, केवल विवाहित होने-भर से हमारा काम चल जाएगा।"

"तो फिर आप काम चला ही लीजिए, क्योंकि शिक्षा से ताल्लुक रखनेवाला

सदस्य तो मेरे परिवार में है एक।"

"यानी आप विवाहित हैं!" मुनीमजी संभवतः उकता गए थे सवाल-जवाब से। इसीलिए बिना पूरी बात सुने चले गए।

मैंने उन्हें रोककर बताना चाहा कि अपने एक सदस्यीय परिवार का वह सदस्य मैं ही हूँ, मगर गैंदालालजी मुझे रोकते हुए बोले, "झूठ थोड़े ही कहा है आपने। जाने भी दीजिए। पंद्रह रुपए में संस्था कौन-सी गरीब हो रही है।"

"हो भी सकती है। जो संस्था साल में दस रुपए वेतन वृद्धि देती हो उस पर पंद्रह रुपए महीने का अतिरिक्त भार ज्यादा नहीं है क्या?"

"अब आप आ ही गए हैं, खुद देख लीजिएगा, कहाँ कितना भार है और कौन कितना भारी है।" गैंदालालजी ने हँसकर कहा।

मैं देख रहा था कि संचालकजी के कमरे में हुए तमाशे के बाद से गैंदालालजी में यकायक आमूल परिवर्तन आ गया था। वे लगातार खुशदिली की बातें कर रहे थे। बात-बात में लापरवाही दिखा रहे थे। मैंने इससे पहले गैंदालालजी को इतना उन्मुक्त नहीं देखा था। मुझे यह परिवर्तन बहुत भला लगा।

जब मैं अपना नियुक्ति-पत्र लेकर गैंदालालजी से विदा लेने पहुँचा तो उन्होंने सबसे पहले मुझे बधाई दी, फिर बोले, "ऐसे नहीं। अभी तो आपसे सबका परिचय कराना है। आज तो आप हमारे नायक हैं! सब बड़ी बेसब्री से आपसे परिचित होने का इंतजार कर रहे हैं।"

"क्यों भला? मुझे यहाँ नौकरी करते इतने दिन होने को आए और अब परिचय?"

"हैं हैं हैं हैं," मेरे ठीक पीछे खड़े टेकचंद हिनहिनाए, "वो ऐसा है आनंदजी, हमें तो यहाँ काम करते बारह साल हो गए, हमने तो ऐसा करिश्मा यहाँ होते कभी देखा नहीं। आज तो कई बातें पहली बार हो रही हैं। आप आते ही स्थायी हो गए। आपको आते ही सब सुविधाएँ, अच्छा वेतन मिल रहा है। आज पहली बार संचालकजी ने अपने लिए निजी सचिव नियुक्त किया है और हैं हैं हैं हैं, आज किसी ने वो कहावत कर दिखाई है कि अब आया ऊँट पहाड़ के नीचे!"

कहावत दोहराने से पहले टेकचंदजी ने चारों तरफ देखा। उनके दृष्टि-पथ में ढेरों लोग आए मगर 'हमने तो नहीं सुना कुछ' कहने के योग्य अपने-आपको बनाए रखने के लिए सब-के-सब कहावत का श्रवण करते-करते अपनी-अपनी सीटों पर जा विराजे। गैंदालालजी, मुनीमजी ही नहीं स्वयं टेकचंदजी ने भी ऐसी परमहंसों-सी मुद्रा बना ली गोया उन्होंने भी कुछ ऐसा-वैसा नहीं सुना है।

मैं समझ गया कि टेकचंदजी से अनजाने में संचालकजी की शान में जो

गुस्ताखी हो गई है, अब उसके प्रायश्चितस्वरूप मुझे सबसे परिचित करवाए जानेवाले कार्यक्रम को पूर्णाहुति के काम में लाया जा रहा है। इसीलिए आदमी से यकायक पत्थर के बुतों में तब्दील हो आए उस समूह को करबद्ध प्रणाम कर मैं उनके दायरे से बाहर चला आया।

लिखे शब्द की रक्षा में अपने निर्णय तक को बदल देनेवाले जिस शख्स से उस दिन मैं प्रभावित हुआ था वह प्रभाव बहुत जल्द उड़नछू होने का अवसर भी आ गया। मेरे विरोध के बावजूद मुझे प्रारंभिक दिनों में वेतन 120 रुपए महीने ही दिया गया था। तब फिर से विरोध करने का जो मैंने कोई प्रयत्न नहीं किया उसकी वजह यह नहीं थी कि मैं बाद के दिनों के लिए दिए जाने वाले वेतन से संतुष्ट हो गया होऊँ। दरअसल मुझे लगा था कि संचालकजी ने जिस तरह लिखे शब्दों की रक्षा की है वह अनुभव अपने-आप में कम मूल्यवान नहीं है।

यह अनुभूति एक दिन ही मेरे संग-साथ रह सकी चूँकि उनके निजी सचिव के रूप में काम करने का अवसर आते ही मुझे लगा मैं ठग लिया गया।

दूसरा ही दिन था नए काम का जब मेरे पास एक कलाकार का बिल आया। कलाकार से मेरा सीधा कोई परिचय नहीं था। केवल नाम-भर से मेरे सामने उनका चेहरा साकार हो उठा। कुछ-कुछ हुसैन से मिलती-जुलती शक्ल-सूरत वाले उस जगत दादा से मैं ही क्या बहुतेरे इकतरफा परिचित थे। वे यहाँ की किताबों के आवरण बनाया करते थे। यह बिल भी उनके द्वारा बनाए गए एक आवरण के पारिश्रमिक का था। कलाकार ने अपना पारिश्रमिक आँका था 125 रुपया। जाने किस आधार पर सहयोगी संचालक सतीशजी ने उसे काटकर लिखा था 110 रुपया। और संचालकजी ने उसे भी निरस्त करके लिखा था–केवल 80 रुपए दिए जाएँ।

मुझे इस बिल में कुछ करना-कराना नहीं था सिवा इसके कि इसे लेखा विभाग को दे दूँ। मगर न जाने क्यों मैं इसे लेकर परेशानी महसूसने लगा था। मेरी समझ में नहीं आया कि सतीशजी को आखिर किस अदृश्य मापक यंत्र से मापने पर यह इलहाम हुआ कि कलाकार का पारिश्रमिक 125 नहीं 110 रुपए बनना चाहिए। और लिखे हुए शब्द के ये रक्षक महोदय तो उनसे भी दो कदम आगे निकले। इन्हें न तो कलाकार की ईमानदारी पर भरोसा है न अपने सहयोगी की योग्यता पर! और जब इन तीनों को ही एक-दूसरे की ईमानदारी पर संदेह है तब फिर यह सब कार्य-व्यापार आखिर किस विश्वास की नींव पर टिका है?

दूसरे दिन जब कलाकार आए और लेखा विभाग से भुगतान लेने पहुँचे

तब का दृश्य तो वर्णनातीत है। वह ठगा गया, झूठा सिद्ध किया गया, एक बार फिर लोक हितकारी को चूना लगाने से वंचित रह गया, जगत दादा चीख-चीखकर अपना विरोध प्रकट कर रहा था और हॉल में बैठे पचास आदमियों में से एक के भी कान पर जूँ तक नहीं रेंग रही थी। तब एक बार फिर वे पत्थर के बुतों में तब्दील हो गए थे।

कलाकार के जाने के बाद सब हँसी-ठट्ठा करने लगे। दावे के साथ यह घोषणा की गई कि यह फिर आएगा।

और उसी दिन मुझे मालूम हुआ कि यहाँ की यही परंपरा है। जो अधिकारी किसी बिल में से कुछ कटौती नहीं करता वह यहाँ अयोग्य समझा जाता है। और जितनी अधिकारी कटौती करता है संचालक का नैतिक और संवैधानिक अधिकार बन जाता है उससे अधिक कटौती का। यानी यह शोषण का सुनियोजित तरीका है। इससे केवल वे ही बच पाते हैं जिन्हें पहले से इस ओर से आगाह कर दिया जाए, और आगाह केवल अपनों को करने की परंपरा है, और जगत दादा का यहाँ अपना कोई नहीं। इसलिए वह सवा सौ के बदले अस्सी ही पाता है, अस्सी ही पाएगा, अस्सी ही पाने चाहिए भी।

मुझे अभी कायदे का मकान नहीं मिला था। पिछले दस दिनों में मैं तीन मकान बदल चुका था। हर मकान संचालकजी को नापसंद आ रहा था। अंततः जिस मकान में संचालकजी रहते थे उसी की ऊपरी बरसाती किराए पर ली गई और मैं वहीं आ गया।

पहले ही दिन, पहले ही काम में संचालकजी ने मुझे अयोग्य ठहरा दिया। जैसे ही मैं उनके अध्ययन कक्ष में पहुँचा, उन्होंने मुझे एक पत्र थमाते हुए आदेश दिया, "इसे स्वीटी की फाइल में रख दो।"

मैंने फाइलों का पूरा ढेर देखा। उसमें इस नाम की कोई फाइल मुझे नहीं दीखी। एक बार, दो बार...तीन बार...और जब पूरा यकीन हो गया कि हाँ, यही सच है, तब अपनी लाचारी जाहिर की।

"कैसे नहीं है! जरूर होगी। जरा एक-एक करके बताते तो जाओ फाइल का नाम!" उन्होंने अपने कान मेरे स्वर की प्रतीक्षा में व्यस्त करते हुए कहा।

"सहयोगी संघ।"

"हुँ।"

"मध्य प्रदेश के विक्रेता, उ. प्र. के विक्रेता, लेखक परिवार, नए प्रकाशन, डॉ. प्रमोद, श्रीमती श्यामश्री।"

"हाँ, यही तो है स्वीटी बिटिया की फाइल। और तुम...?" जवाब-तलब का रुख अपनाते-अपनाते वे थोड़ी झुँझलाहट दर्शाकर यकायक चुप हो गए।

"जी, इस पर श्रीमती श्यामश्री लिखा है और आपने..."

"ओहो, लिखा होने से क्या होता है?"

उनका यह वक्तव्य मुझे चौंकाने के लिए नाकाफी नहीं था। ये साहबान, जो कह रहे थे कि लिखा होने से क्या होता है, वे नासमझ, अनपढ़ नहीं थे। फिर भी मुझे बात रहे थे कि लिखा होने से क्या होता है?

अभी कल ही मैंने इनकी लिखी एक भूमिका हितकारी के एक प्रकाशन पर पढ़ी थी : "यह रचना पढ़कर आप कुसंस्कारों, कुरीतियों से मुक्त हो सकें तो ही हम अपना और रचनाकार का श्रम सार्थक मानेंगे!" वहाँ यह लिखे हुए शब्द का इतना जबर्दस्त असर (हो सकता है भी कह सकते हैं) का दावा कर रहे हैं और उम्मीद कर रहे हैं कि मात्र उसे पढ़कर हम पीढ़ियों से हमारे माँस-मज्जा में रचे-बसे किसी कुसंस्कार से मुक्त हो जाएँगे और यहाँ...यह कैसा विरोधाभास है? अक्षरों का व्यापार करनेवाला, व्यवसाय में अक्षरों को अस्त्र, दवा स्वीकारता है और व्यवहार में अक्षरों के अस्तित्व को ही नहीं स्वीकारता?

दुविधा स्वीटी उर्फ श्यामश्री में ही नहीं और भी बहुत-से कागजों में आई। किसी पर लिखा था–'गुच' किसी पर 'नीच' किसी पर 'गैल' किसी पर 'सती' तो किसी पर 'लेखा'। मैंने अपने अनुमान से लेखा और सती को तो पहचान लिया–एक था लेखा विभाग और दूसरे सतीशजी, मगर शेष मेरे पल्ले नहीं पड़े।

मैंने अपनी दुविधा संचालकजी को बताई। उन्होंने मुझे डायरी में लिपिबद्ध करने का आदेश देकर बताया : 'नीच' यानी नीलाभचंद्र, गुच (गुच्च नहीं–वह मेरा दृष्टिदोष माना गया)–यानी गुमानचंद्र, गैल यानी गैंदालाल, टेप नहीं टेच–यानी टेकचंद। और भी कई लाल और चंद्र थे...और थे सर्वशक्तिमान श्रीमान लालचंद्र।

संचालकजी ने इसी अवसर पर मुझे कई अधिकारियों के पद और दायित्वों का भी परिचय दिया था, लेकिन बहुत जल्द मुझे यह मालूम हो गया कि वह परिचय सही नहीं था।

संचालक जी ने सबकी विशेषताओं की जानकारी देते समय बताया था कि गैंदालालजी पी-एच. डी. हैं। संस्कृत के प्रकांड विद्वान गुमानचंद्र आचार्य हैं तीन विषय से। अंग्रेजी पर भी उनका समान अधिकार है। सतीशचंद्र कवि हैं हिंदी के। अच्छे कलाकार हैं। पंडित कृष्णदत्त प्राकृत, पाली आदि प्राचीन भाषाओं

के ज्ञाता हैं। नीलाभचंद्र अच्छे अफसर हैं। पुस्तकों की बिक्री और रखरखाव में अपना शानी नहीं रखते।

मगर यह परिचय झूठा था। हो सकता है ये सब वह सब रहे हों जो संचालकजी ने बताया था, मगर यहाँ, इस संस्थान में उनकी इस योग्यता का कोई मूल्य नहीं था, कोई उपयोगिता नहीं थी।

संचालकजी द्वारा दिए गए परिचय के बाद यकायक मेरी निगाह में उन सब लोगों के प्रति अतिरिक्त आदर भाव आ समाया था, मगर जब यहाँ काम करते कई महीने हो गए और मुझसे सिवा फाइलों की साज-सँवार या संचालकजी को कब, कहाँ जाना है आदि की तिथियों, समय की सूचना-भर देने का काम लिया जाता रहा तब अचानक मैंने स्वयं से सवाल किया कि आखिर मैं यहाँ आया किसलिए था? इस बीच न तो मुझसे प्रकाशित धर्मग्रंथ सूची वाली योजना पर कोई काम लिया गया था, न जो काम मैं पहले कर चुका था उसे व्यवस्थित करने का काम लिया गया।

अपनी उपयोगिता को लेकर जन्मे इस सवाल ने मुझे अपनी ही नहीं यहाँ काम कर रहे कई योग्य व्यक्तियों की उपयोगिता को लेकर चिंतित कर दिया।

काम करते लगभग एक वर्ष होने को आया मगर मैं अब तक यह नहीं जान पाया कि वर्ष-भर की किसकी क्या उपलब्धि रही? संचालकजी को फाइलें बनाने का बेहिसाब शौक था। उनका वश चलता तो वे हर नए कागज के लिए नई फाइल बनवाते, हालाँकि अब भी वे लगभग यही करते थे। मुझे वे अपने निवास के करीब ही क्यों रखने के इच्छुक थे इसका रहस्य भी इस फाइल-प्रेम में छिपा हुआ था। उनके लिए हर समय उपलब्ध होने से वे फाइलों की संख्या कितनी भी बढ़ाने के लिए स्वतंत्र हो गए थे। कहीं अन्यत्र रहने पर निश्चित समय तक ही मैं अपनी सेवाएँ दे सकता था, मगर यहाँ रहने से केवल खाना खाने के लिए होटल तक जाने-आने का समय ही मेरा निजी समय था। यानी एक सौ अस्सी रुपए में अठारह घंटे खटता था। वेतन में हुई आधी वृद्धि सबको दीख रही थी मगर काम के घंटों में हुई दुगनी वृद्धि...

इन्हीं फाइलों में एक-एक फाइल हर विभाग की रिपोर्ट की भी थी, जिसमें प्रत्येक विभाग के दैनिक कार्य विवरण, साप्ताहिक कार्य विवरण, पाक्षिक कार्य विवरण, मासिक कार्य विवरण, द्वैमासिक कार्य विवरण, त्रैमासिक कार्य विवरण, अर्द्धवार्षिक कार्य विवरण और वार्षिक कार्य विवरण दर्ज थे।

मुझे किसी भी विभाग के कार्य-व्यापार की सूचना इन्हीं विवरणों से मिलती

थी वरना दफ्तर हो या घर, मैं इस कदर फाइलों से घिरा रहता कि साक्षात् कोई काम अंजाम पाते देखना दुर्लभ था।

इन फाइलों से कहीं अधिक कठिन काम था संचालकजी के व्यक्तिगत जमा-खर्च का हिसाब रखना। वे जहाँ कहीं, जो भी खर्च करते, उसे एक जेबी डायरी में लिख लेते थे। सुबह-सवेरे जब मैं अपने काम पर पहुँचता तो वह डायरी मेज पर रखी मिलती। जेब में रखी गई रकम, खर्च हुई रकम और शेष रकम का योग सैकड़ों बार मिलाने पर भी नहीं मिल पाता था। रोज प्रायः दो-एक बार संचालकजी मुझे यह खिताब जरूर देते कि तुम गणित में बहुत कमजोर हो।

और मैं शर्मिंदा हो-होकर रह जाता था।

आखिर एक दिन गणित की नहीं गणितज्ञ की वह कमजोरी पकड़ में आ ही गई। संचालकजी ने मेरे सामने ही कुछ खरीदारी की। मैंने उन्हें भुगतान करते देखा। पाँच रुपए अस्सी पैसे। दूसरे दिन खर्चवाली डायरी में लिखा देखा–पाँच रुपए। अस्सी पैसे का कहीं जिक्र ही नहीं था। मैंने संचालकजी को ध्यान दिलाया। वे बोले, "अस्सी पैसे से क्या फर्क पड़ता है।"

"पड़ता है!" मैंने प्रतिवाद किया, "अगर बीस बार अस्सी पैसे खर्च हों तो सोलह रुपए का अंतर आएगा ही!"

"ऐं, हाँ! अच्छा, लिख लो। फिर भी तुम्हारा गणित...!"

जाने कब, किस दिन पहली बार संचालकजी आप से तुम के संबोधन पर उतर आए थे। अपनी और उनकी आयु के अंतर को देखते हुए मुझे यह परिवर्तन कभी पहली बार लक्ष्य करने पर उचित लगा था। मगर जब मैंने यह महसूसा कि केवल दोषारोपण के समय ही वे तुम संबोधन का इस्तेमाल करते हैं तब से मुझे ऐसा लगने लगा था कि यह परिवर्तन उम्र के अंतर की वजह से नहीं बल्कि मुझे औकात-बोध कराने के लिए किया गया है।

यह अलबत्ता मेरी समझ में कभी नहीं आया कि मेरी औकात यकायक कम कैसे हो गयी! क्या गणित में कमजोरी के चलते? मगर यह कमजोरी तो मेरी नहीं थी। यह तो रुपयों और पैसों के मूल्यांकन को लेकर स्वयं संचालकजी के मन में बसा पूर्वाग्रह है!

अस्सी पैसे के संदर्भ में जब उन्होंने कहा 'उससे क्या होता है' तभी मुझे एक और गणित समझ में आ गया। जब से मैं इस संस्थान में आया था और संचालकजी का निजी सचिव नियुक्त हुआ था, तभी से सभी लोगों, विभागों के तमाम बिल, वाउचर, आवेदन-पत्र सीधे संचालकजी के पास न जाकर मेरे सुपुर्द

किए जाने लगे थे। मैं ही अवसर देखकर उन पर आवश्यक कार्रवाही करवाता था। लेकिन मैं अपने निजी वाउचर कभी स्वयं प्रस्तुत नहीं करता था, बल्कि लेखा विभाग के जूनियर कैशियर को देता था। वही उन पर हस्ताक्षर करवाते थे। यह व्यवस्था मैंने स्वयं ईजाद की थी ताकि संचालकजी या किसी अन्य को यह कहने का अवसर न मिले कि मैंने धोखे से कोई वाउचर पास करा लिया होगा। मेरे इस निर्णय से संचालकजी प्रसन्न ही हुए थे।

इस व्यवस्था के बाद मैं जब कभी यातायाद या अन्य किसी मद का वाउचर बनाता था, जूनियर कैशियर का एक ही आग्रह होता कि इतने रुपए नब्बे पैसे, उतने रुपए पिचासी पैसे भरूँ। उसके दुराग्रह की वजह भी मुझे उसी दिन मालूम हुई कि चूँकि पैसों का संचालकजी के मन में कोई मूल्य नहीं इसलिए वे कितने भी लिखे हों क्या फर्क पड़ता है। यह बात संभवतः यहाँ के सभी कर्मचारी जानते थे इसीलिए प्रायः सभी के वाउचरों में पैसे अस्सी, नब्बे, पिचानवे ही खर्च हुए दर्शाए गए होते थे।

उस दिन के बाद संचालकजी में एक परिवर्तन आया। उन्होंने फिर कभी यह नहीं कहा कि तुम गणित में बहुत कमजोर हो। और साल पूरा होते न होते उन्होंने अपने हिसाब के तमाम कागजात मुझे थमाते हुए कहा कि पूरे वर्ष के जमा-खर्च, आय-व्यय का चार्ट तैयार करो। उन्हें यह हिसाब-किताब मालिकों को सौंपना था।

इस हिसाब की तैयारी के दौरान मैं सकते की-सी हालत में रहा आया। मुझे अब जाकर मालूम हुआ कि जो संस्थान मुझे माह में एक सौ अस्सी रुपया वेतन दे पाने की स्थिति में है, वह हमारे संचालक को सामान्य सुविधाओं के नाम पर मात्र बारह हजार रुपया महीना देता है। कुछ सुविधाएँ मुझे भी उपलब्ध थीं मसलन मकान किराया, यात्रा-भत्ता, मगर वे भी मेरे लिए मेरी वजह से नहीं, अप्रत्यक्ष रूप से उन्हीं को उपलब्ध थीं। सुनने में आया कि अगले वर्ष से संचालकजी को मिलनेवाली सुविधाओं में और वृद्धि होनेवाली है। मसलन इससे बड़ा मकान, दो और नौकर, गाड़ी-पैट्रोल की मद में रकम में बढ़ोतरी। और दूसरी ओर मेरे वेतन में 1 जनवरी, 1973 को होगी मात्र दस रुपए की वृद्धि—यानी एक सौ अस्सी से एक सौ नब्बे रुपए महीने!

इस बीच अन्य विभागों की वार्षिक रिपोर्ट आनी शुरू हो गई थी। प्रत्येक विभाग ने वर्ष-भर में एक से एक अद्वितीय उपलब्धि हस्तगत करने के दावे किए थे। यह मायाभ्रम मेरे लिए एक नई पहेली था। मैंने तो पूरे वर्ष में कभी सुना

ही नहीं था कि किस विभाग ने क्या नई उपलब्धि पाई और इधर कागज...

ये विवरण भी हमेशा की तरह फाइलों में बंद कर दिए गए। फिर संचालकजी ने एक निजी रिपोर्ट तैयार की जो मालिक के पास भेजी गई। उसमें क्या लिखा था किसी को पता नहीं लगा। एक अजीब बात थी, जिन कामों के लिए निजी सचिव की दरकार होती है वे काम संचालकजी स्वयं कर लेते थे और जिन कामों को स्वयं करना चाहिए वे मुझसे लेते थे।

बिक्री विभाग ने लिखा था कि पिछले वर्ष की अपेक्षा इस वर्ष बीस हजार ज्यादा की बिक्री हुई है। पिछले वर्ष जहाँ एक लाख अस्सी हजार रुपए की किताबें बिकी थीं वहीं इस वर्ष दो लाख की बिकी हैं। इसका कारण नए प्रकाशनों के मूल्य अधिक होना नहीं, उन्होंने अपनी कार्यक्षमता को ठहराया था।

प्रकाशन विभाग ने बारह पुस्तकें प्रकाशित करने का दायित्व वहन किया था जो अपने-आप में एक उपलब्धि थी।

संपादन विभाग तीन नई पुस्तकें संपादित किए उनके प्रेस में जाने की इंतजार में बैठा था।

लेखा विभाग ने पूरे बीस लाख रुपए वर्ष-भर में जमा-खर्च होने का लेखा-जोखा बनाकर दिया था। सभी विभागों की माँग थी कि चूँकि काम बढ़ रहा है इसलिए और सहयोगी दिए जाएँ।

सबसे पहले बिक्री विभाग को एक विक्रय प्रतिनिधि दिए जाने का फैसला संचालकजी ने लिया। कई लोगों के आवेदन-पत्र आए। संचालकजी ने सब आवेदन सुनकर मुझे आदेश दिया कि सबको साक्षात्कार के लिए बुला लो।

अगले ही दिन मैंने सभी प्रत्याशियों को पत्र लिखवा दिए।

मगर यह क्या? डिस्पैच क्लर्क बजाय पत्रों को डाक में डलवाने के सीधा संचालकजी के पास ले गया।

थोड़ी देर बाद मैं संचालकजी के कमरे में मौजूद था।

"ये पत्र आपने लिखे हैं?"

"जी हाँ!"

"क्यों?"

"क्योंकि आप ही ने आदेश दिया था।"

"क्या?"

"यही कि पत्र लिख दो!"

"सो आपने लिख दिए?"

"जी हाँ।"

"ओफ्फो! अब ऐसा कीजिए, इन पत्रों को नीलाभजी के पास ले जाइए। वे ही बताएँगे कि इनका क्या करना है।"

"जी बहुत अच्छा!" इस पूरे संवाद का कोई अर्थ न समझते हुए भी मैं यथा आदेश वहाँ से उठकर नीलाभचंद्रजी के पास चला आया।

"यह क्या गजब कर रहे थे आनंदजी?" पत्रों को देखे बिना ही नीलाभजी हँसकर बोले।

"मैं समझा नहीं!" मैंने सहज भाव से कहा।

"लगता है आपकी समझदानी छोटी है।"

"होगी। खैर, मैं ये पत्र..."

"हाँ, इन्हीं की बाबत तो कह रहा हूँ।"

"आपने तो ये देखे भी नहीं!"

"पर मुझे मालूम तो है।"

"क्या?"

"यही कि आपने यहाँ की परिपाटी तोड़ने की कोशिश की। ये पत्र अपने नाम से लिख दिए!"

"अपने नहीं, संचालक के निजी सचिव की हैसियत से।"

"एक ही बात है। संचालकजी के नाम से तो नहीं लिखे न?"

"तो क्या...?"

"अरे आप खड़े क्यों हैं, बैठिए तो सही।" उन्होंने स्वयं उठकर मेरा हाथ पकड़कर मुझे कुर्सी पर बिठाते हुए एक हाथ से केबिन का दरवाजा बंद कर दिया। फिर अपनी कुर्सी पर बैठने के बाद हाथों में एक पेंसिल लेकर मेरी तरफ देख-देखकर मुस्कराते रहे देर तक।

मैं कब तक यों उजबक की तरह बैठा रहता। आखिर मैंने उठने का उपक्रम किया। उन्होंने फिर मुझे उसी तरह बिठाया। फिर अपनी दराज से एक फाइल निकालकर मेरे सामने रख दी। बोले, "देखिए।"

मैंने फाइल को उलट-पलटकर देखा। उसमें ढेरों पत्र थे।

"मगर इस फाइल का मेरे इन पत्रों से क्या ताल्लुक?"

"नहीं समझे?" वे मुस्कराए।

"नहीं तो!"

"फिर से देखिए।"

"फिर भी नहीं समझूँगा वह जो भी आप समझाना चाह रहे हैं।"

मैंने फाइल को दोबारा खोलने की जहमत उठाए बिना ही हार मान ली।

"क्या इसमें मेरे नाम से गया एक भी पत्र है?"

मैं चौंका। मैंने फिर फाइल उलट डाली—"आपको सूची-पत्र भेजा जा रहा है" से लेकर "पुस्तक का जैकेट पत्र के साथ संलग्न है" तक के तमाम पत्र संचालकजी द्वारा संबोधित थे।

"समझे?" ज्यों ही मैंने सिर उठाया, नीलाभजी चहके।

"हाँ, समझा कुछ-कुछ।"

"यही पूर्ण सत्य है। कोई भी पत्राचार यहाँ संचालकजी के नाम से ही हो सकता है। भले ही वह किया हमारे द्वारा जाए!"

"ऐसे में तो कोई निर्णय भी आप नहीं ले सकते?"

"जी हाँ। इसीलिए चार सौ रुपए का सेट, हॉट केक की तरह बिकनेवाली किताबें होते भी हम केवल अपने विभाग का खर्च नहीं निकाल पाते।"

"यानी आप भी समझते हैं कि यह गलत है?"

"बिल्कुल।"

"फिर इसका विरोध क्यों नहीं करते?"

"उससे सिवा इसके क्या होगा कि मुझे कुछ सुविधाएँ और मिल जाएँ!"

"मैं समझा नहीं!"

"ऐसी टेढ़ी बात तो मैंने नहीं की। खैर, अभी आप जाइए। कभी फुरसत में समझा दूँगा सब आपको।" उन्होंने बीच ही में वार्ता का पटाक्षेप कर दिया।

मेरी हालत खराब!

अगले कई दिनों तक किसी काम में मन ही नहीं लगा। एक अजीब से रहस्यलोक में ला पटका था मुझे नीलाभजी ने।

एक शाम संचालकजी को सपरिवार फिल्म देखने जाना था। यह अच्छा अवसर था। पूरे चार घंटे का खाली समय। जैसे ही संचालकजी दफ्तर से घर जाने की तैयारी में जुटे, मैंने जरूरी काम से अपने मित्र के घर जाने का बहाना किया और सीधा नीलाभजी के घर जा पहुँचा।

वे अभी-अभी घर पहुँचे थे। मुझे देखकर अचकचा गए।

"आप?"

"जी हाँ, मैं!"

"संचालकजी ने कुछ कहलवाया है क्या?"

"जी नहीं, मैं स्वयं आपसे मिलने आया हूँ।"

"तो मेरे साथ ही चले आते। नाहक परेशान हुए होंगे।"

"जी नहीं, तब आप शायद लाते ही नहीं।"

"क्यों? ऐसा कौन-सा डर सताता मुझे?"

"उसका नाम तो मैं नहीं जानता मगर डर तो जरूर रहे हैं आप!"

"किससे?"

"पता नहीं।"

"फिर आपको यह कैसे पता चला कि मैं डर रहा हूँ?"

"वरना आप मुझे इस तरह टरकाते नहीं।"

"ओह! लगता है, आप अब तक उस दिन की घटना से काफी क्षुब्ध हैं।"

"नहीं होना चाहिए क्या?"

"नहीं तो।"

"आप जानते हैं मैं स्नातक हूँ। यहाँ आने से पहले लिखता भी रहा हूँ। लोग, थोड़े ही सही, मुझे मेरे नाम से जानते हैं?"

"तो इससे क्या फर्क पड़ता है? आप क्या समझते हैं यहाँ बाकी सब लाल बुझक्कड़ बैठे हैं? गुमानचंद्रजी, जो केवल अपने विभाग की दैनिक रिपोर्ट बनाने में व्यस्त रहते हैं और पूरा विभाग सीधे संचालकजी से निर्देश पाता है। गैंदालालजी जो ब्लॉकवाले, कागजी, बाइंडर का हिसाब लगाते-लगाते नहीं थकते। सतीशजी, जो हर लेखक के साथ हो रही बातचीत के केवल नोट्स बनाते रहते हैं। मैं, जिसे हिन्दुस्तान के हर पुस्तक-विक्रेता, प्रकाशक की जन्मकुंडली मालूम है। हम सब क्या आपके मुकाबले उन्नीस हैं? मगर हमें तो कभी इतना क्षुब्ध होने की कोई वजह ही नहीं दिखाई दी। अरे भई ठीक है, संचालक चाहते हैं कि पत्राचार उनके नाम से हो, हो। वे चाहते हैं संस्था वे ही चलाएँ, चलाएँ। वे चाहते हैं जो वे छापें वही हम बेचें; बेचेंगे। वे चाहते हैं कोई बाहरी व्यक्ति यह न जाने कि हम किस मर्ज की दवा हैं, नहीं जानेगा। उनके पूर्वाग्रह हैं कुछ, जो उनके साथ समझौता कर सके रहे, वरना जाए। नहीं जाएगा, विरोध करेगा तो उसे थोड़ी सुविधाएँ और दे दी जाएँगी।"

"यही आप तब भी कह रहे थे।"

"कह रहा था तो कोई यूँ ही कहने को थोड़े ही कह रहा था।"

"आखिर यह कैसा गणित है? मैं समझ नहीं पा रहा हूँ।"

"क्यों? आप तो यहाँ आने से पहले लिखते थे न? यों ही बिना कल्पनाशक्ति खर्च किए लिखते थे क्या?"

"नहीं। मैं किस्से लिखता था, कटाक्ष किया करता था विसंगतियों पर, मगर इस उलटबाँसी से तो मेरा कोई परिचय ही नहीं था।"

"अब तो हो गया। अब लिखने की कोशिश कीजिए।"

"कोशिश करूँगा, पर पहले आप थोड़ा मार्गदर्शन तो कीजिए।"

हँस दिए नीलाभजी, "रहने दीजिए आनंद भाई, मैं तो यों भी बता रहा था आपको। आप तो खामखा मक्खन लगाने लगे।"

मैं झेंपा तो, मगर तुरंत सँभला, "नहीं यह बात नहीं, मैं सच कह रहा हूँ।"

"जाने भी दीजिए। ऐसा सच कहने वाले आप ही के बिरादर अपने दफ्तर में बीसियों आते हैं रोज। संचालकजी को गुब्बारे पर सवार करके अपना पुथन्ना थमा जाते हैं। बाद में जब गुब्बारा फूट जाता है तब संचालक हमारी गर्दन पकड़ते हैं और कहते हैं इसे अब तुम फुलाओ और लोगों को बहलाओ।"

"मेरा ऐसा कोई इरादा नहीं था..."

"खैर, छोड़िए। आप इतना तो जानते हैं न कि यहाँ वेतन बहुत कम है?"

"हाँ।"

"और अन्य सुविधाएँ ज्यादा।"

"किसी को कम, किसी को ज्यादा।"

"हाँ, मैं उसी स्थिति पर आ रहा था। दरअसल इससे आदमी संचालक की गिरफ्त में रहता है। वेतन कम होता ही है, कोई काम आप अपने नामोल्लेख के साथ कर नहीं सकते, इसलिए आपके यहाँ से भागकर दूसरी जगह जाने के रास्ते बंद! क्योंकि एक तो बाजार आपकी उपलब्धियों, क्षमताओं से नावाकिफ, दूसरे आपके श्रम की कीमत इतनी कम कि आप बताते शर्माएँ। तब एक ही चारा रह जाता है कि आप यहीं बने रहें। और यहाँ बने रहें संचालकजी की कृपा पर। जिस दिन कृपा कम, सुविधाएँ कम, आपका गुजारा नहीं। यानी वही राक्षस की जान तोते में। जो विरोध करते हैं वे और सुविधाएँ पाते हैं क्योंकि संचालक नहीं चाहते कि यहाँ की बातें मालिकों तक पहुँचें। अब जिसने उनके सामने विरोध किया वह आगे भी पहुँच सकता है। तब? उसे चारा डालो! क्यों? क्योंकि वरना वह तोते को उड़ा देगा!"

"तो फिर सभी विरोध क्यों नहीं करते?"

"उसके लिए जिगर चाहिए, जिगर, केवल पाँच फुट सात इंच या छः फुट तीन इंच की काया उस तीन फुट नौ इंच के आदमी को भयभीत करने के लिए काफी नहीं है!"

"हमारे मालिक क्या..."

"मालिक! उसे क्या पता कि आपका वेतन क्या है, क्या नहीं। वह तो अरबपति है। करोड़ों का व्यापार करने वाली कंपनियाँ हैं उसकी। वह तो केवल इतना जानता है कि हम उसे घाटा नहीं दे रहे।"

"वह भी देने लगेंगे एक दिन। दो लाख की बिक्री और बीस लाख के खर्चे..."

"वाह! तो आप कागजों पर भी नजर मारने लगे, आनंदजी! संचालकजी से कहना पड़ेगा कि आपसे सावधान रहें!"

"अच्छा, यह काम भी करते हैं आप?"

"अरे वाह, तुम्हें नहीं मालूम! इस काम पर तो सबसे ज्यादा इनाम मिलता है हमारे यहाँ!"

"पता नहीं!" यह कहकर मैंने नीलाभजी को टाला तो मगर ठीक उसी क्षण मेरे दिमाग में वे तमाम दृश्य उभर आए जब संचालकजी के करीब बैठकर कभी कोई तो कभी कोई खुसर-पुसर कर रहा होता था।

"आप इनाम पा जाएँ तब भी मेरी भविष्यवाणी पर तो आँच नहीं ही आएगी। एक-न-एक दिन तो यह संस्था ठप्प होगी ही।"

"ऐसा कभी नहीं होगा!"

"आप बहक रहे हैं नीलाभजी!"

"नहीं, मैं बहक नहीं रहा हूँ, तुम्हारी जानकारियाँ अधूरी हैं। यह संस्था विभिन्न क्षेत्रों में लगाई अपनी रकम से बीस लाख रुपया सालाना ब्याज कमाती है, उसी से इसका खर्च चलता है।"

"एक दिन ऐसा भी तो आ सकता है जब खर्च बीस लाख से अधिक हो जाए?"

"तब तक ब्याज दर भी बढ़ जाएगी।"

"सो तो है! पर ऐसा नहीं हो सकता कि किताबों की बिक्री से ही इतना पैसा कमा लिया जाए?"

"हम यहाँ किसलिए बैठे हैं, क्या लोक हितकारी का नफा-नुकसान सोचने?"

"नहीं, मैं तो यों ही कह रहा था।"

"तो यों ही सुनिए, मालिकों की इस ओर कोई रुचि नहीं है।"

"क्यों भला?"

"क्योंकि यह एक न्यास है और न्यास बचे धन को खपाने के लिए बनाए

जाते हैं, पैसों की बढ़ोतरी के लिए नहीं। ये कुछ करें न करें, मालिक को लाभ तो पहुँचाते ही हैं।"

"वह कैसे?"

"वह ऐसे कि...किस तरह समझाऊँ? अच्छा, समझ लीजिए आप एक व्यापारी हैं और एक व्यापारी मैं हूँ। मेरे पास दस लाख रुपया है। मैं वह रुपया आपको देना चाहता हूँ ताकि आपकी हालत जो किन्हीं कारणों से डाँवाडोल हो गई है, सुधर जाए। मगर मैं स्वेच्छा से यह रुपया आपको नहीं दे सकता। वैसा करने पर सरकार कहेगी–नहीं, नहीं, पहले इस पर आय कर दीजिए, फलाना कर दीजिए, ढिकाना कर दीजिए। फिर पूछेगी कि मैं किस ब्याज दर से आपको रकम दे रहा हूँ। फिर आपसे टैक्स वसूलने भी पहुँच सकती है। फिर हमेशा के लिए मेरी आय उतनी ही अधिक आँकने लगेगी। गोया मेरे पास हर साल किसी को देने के लिए दस लाख रुपया बचता हो। ऐसी स्थिति से बचने के लिए बड़े घरानों और राज-नेताओं के पास अपने-अपने न्यास हैं। अब समझ लीजिए कि मैंने रुपया आपको न देकर अपने न्यास को दान कर दिया। तब दस लाख पर मैं टैक्स देने से बचा। फिर बाकी टैक्स की रकम में से दस लाख दान दिखाया सो वह भी बचा। अब चूँकि न्यास मेरा ही है। मैंने न्यास से कहा कि वह दस लाख रुपया तुम्हें दे दे। उसने दे दिया। न्यास पर चूँकि कोई टैक्स नहीं लगता सो आपको पूरा रुपया मिल गया। आपने अपने कागजों में दिखा दिया कि दस लाख न्यास से लिया। बदले में दो-तीन प्रतिशत ब्याज देते रहे। उस ब्याज से न्यास का खर्च चल गया। फिर आगे भी जब कभी मेरी ज्यादा आमदनी हुई मैंने न्यास को दान कर दिया। आपने भी किया। इस तरह यह पैसा हमारा न रहकर न्यास का हो गया। न्यास से ब्याज पर लेकर हम काम चलाते रहे। चूँकि न्यास भी तो आखिर हमारा ही है। सरकार मुँह देखती रही। तो देखा आपने, हुई न न्यास से आय? और न्यास ने क्या किया? केवल खर्च! अब अगर न्यास भी कमाने लगे तो हम कहाँ जाएँ? हैं?"

"फिर यह हर विभाग में इतने लोगों की भीड़ किसलिए?"

"यह भी नाटक का एक अंग है।"

"और ये अच्छी पुस्तकों का प्रकाशन? तब तो इन्हें कूड़ा ही छापना चाहिए?"

"प्रतिष्ठा, यश, श्रेष्ठता का गौरव! यह भी तो चाहिए धन के बाद, धनवान को! अगर अच्छी किताबें कम मूल्य पर छापेंगे तो दोहरी वाहवाही मिलेगी। किताबें भले ही न बिकें, चर्चित जरूर होंगी। लेखक को पैसा भले न मिले, प्रसिद्धि तो

मिलेगी। और पैसा तो यहाँ प्रायः एकमुश्त देने का चलन है। सो वह तो जितना मिलना होता है मिल ही जाता है। अब बिके न बिके उनकी बला से! और बिके कैसे? तीन रुपए की किताब बेचने पर विक्रेता को मिलेंगे साठ पैसे जिसमें से तीस पैसे खरीदार कमीशन चाहेगा। बाकी बचे तीस पैसे। अगर ऐसी सौ किताबें एक साथ गईं तो ठीक, वरना स्टेशनरी, पैकिंग, गोदाम पर उससे कहीं अधिक खर्च आ जाएगा। ऐसी स्थिति में वह भला क्यों बिक्री में रुचि ले?"

"तो दाम बढ़ाएँ!"

"फिर न्यास का क्या होगा? यह अधर्म की सलाह कौन दे? क्या न्यास से पैसा कमाना है?"

"और जो बिक रही हैं?"

"वह तो विक्रेता की लाचारी है। उन्हें खरीदार की जिद पूरी करनी पड़ जाती है कई बार।"

"इसका मतलब तो हम अच्छा साहित्य छापकर उसके प्रचार-प्रसार में बाधा पैदा कर रहे हैं?"

"बिल्कुल!" नीलाभजी चहके, "यही तो मैं मानता हूँ।"

"आपकी कृपा से आज काफी ज्ञानार्जन हो गया। अब मैं चलना चाहूँगा।"

"अच्छा, फिर आइएगा कभी।" एकदम निर्लिप्त भाव से नीलाभजी बोले।

"चलते-चलते एक व्यंग्य विचार आया है नीलाभजी।"

"क्या?"

"आप बुरा तो नहीं मानेंगे?"

"नहीं, कहिए भी। लोक हितकारी में काम करूँ और बुरा मानने का शौक रखूँ?"

"आपने कहा था न कि एक काम है जिस पर हमारे यहाँ सबसे ज्यादा इनाम मिलता है। अगर मैं आज घर जाकर उसी को अंजाम दे दूँ तो?"

"आपमें वह कूबत कहाँ?" नीलाभजी ने एक ही वाक्य से मुझे चारों खाने चित कर दिया। मैंने तो सोचा था वे डर जाएँगे शायद।

"अच्छा, चलता हूँ।" मैंने झेंपकर कहा और दरवाजे से बाहर हो लिया। नीलाभजी मुझे बस स्टाप तक छोड़ने आए। हममें रास्ते-भर कोई बातचीत नहीं हो सकी।

जब मैं बस में चढ़ने लगा, नीलाभजी ने मेरा कंधा थपथपाकर कहा, "आनंदजी, मैंने आपकी बात का बुरा नहीं माना है, आप नाहक ही मायूस हो

गए। क्यों नहीं माना यह मैं बाद में बताऊँगा। अभी तो इतना जान लीजिए कि मैं ऐसा संत आदमी हूँ नहीं।"

घर पहुँचा तो मालूम हुआ संचालकजी किसी विशेष प्रयोजन से बंबई चले गए हैं। दूसरे दिन मैं समय से कार्यालय पहुँच गया। संचालकजी जो-जो आदेश लिखकर छोड़ गए थे वे संबंधित व्यक्ति तक पहुँचा कर अभी मैं अपने केबिन में लौटा ही था कि मालूम हुआ नीलाभजी ने त्यागपत्र दे दिया है। चूँकि संचालकजी नहीं थे इसलिए उन्होंने अपना त्यागपत्र उप-संचालक सतीशजी को दिया है और सतीशजी ने इसी संदर्भ में बातचीत करने के लिए मुझे बुलाया है।

यह सूचना मेरे लिए सबसे ज्यादा चौंकानेवाली थी। अभी कुल बारह घंटे पहले जब मैं उनके घर से विदा हुआ तब उन्होंने ऐसा कोई संकेत मुझे नहीं दिया था। और अब अचानक...

सतीशजी ने वह त्यागपत्र मुझे सौंपते हुए कहा, "यदि संचालकजी का कोई फोन आए तो उन्हें यह सूचना दे देना और कहना कि नीलाभजी जल्द-से-जल्द कार्यमुक्त होना चाहते हैं।"

"जी बहुत अच्छा।"

"अरे बैठिए भी, चल कहाँ दिए।" मुझे उठते देख सतीशजी ने टहोका, "हमारा-आपका तो परिचय ही नहीं हुआ अभी।" उन्होंने इस तरह कहा गोया ऐसा न हो पाने में मेरा गुनाह छिपा हो।

"मुझे यहाँ काम करते डेढ़ बरस हो गया है सतीशजी। और आप तो...।"

"हाँ भई, और हमें पंद्रह बरस होने को आए। तब यह संस्था बहुत बड़ी थी। और अब..." वाक्य अधूरा छोड़ उन्होंने प्रसंग बदला, "नाम के अलावा भी तो कोई परिचय होगा आपका। वैसे आप मेरे बेटे की उम्र के ही तो हैं।" अपने में खोए-खोए से जाने कहाँ-से-कहाँ पहुँच गए सतीशजी।

"मगर आप मुझे बेटे की उम्र का समझते नहीं शायद।"

"क्यों भाई, यह आरोप कैसे लगा सकते हैं आप!"

"आपके शब्द-चयन से तो यही लगता है।"

"अरे नहीं भाई, यह तो व्यावसायिक शब्दावली है।"

"पर हम तो कोई व्यवसाय कर नहीं रहे। वैसे न सही, यों तो एक ही परिवार के सदस्य हैं न!"

"तुम तो..." वे रुके। मुझे देखा। फिर बोले, "अब तो खुश हो। तुम तो

बहुत अच्छे लड़के हो, फिर यहाँ कैसे आ फँसे?"

"क्यों, यहाँ अच्छे लोग नहीं आते क्या?"

"मेरा मतलब अच्छे-बुरे से नहीं, युवा-वृद्ध से था। यहाँ तो तब आते जब कोई ठौर न मिलता। अभी तो कहीं अच्छी जगह जाते।"

"मैं आया तो अच्छी जगह सोचकर ही था।"

"हाँ, बाहर से तो यही लगता है।"

"मेरा खयाल है भीतर से भी अच्छी ही है। बस, एक बार ओवरहॉलिंग की कसर है।"

"हा, हा, हा, हा, यह तो ठीक कहा तुमने। मगर मेरे भाई, करना मत। अगर ओवरहॉलिंग की तो हम पुराने पुर्जों को तो तुम निकाल ही दोगे।"

"जरूरी तो नहीं। कुछ पुर्जे जुदा हो ही नहीं सकते। वे, जो ढले होते हैं मशीन में।"

"तब तो हो ली ओवरहॉलिंग," कहकर सतीशजी फिर मायूस हो गए।

"एक बात समझ में नहीं आती। आप सब इतने असंतुष्ट हैं फिर क्यों नहीं परिवर्तन की बात सोचते!"

"हैं?" सतीशजी ने अचानक चौंककर मेरी ओर देखा। उन्हें लगा शायद गलत प्रसंग और उससे भी ज्यादा गलत आदमी के सामने ले बैठे वे। उन्हें शायद उम्मीद थी कि मैं अपना रोना लेकर बैठ जाऊँगा उनके सामने। और अगर नहीं भी रही हो तो भी यह तो उम्मीद नहीं ही रही होगी कि मैं इस कदर विरोध की बातें करूँगा। उनके बारे में सब एकमत से यही कहते थे कि वे अपनी क्षमताएँ तो कब की खो चुके, अब तो संचालक की हाँ में हाँ मिलाने के सहारे टिके हुए हैं। किसी के भी प्रलाप को घंटों धैर्यपूर्वक सुनते रहने में उन्हें महारथ हासिल है। हर लेखक को पहले उन्हें ही सुनना पड़ता है। फिर संचालक को जाकर सुनाना होता है, फिर संचालक और लेखक को आमने-सामने सुनना होता है और फिर संचालक और लेखक को समय-असमय अलग-अलग भी सुनना पड़ता है।

"तो तुम भी नीलाभ के शागिर्द हो गए?" काफी देर बाद बोले वे।

"इसमें नीलाभजी कहाँ से आ टपके?"

"टपके नहीं आनंद, वे तुम्हारी जिह्वा पर विराजमान हैं। इन्हीं वजहों से तो उन्हें यहाँ से जाना पड़ रहा है।"

"क्या कह रहे हैं आप? और अगर मैं कहूँ कि नीलाभजी जैसी ही सोच आपकी भी है तब?"

"कौन प्रमाणित करेगा?"

"मैं! और मेरे जैसे और लोग भी हो सकते हैं यहाँ। जब आप पहली ही मुलाकात में मेरे सामने इतना विषवमन कर सकते हैं तो पुराने लोगों में भी कई होंगे।"

"मैंने आज तक किसी से कुछ नहीं कहा, तुम पहले आदमी हो जिसके सामने मेरा असंतोष मुखर हुआ।"

"मेरे ही सामने क्यों?"

"मुझमें और नीलाभ में यही तो फर्क है। वह पात्र-कुपात्र का खयाल नहीं रखता। तुम्हें मैंने जाँचा-परखा। ढेरों ऐसे मौके आए जब मैंने देखा कि तुम्हारा व्यवहार औरों से भिन्न है। किसी के वाउचर पर तुमने कोई आपत्ति नहीं की। किसी के काम पर नहीं की, जबकि टेकचंद के जमाने में यह रोजमर्रा की बात थी। तुम्हें संचालकजी के साथ रहते एक बरस से ज्यादा हो गया मगर आज भी उन्हें हम लोगों के बारे में केवल वही पता है जो हम बताते हैं। इतना काफी नहीं है क्या? और फिर तुम्हारा यहाँ जिस तरह प्रवेश हुआ! जो आदमी अपने हक की रक्षा करना जानता है वह दूसरों को क्षति नहीं पहुँचाता। क्षति पहुँचाता है हक से वंचित किया गया आदमी। यह मैं अपने अनुभव से कह सकता हूँ।"

"यह मेरा दुर्भाग्य जो एक ही छत के नीचे रहते भी मुझे अपने बारे में आपके विचार इतने समय बाद मालूम हो सके।" मैंने उनका आभार व्यक्त किया। "वैसे, मैंने सुना है कि आप कविताएँ लिखते हैं। हाँ, पढ़ने का मौका जरूर नहीं मिला कभी।"

"किसने बताया आपको?"

"एक रोज संचालकजी ने ही बताया था शायद कि सतीशजी कवि हैं।"

"सच कह रहे हैं आप?"

"हाँ, बिल्कुल सच।"

"शुक्र है। कम से कम उन्हें याद तो है कि मैं कभी कवि था, वरना वे तो कुल एक ही साल में यह भूल गए कि आनंद बहुत अच्छा लिखता है। मैंने कई बार तुम्हारा कॉलम 'विदूषकजी' उन्हें सुनाया है फुरसत के क्षणों में। और अब वे तुम्हें एक पत्र लिखने के योग्य भी नहीं मानते।"

अरे! यह क्या सुन रहा हूँ मैं! क्या कह रहे हैं सतीशजी! तभी उस रोज पहली मुलाकात में जब मैंने बताया था कि मैं 'विदूषकजी' कॉलम लिखता हूँ तो संचालक यकायक चौंके थे! यानी वे सचमुच मेरे लेखन से परिचित थे!

"कोई खास प्रयोजन था क्या उन्हें पढ़कर सुनाने के पीछे?" मैंने जानना चाहा।

'हाँ, मैं चाहता था किसी नए उभरते व्यंग्यकार को लोक हितकारी से प्रकाशित होने का अवसर दें हम लोग।"

"अब ऐसा नहीं सोचते क्या?"

"अब भी सोचता हूँ, मगर अब तुम उस जद में नहीं आते। क्योंकि अब तुम यहीं काम करने लगे हो और संचालकजी तो उस कहावत के कायल हैं—घर का जोगी जोगड़ा, आन गाँव का सिद्ध।"

"यह तो बहुत बुरा हुआ मेरे साथ।"

"तो क्या हुआ। पर तुम लिखना मत छोड़ना आनंद। यही लेखन तुम्हारा सहारा बनेगा।"

"कैसा सहारा सतीशजी?"

"आर्थिक भी, मानसिक भी।"

"तब तो आप भी लिखते होंगे अभी भी।"

"हाँ, लिखता तो हूँ मगर केवल स्वाध्याय के लिए।"

"हमें भी पढ़वाइए न कभी। पाठक भी तो लेखक की रचना को स्वाध्याय की तरह आत्मसात् करता है न?"

"हाँ, पर तुम ठीक-ठीक याद करो आनंद, क्या यह जानकारी कि मैं कवि हूँ, तुम्हें संचालकजी ने ही दी थी या मेरे पहरावे वगैरह..."

यह क्या? तो सतीशजी अभी भी वहीं अटके हुए हैं? ये वही बात क्यों जानना चाहते हैं? अजीब होती है न संशय और किसी पर घोर अविश्वास की स्थिति! मुझे लगा सतीशजी इस सूचना पर खुश होने से पहले पूरी तरह निश्चिंत हो लेना चाहते हैं कि यह खुशखबरी ही है न? कहीं ऐसा तो नहीं यह खबर झूठी हो!

और मुझे हठात् याद आया कि यह जानकारी मुझे संचालकजी ने नहीं नीलाभजी ने दी थी। मगर इस समय ऐसा कहने का मतलब था सतीशजी को मायूस करना। और वह मैं चाहता नहीं था। मैंने दृढ़ स्वर में एक बार फिर कहा कि यह सूचना मुझ तक संचालकजी के मार्फत ही आई है। मगर मैं उन बूढ़ी आँखों को धोखा देने में नाकामयाब रहा। सतीशजी अंततः नए सिरे से मायूस ही हुए और उनकी इस मायूसी ने मुझे भीतर तक हिला दिया। आज मैंने जाना कि अनुभव सचमुच बहुत कुछ सिखाता है। वह हमें एक तरह से अंतर्यामी बना देता है। किसी के प्रति घोर अविश्वास की भावना जो हमारे हृदय में घर कर

जाती है वह निराधार नहीं होती, बल्कि हमारे अपने निजी अनुभवों से उपजे विश्वास की नींव पर टिकी होती है।

सतीशजी के पास से उठकर मैं सीधा नीलाभजी के सामने जाकर बैठ गया।

"मैं तो बड़ी देर से आपका इंतजार कर रहा था।" नीलाभजी ने मेरा स्वागत करते हुए कहा, "कहिए, क्या हाल है? रात ठीक से तो पहुँचे?"

"हाँ।"

"संचालकजी तो थे नहीं। बड़ी बेचैनी महसूस की होगी रात-भर आपने?"

"क्यों?"

"इनाम पाने वाली सूचना जो थी करवट-करवट साथ।"

"तो क्या इसीलिए आपने मुझे कल यह सूचना नहीं दी?"

"हाँ, सोचा परख तो लें, सोना खरा है या खोटा।"

"फिर तो अब आप मायूस हो रहे होंगे!" मैंने प्रतिप्रश्न किया।

"नहीं तो, खैर छोड़िए भी इस छेड़छाड़ को। मैं तो मजाक कर रहा था। आप पर मुझे पूरा विश्वास है।"

"आपने यह विश्वास पहले भी कइयों पर किया है और सुनते हैं कई बार दूसरी तरफ से अविश्वास में बदला है।"

"उससे क्या फर्क पड़ता है। अपना काम है सोते को जगाना। अब जागकर कोई खुद जाकर चोर से कह दे कि 'भाई मेरे, वह मुझे जगाना चाहता है पर तू फिक्र मत कर, मैं तो फिर सो रहा हूँ' तो इसमें हमारा दोष कहाँ?"

"तो क्या सचमुच आप नौकरी छोड़ रहे हैं?"

"हाँ भई, हाँ।"

"फिर क्या करेंगे? मेरा मतलब कहाँ जाएँगे?"

"अरे आप इतने चिंतित क्यों होते हैं? मैं कहीं नहीं जाऊँगा। यहाँ से मुक्त होकर अपना काम करूँगा ताकि यहाँ से और ज्यादा कमा सकूँ।"

"इतना रुपया...?"

"रुपया तो मैं यहाँ से बहुत कमा चुका हूँ।"

"कैसे?"

"मैं संचालक के चहेतों में से एक रहा हूँ कई वर्षों तक। भरपूर लाभ उठाया है मैंने यहाँ से। इधर पिछले कुछ समय से मैं उनकी तुरुप का पत्ता बन गया था। जानते हो न ताश का खेल। उसमें कई पत्ते हाथ में होते हैं। सभी उपयोगी, मगर सबसे उपयोगी तुरुप के पत्ते। सो मैं वही बन गया था। एक कोई महिला

हैं जिन्हें संचालकजी यहाँ लाना चाहते हैं या उन्हें वाध्य किया जा रहा है किसी की ओर से कि वे उसे यहाँ लाएँ। उसे मेरे विभाग के अलावा कहीं लाया नहीं जा सकता। यहाँ मैं विरोध की मुद्रा बनाए बैठा हूँ सो भागने को तो कह नहीं सकते। इसलिए वही परंपरागत चाल चलने का फैसला किया गया कि बड़े अधिकारी के नीचे एक इतना बड़ा अधिकारी बैठा दो जो पद में तो छोटा हो मगर जिसके अधिकार ज्यादा हों। बड़ा धीरे-धीरे पंगु हो जाएगा, कुंठित होगा और भाग खड़ा होगा। वैसी स्थिति में मेरे हाथ क्या लगता भला! सो वणिक पुत्र होने के नाते मैंने तय किया कि चलते-चलते एक अहसान करते चलो। संचालकजी खुश, अपनी पौ बारह! अब मैं तो बंधु, जाकर अपनी प्रेस डालूँगा और तुम भुगतना उसे जो देखन में छोटे लगें पर घाव करें गंभीर।"

संचालकजी का फोन दोपहर बाद आया। मैंने उन्हें फोन पर ही नीलाभजी के त्यागपत्र की सूचना दे दी।

"अच्छा!" वे बोले। फिर कुछ क्षण चुप रहकर कहा, "नए प्रत्याशियों की फाइल में श्रीमती विमला भार्गव का पता देखकर उन्हें पत्र लिख दो कि वे ठीक एक सप्ताह बाद जब मैं दिल्ली पहुँचूँ तो मुझसे मिल लें।"

"किसकी ओर से?" मैंने जानना चाहा।

"तुम ही लिख दो। क्या इतना भी नहीं लिख सकते?" उन्होंने फोन पर ही झिड़का। फिर कुछ जरूरी आदेश देकर फोन काट दिया।

तो संचालकजी को सचमुच याद नहीं कि मैं लिख भी सकता हूँ!

नए प्रत्याशियों की फाइल में वे पत्र ज्यों-के-त्यों रखे थे जो कुछ समय पहले मैंने लिखवाए थे। यानी उनमें से कोई पत्र कहीं नहीं भेजा गया था। श्रीमती विमला भार्गव का पता नोट करके मैंने एक दूसरा पत्र बनाया और टेकचंदजी को दे दिया। उन्होंने टाइप करके मुझसे दस्तखत करवाए और पत्र सचमुच उसी दिन पोस्ट भी कर दिया गया!

यह उस दिन की लोक हितकारी की सबसे बड़ी खबर थी। नीलाभजी के जाने और विमलाजी के आगमन से भी बड़ी!

संचालकजी पूरे एक सप्ताह बाद आए। इस बीच में क्या से क्या हो गया वे नहीं जानते। जान भी नहीं पाएँगे शायद। इन सात दिनों में मेरी सोच ही बदल गई! पहले दिन जहाँ सतीशजी और नीलाभजी से चर्चा हुई, दूसरे दिन सुबह सवेरे गुमानचंद्रजी ने घेर लिया।

गुमानचंद्र प्रकांड विद्वान हैं। एक-एक शब्द पर घंटों बहसने को उद्धत।

सबसे बड़ा विभाग है उनका। शोध विभाग। जाने कितने लोग तो उनके साथ काम कर रहे हैं। मगर उनकी दैनंदिनी है—अपने विभाग की दैनंदिनी बनाने में व्यस्त रहना। वेतन उनका भी कोई खास नहीं। सुविधाएँ अनंत हैं, और काम कम। एक छोटे-से कस्बे से सेहरा-सा बँधवाकर चले थे। गाजे-बाजे के साथ विदा किए गए थे। आखिर लोक हितकारी में शोधाधिकारी के पद पर काम करने जो जा रहे थे। यहाँ आकर धीरे-धीरे हैडक्लर्क में तब्दील हो गए। विभाग का काम बहुत बड़ा है मगर उसकी उपयोगिता कुछ नहीं सिवा संस्थान को ख्याति और रियायतें मिलने के। इसी बहाने ऊँचे संबंधवालों को आसानी से विदेश यात्रा की अनुमति मिल जाती है। कुछ आयात का सुभीता हो जाता है और सांस्कृतिक क्षेत्र में भूरि-भूरि प्रशंसा।

शुरू-शुरू में गुमानचंद्रजी को अपनी योग्यता का सचमुच गुमान था मगर अब वह भ्रम टूट गया है। सपने की-सी बातें लगती हैं वे। और अब तो काम करने की आदत-सी छूटती जा रही है। जाएँ तो कहाँ जाएँ। परिवार बड़ा, खर्चे बड़े। कहीं जाने-आने का उत्साह, उम्र पार हो गई।

गैंदालालजी पी-एच. डी. हैं। इनके शोध प्रबंध पर दिनों तक चर्चा होती रही थी यहाँ-वहाँ। उन्हीं दिनों लोक हितकारी ने संपर्क किया। संपादक होकर आ गए। फिर रिड्यूज होने शुरू हुए। अब उनके ऊपर चार संपादक और हैं। चारों मानद हैं, पे-रोल पर नहीं हैं। विभिन्न विश्वविद्यालयों में विभागाध्यक्ष हैं। वहीं से अपने शिष्य समुदाय के श्रमदान से यहाँ का संपादन दायित्व निभाते हैं। अपनी प्रसिद्धि में चार चाँद लगवाते हैं। प्रधान संपादक हैं स्वयं संचालकजी। गैंदालालजी कागज, ब्लॉक, बाइंडर के फेर में यहाँ से वहाँ फड़फड़ाते हैं। जाने का मन इनका भी नहीं। सुविधाएँ-संभावनाएँ जो अनंत हैं।

टेकचंद सचमुच टेकचंद हैं। हर काम में टेक लगाना इनका परम धर्म है। मेरे आने से सबसे अधिक अप्रसन्न हैं टेकचंद। मगर प्रसन्न वे मेरे आने से पहले भी नहीं थे। एक हैं मुनीमजी और एक हैं भाईजी। कमीज-पाजामाधारी भाईजी यहाँ के सबसे असंतोषी जीव हैं। मुझे जब मालूम हुआ कि वे ग्यारह बच्चों के बाप हैं, सुनकर ताज्जुब हुआ। यानी गुमानचंद्रजी से भी एक ज्यादा।

एक रोज यों ही बातों-ही-बातों में भाईजी ने मेरे प्रति अपना असंतोष यह कहकर ज़ाहिर किया कि मैं अपने पैसे व्यर्थ ही फूँक देता हूँ, नए-नए कपड़े बनवाकर, जबकि भाईजी का दावा था कि उन्होंने तो आज तक पेंट-शर्ट भी नहीं पहनी।

बात चूँकि मुझे सुनाकर कही गई थी सो मुझे जवाब देना ही पड़ा, "आपने

कर्म ही ऐसे किए हैं कि पेंट-शर्ट न पहन सकें। मुझे भी कम आश्चर्यजनक नहीं लगता कि आप तब भी पाजामा कैसे पहन पा रहे हैं।"

पूरा हॉल ठहाकों से गूँज उठा था। भाईजी झेंपे। तभी टेकचंद ने टेका, "यह सब हितकारी की कृपा है। कहीं और होते तो..." हाल में बैठी लड़कियों का खयाल आते ही टेकचंद एकदम चुपा गए। मगर उनकी बात पूरी-की-पूरी समझ में सभी के आ गयी। और इस बार जो ठहाका लगा उसमें लड़कियों की आवाज सर्वोपरि थी।

हाँ, लड़कियाँ! इस संस्थान में पुरुषों से अधिक संख्या है लड़कियों की। जितना भी बाबूगिरी का काम है सब ये बबुआइनें करती हैं। क्यों? पहले मैं भी नहीं जानता था। वह तो इन सात दिनों की आजादी में मुझे मालूम हुआ शांता से।

शांता सतीशजी के विभाग में है। मेरी और सतीशजी की बातचीत के अगले दिन की बात है। शांता मुझे सतीशजी की कुछ कविताएँ देने आई थी। मैंने उसे वहीं बैठा लिया। कविताएँ पढ़ीं, पढ़कर उसे भी सुनाईं। जब उसे अच्छी लगीं तो बताया कि ये सतीशजी ने लिखी हैं।

"क्या?" हाँ, चौंक पड़ी शांता।

"हाँ।"

"मगर, मगर मुझे तो उनके साथ काम करते आठ वर्ष हो गए और..."

"मैं पहला व्यक्ति हूँ शायद जिसे उन्होंने बताया है और तुम दूसरी।"

शांता के चेहरे पर अतिरिक्त मुस्कान आ समाई और वह संशय, आश्चर्य का भाव यकायक लुप्त हो गया।

"आपको बहुत पसंद करते हैं सतीशजी।" उसने एक नई जानकारी दी।

"और तुम?"

झेंप-सी गई शांता।

"अच्छा छोड़ो तुम्हें कैसे पता?"

"वे अक्सर आपकी तारीफ करते हैं कि बड़ा होनहार है, बहुत नेक और समझदार भी।"

"यह सब वे ही कहते हैं या कुछ और लोग भी?"

"समझ लीजिए हम भी यही कहते हैं। अब तो खुश!" कहते-कहते हँस दी, खिलखिला पड़ी वह, जो रुआँसी हो आई थी।

"अच्छा शांता, ये इस दफ्तर में तुम लड़कियों की संख्या ज्यादा क्यों है?"

"क्योंकि हम सचमुच कम मूल्य पर उपलब्ध होती हैं। शादी-ब्याह होते

ही नौ-दो ग्यारह हो जाती हैं जो कंपनी के हित में ही जाता है। न ग्रेच्युटी, न दुगुना फंड, न अधिक वेतन वृद्धियाँ।''

''मगर तुम्हें तो आठ साल हो गए न!''

''हाँ।''

''तुम्हारा मन रम गया क्या यहीं?''

''समझ लीजिए मेरी शादी नहीं हो सकी इसलिए रुकी हूँ।'' कहते न कहते यकायक फफक पड़ी शांता।

मैं चारों कपड़े थर्रा गया। यह क्या कह बैठा मैं! इस कदर किसी की भावना का, दमित इच्छा का अनजाने में ही सही, मजाक! यह तो सरासर पैशाचिक प्रवृत्ति है!

यह आत्मवंचना का समय नहीं था, न आत्मालोचना का। सामने बैठी लड़की लगातार रोये जा रही थी। यह समय था उसे ढाढ़स बँधाने का।

''रो मत बहन! मेरा मतलब यह नहीं था। मुझे माफ कर दे शांता।'' शांता के सिर पर हाथ रखकर मैंने डबडबाई आँखों से अनुनय की।

कितनी मृदुल, मातुल होती हैं लड़कियाँ! क्षमादान तुरंत दे देंगी चाहे सामने आततायी ही क्यों न हो! शांता में बैठी कन्या जैसे यकायक सचेत हो आई। अपनी आँखें पोंछकर उसने कृत्रिम मुस्कराहट-भरा अपना चेहरा मेरे सामने कर दिया और आँखों में नाराजगी-सी ला मुझे आँसू पी जाने की हिदायत देने लगी।

यह थी इन सात दिनों की उपलब्धि। मुझे लगा, मैंने अभी-अभी यहाँ काम करना शुरू किया है और कितना अच्छा हुआ जो यहाँ आते ही यहाँ के लोगों से परिचित हो गया।

इतना असंतोष, इतनी उपेक्षा, इतना तिरस्कार लिए बैठे हैं ये लोग! यहाँ तो पूरा आवा का आवा ही ज्वालामुखी बना बैठा है किसी अगुआ के इंतजार में, जो इसे जरा-सा कुरेद-भर दे। बस! फिर यह फट ही तो जाएगा!

तो क्या यह शुभ काम ये लोग मेरे हाथों ही पूरा करवाना चाहते हैं? मुझमें ऐसा क्या है? क्या है मुझमें इनसे अलग, इनसे बेहतर? शायद कुछ भी नहीं।

नहीं-नहीं, है, इनसे कहीं बेहतर, जो कभी इनके पास भी था, मगर अपनी-अपनी मजबूरियों के चलते या ईर्ष्यावश इन्होंने उसे खो दिया—वह है दूसरे के हिस्से के विश्वास की रक्षा की सामर्थ्य!

विदूषकजी! विदूषकजी! विदूषकजी! विदूषकजी! विदूषकजी!

यह क्या हो गया है मुझे? जहाँ कहीं भी होऊँ, जो भी कुछ कर रहा होऊँ,

हर समय, हर हाल में कानों में यह पंचाक्षरी गूँजती रहती है। विदूषक़जी! विदूषकजी! मैं हास में, परिहास में, भ्रम में, श्रम में, जाने किस-किस में अपने को रमाना चाहता हूँ मगर यह पंचाक्षरी पीछा ही नहीं छोड़ती। यह दैवी संकेत है क्या? सरस्वती आ विराजी है क्या दिल-दिमाग में? या यह सतीशजी की भविष्यवाणी का प्रताप है? उन्होंने यही तो नियति बताई थी मेरी। यही उपचार भी, कि ल़ेखन ही मुक्ति देगा, वही मुक्त रखेगा, उसी में मुक्त होना है।

हाँ, सच ही तो, कितना कुछ आ जुटा है दिमाग में! इस सबको कागज पर हरफों की शक्ल में उकेरना तो होगा ही। लगता है और कोई चारा नहीं। चौबीस घंटे के अंतराल में लेखन करने वाले के लिए चौबीस माह का अंतराल सचमुच बौरा जाने की स्थिति ही तो कहा जाएगा। पेट में अपच नहीं होगा तो क्या होगा?

ठीक है, संचालकजी से बात कर लूँ। उनसे इजाजत ले लूँ। थोड़ा समय भी तो चाहिए। अठारह में से तीन घंटे की मुक्ति पर्याप्त होगी। बस, फिर देखता हूँ यह विदूषक कैसे हैरान कर पाता है!

संचालकजी के चेहरे पर एक अतिरिक्त मुस्कान तैर गई। उनकी धर्मपत्नी उनके पास ही बैठी चाय बना रही थीं। उन्होंने एक बार सिर उठाकर मुझे देखा और एक बार संचालकजी को। फिर दत्तचित्त हो चाय बनाने लगीं।

"हम अभी तुम्हारे लेखन के बारे में ही बातचीत कर रहे थे, क्यों प्रभा?" संचालकजी ने नितांत अकल्पनीय सूचना देकर मुझे चौंकाया, फिर शायद अपनी पत्नी को भी।

"हाँ, मैं इनसे तुम्हारे ही विषय में पूछ रही थी। अब देखो न, इतना समय हो गया तुम्हें इनके साथ काम करते, मगर हम तो सिवा नाम के तुम्हारे बारे में कुछ जानते ही नहीं कि तुम कौन हो, कहाँ के हो, परिवार में और कौन-कौन हैं, तुम्हारी रुचियाँ क्या हैं, हम तुमसे और क्या-क्या लाभ उठा सकते हैं।"

"यह मेरा सौभाग्य है कि आज ऐसा अवसर आया त़ो। अब तो आपने बहुत कुछ जान लिया होगा।"

"कैसे? अभी तुमने बताया ही क्या है?"

"संचालकजी ने..."

"इन्होंने?"

"ओ, हो, मैं जो जानता था तुम्हें बता तो दिया। इसका नाम आनंद है। दर्शन में शास्त्री पास किया। विश्वविद्यालय में अव्वल आया था। अब शायद सर्वदर्शनाचार्य में बैठ रहा है। लिखने का शौकीन है। एक सांध्य दैनिक में विदूषकजी कॉलम लिखता रहा है। सतीशजी ने कई बार मुझे उसके अंश पढ़कर सुनाए हैं। अच्छा लिखता है। बस, मुझे इतना ही मालूम है और मेरे लिए यही पर्याप्त है। काम भी अच्छा करता है।"

"शुक्र है तुम्हें याद तो है कि यह लिखता है और परीक्षा में अव्वल आया था। क्या तुम्हें यह याद रखते समय अपने बारे में भी कुछ याद आता है कि कभी तुम्हें भी लिखने का शौक था, तुम भी बेहद अच्छा लिखते थे और तुम ब्रिटिश इंडिया में अंग्रेजी साहित्य में स्नातकोत्तर की परीक्षा में अव्वल आने वाले अपने विश्वविद्यालय के पहले भारतीय थे?"

संचालकजी के बहाने मुझे या मेरे बहाने संचालकजी की स्मृति में यह भूली-बिसरी याद ताजा करने के प्रयास में इतना ही कह पाई थीं प्रभाजी कि उनका स्वर भर्रा गया। आगे बोलना श्रमसाध्य हो आया। संचालकजी ने उनकी पीठ पर थपकी देकर शांत हो जाने का अनुरोध किया। फिर स्वयं वहाँ से उठकर दूसरे कमरे में जा बैठे।

मैं देर तक सन्न-सा बैठा रहा जहाँ का तहाँ। यह क्या सुन रहा हूँ मैं? इतना स्वर्णिम है इनका अतीत? फिर, फिर कहाँ बिला गई वह प्रतिभा, वह लेखनी? और मैं...मैं...क्या-क्या नहीं सोचा करता था इनके विषय में!

"लो, चाय पियो, आनंद!"

प्रभाजी के स्वर में अभी भी तरलता थी। वे आवाज न देतीं तो मैं जाने कितनी देर यूँ ही बैठा रहता।

प्रभाजी नए सिरे से मुझे पचास वर्ष पुरानी अनहोनियाँ बताने लगीं कि जब इन्होंने यह अद्वितीय कीर्तिमान बनाया तब सरकार ने इन्हें विशेष सम्मान के साथ सरकारी नौकरी दी। उन्हीं दिनों इन्होंने मेरे साथ प्रेम विवाह करके एक और कीर्तिमान कायम किया। उस दौर में, हमारे समाज में ऐसा सोचा भी नहीं जा सकता था। चारों तरफ इन्हीं-इनकी चर्चा थी। तभी रायबहादुर साहब के कानों तक इनकी चर्चा पहुँची। उन्होंने सरकारी वेतन से दस गुने ज्यादा वेतन पर इन्हें अपने यहाँ नौकरी दी।

शुरू-शुरू में इनका लेखन, अध्ययन, मनन सब पूर्ववत् चलता रहा। चूँकि रायबहादुर और उनकी धर्मपत्नी स्वयं भी साहित्य अनुरागी, सुसंस्कृत हैं। संस्कृति,

धर्म, दर्शन में रुचि है उनकी। इसीलिए उनकी इच्छा जानने पर इन्होंने लोक हितकारी की योजना बनाई। और भी कई नई-नई, दूरगामी, ख्याति दिलाने वाली योजनाएँ बनाईं। अपनी देखरेख में उन्हें शुरू कराया, मगर इस व्यस्तता में लेखन, अध्ययन, मनन पीछे छूटता गया। छूटता गया। और धीरे-धीरे ये जाने कब बुद्धिजीवी से व्यवस्थापक में, नौकर में तब्दील हो गए। पहले यह कर्म था, अब स्वभाव बन गया है। पहले उसे इन्होंने ओढ़ा-बिछाया, अब उसने इन्हें अपना बिछौना बना लिया है...

यह सब केवल इन्हीं के साथ होता तो मेरे लिए तकलीफदेह होता। अभी तो यह सोचकर मन को तसल्ली दे लेते हैं कि ऐसा औरों के साथ भी हुआ। इनकी पीढ़ी के, इनके एकदम बाद की पीढ़ी के कितने तो लेखक, बुद्धिजीवी हैं जिन्होंने अपने समय में तहलका मचा दिया था। पूरे देश की आँखें उन पर केंद्रित थीं कि ठीक तभी कोई संपादक, कोई संचालक, कोई मंत्री, कोई संयोजक बना और वही बनकर रह गया। अपनी प्रतिभा, अपनी शक्ति, अपनी सोच, अपना सर्वस्व उसी में खपा दिया। या शायद व्यवस्था का भोजन है ही यह सब। इन्हें खबर भी न मिली और वह जाने कब सब चट कर गई। उस पर मुटापा आता गया और ये हड्डियों के ढाँचे रह गए। माँस-मज्जा सब व्यवस्था के छप्पन भोग में तब्दील हो गए।

उन तमाम लोगों की प्रतिभा चुक गई—ऐसा तो कोई क्या कहेगा, किस मुँह से कहेगा। यदि ऐसा होता तो वे संस्थाएँ, वे प्रकाशन, वे पत्र-पत्रिकाएँ क्या यों ही घर कर जातीं लोगों के मन में? हाँ, अब भी वह प्रतिभा है या नहीं, यह आने वाला समय ही बताएगा। जब ये सब व्यवस्था रूपी ब्रह्मराक्षस से मुक्त होकर कुछ कर दिखाएँगे। अभी इनकी अंतिम अग्निपरीक्षा शेष है...

श्रीमती लाल जितना बोल रही थीं उतना ही दुःख के सागर में डूबती जा रही थीं। तभी संचालकजी आए, आकर बोले, "बस करो प्रभा! अतीत की नहीं अब की बात करो। हमें जब अवसर मिलेगा तब देखेंगे। लौट सके तो समझना जीत गए। नहीं लौटे अपनी धुरी पर तो समझना व्यवस्था जीत गई, समय जीत गया। फिलहाल तो इनका समय है। हमें उम्मीद की डोर अपने नहीं इनके हाथ में थमा देनी चाहिए। देखें ये कितनी ऊँची उड़ान भरते हैं।"

उस दिन फिर आगे बातचीत का सिलसिला नहीं ही जमा। संचालकजी के टोकने के बाद प्रभाजी चुप्पी साध गईं और स्वयं संचालकजी भी इतना कहकर गुमसुम से बैठ गए। प्रभाजी जाने कितनी देर तक चाय में चम्मच चलाती रहीं।

मैं वहाँ से उठ आया। यह सोचकर कि अब इस पुरवाई के थमने पर ही आऊँगा इस ओर...

विदूषकजी! विदूषकजी! ओ विदूषकजी! अरे भाई विदूषकजी! सुनो तो विदूषकजी! कहाँ हो विदूषकजी!

पिछले पंद्रह दिन से मैं विदूषकजी को आवाजें दे रहा हूँ, मगर वे सुनते ही नहीं। जाने कहाँ बिला गए। हर कोना, अंतरा खँगाल लिया, दर्शन ही नहीं हुए। ठीक है स्थायी रूप से न आते, कम से कम अपने प्रेमी को एक झलक तो दिखा जाते। पर नहीं। वह भी नहीं हो सका। डर गए शायद।

ऐसा ही तो होता है सिद्ध किए हुए देवों के साथ। जहाँ कोई बड़ा सिद्ध देखा कि झट हथियार डालकर फरमाया, "यह काम मुझसे नहीं होगा मेरे आका! आप कहें तो पहाड़ उठा लाऊँ। आप कहें तो धरती-आकाश एक कर दूँ। मगर इस सिद्ध से भिड़ना मेरे बस की बात नहीं!"

हट, परे हट! बड़ा आया धरती-आकाश एक करने वाला। अबे, जब धरती-आकाश एक करेगा तब क्या यह तेरा बाप सिद्ध आड़े नहीं आएगा? यह क्या तब धरती-आकाश छोड़ भागेगा? लगता है धरती-आकाश के बारे में भी तू अज्ञान में है। तेरा धरती-आकाश कुएँ के मेढक की तरह का ही है शायद।

हाँ, हर मेढक का धरती-आकाश उतना ही होता है शायद। और जो कुएँ में ताजिंदगी रहते हैं, उन्हें इस बात का पता ही नहीं चलता। शर्मिंदा होते हैं वे, जो कुएँ से समुद्र में फेंक दिए जाते हैं। उनमें से भी कुछ तो केवल शर्मशार होकर रह जाते हैं, वे वहाँ भी एक कुआँ माप लेते हैं अपनी कल्पना में, और कुछ होते हैं जो समुद्र की थाह लेते हैं। स्वीकारते हैं इस सच को कि यह कुआँ नहीं है, और हम इसके ओर-छोर से अनभिज्ञ हैं। यह अनंत है...इसे नापना होगा ही, तभी नए सिरे से छोर जानने का अपना दावा पेश कर पाएँगे हम!

तो क्या मेरा विदूषक कुएँ का मेढक ही बना रहना चाहता है? या कि समुद्र में आकर भी अपने लिए कुएँ जितनी कल्पना कर ली है उसने?

नहीं, मैं उसे इस तरह विश्राम में नहीं जीने दूँगा। उसे नए सिरे से नापना होगा इस असीम विस्तार को!

थक जाएगा वो!

तो क्या हुआ? जब तक नहीं थकेगा तब तक कितना तो नाप चुका होगा, यह भी तो सोचो!

क्यों थकाते हो बेचारे को, क्या फायदा? हाऊ मच लैंड रिक्वायर ए मैन? बाबा तॉलस्ताय ने नहीं बताया था क्या? दो गज!

हुँह! उतनी जमीन की जरूरत मरे हुए आदमी को होती है, जीवित को नहीं। और मरे हुए को भी तब होती है जब वह लेटा हो! अगर वह चलना चाहे तब?

तो पहले यह तय हो जाना चाहिए कि विदूषक जिंदा है या मर गया।

मेरा अनुमान है वह अभी मरा नहीं मूर्छित हुआ है बस!

तब ठीक है। जब मूर्छा टूटेगी तभी पूछेंगे उससे कि बता तेरा इरादा क्या है?

फिलहाल तो संचालकजी ने एक खंभा ला खड़ा किया है तेल पिलाकर और मुझ सधे हुए देव को यह दायित्व सौंपा है कि मैं उस पर चढ़ूँ और जब चढ़ चुकूँ तब उन्हें सूचना दूँ।

अगले महाकुंभ के अवसर पर लोक हितकारी धार्मिक पुस्तकों का एक पूरा सेट निकालना चाहता था। प्रत्येक वर्ष की प्रतीक एक पुस्तक यानी कुल बारह पुस्तकों के इस सेट में दो पुस्तकें ऐसी थीं जिनमें मुझे सहयोग करना था। पहली पुस्तक गुमानचंद्रजी के निर्देशन में तैयार होनी थी और दूसरी पुस्तक में मुझे प्रभाजी को सहयोग देना था। बाकी सभी कामों से मुझे मुक्त कर दिया गया था। घर में रहते समय मैं प्रभाजी के लेखन में हाथ बँटाता और दफ्तर में गुमानचंद्रजी के।

सभी पुस्तकों के साथ ये पुस्तकें भी छपीं। इस पूरे वर्ष-भर मालूम ही नहीं हुआ कि कब दिन हुआ, कब रात। इस कदर इस काम में मन लगा गोया अपने आराध्य की साधना में तल्लीन रहा होऊँ इतने दिन। सतीशजी, गैंदालालजी, शांता, टेकचंद सब जाने कहाँ बिला गए। वह पूरा-का-पूरा ज्वालामुखी फटने के इंतजार में रहा आया। मगर न मैंने उसे कुरेदा, न उसने अपनी आँच से मुझे तपाया।

इसी बीच मालूम हुआ, हाँ सचमुच मालूम ही तो हुआ, कि श्रीमती विमला भार्गव कब की चली गईं, उनके स्थान पर एक नवोदित लेखक को रखा गया। क्या नाम था उनका? हाँ, जैनेन्द्र जख्मी। वे दो-चार महीने में ही कई जख्म और खाकर चले गए। उनके बाद आ पहुँचे हैं एक और लाल—श्री मोदकलाल।

सुना है मोदकलालजी मालिकों द्वारा नियुक्त हुए हैं। उन्होंने आते ही अपने हाथ-पाँव फैला दिए हैं। संचालकजी इधर प्रकाशनों में जुटे रहे। उधर वे बेताज के बादशाह सिर पर मालिक का वरदहस्त रखा हुआ बताकर पूरे बहाव को अपनी ओर मोड़ने में जुट गए। ज्वालामुखी बिना फटे दो हिस्सों में बँट गया। जो इधर व्यस्त थे वे संचालक के चहेते मान लिए गए। बाकी उनके खेमे में जा बैठे।

पुस्तकें प्रकाशित होने के बाद संचालकजी ने यह तमाशा देखा तो कुछ देर को अचकचाए, बहुत थोड़ी देर को। फिर जो सँभले तो इस कद्र कि...

मोदकलालजी ने मुझे भी चारा डाला, मगर मैं उनके हाथ आनेवाला कहाँ था। मैं तो उन दिनों बहुत ऊँचाई पर बैठा हुआ था। इतनी ऊँचाई पर जिसे पा जाना मोदकलालजी के बस की बात नहीं थी। उनकी आवाज वहाँ तक पहुँच नहीं पा रही थी। दो-दो पुस्तकों में मेरा नामोल्लेख हुआ था। एक में स्वयं संचालकजी ने लिखा था : ''यह आनंदवर्द्धन के अथक श्रम का परिणाम है जो पुस्तक समय पर आपके हाथों में आई। इसका फलाँ-फलाँ हिस्सा आनंद ने लिखा। मैं इसके सुखद भविष्य की कामना करता हूँ।''

और दूसरी पुस्तक में प्रभाजी ने स्वीकारा था : ''इस पुस्तक के लेखन में श्री आनंद शास्त्री ने जो सहयोग, जो मार्गदर्शन दिया उसी के चलते मैं यह पुस्तक लिख पाई। उनका श्रम, उनकी योग्यता प्रशंसनीय है।''

एक रोज हिंदी के मूर्धन्य साहित्यकार, अरिहंत कुमार का आगमन हुआ हमारे कार्यालय में। वे सपत्नीक पूरे दिन हमारे कार्यालय में रहे। मुझे काम करते देख, संचालकजी से, प्रभाजी से मेरे बारे में सुनकर, मेरे विषय में पुस्तकों में लिखे उन दोनों के विचार पढ़कर बहुत प्रसन्न हुए। मुझे आशीर्वाद दिया और कामना की कि यदि ऐसा ही कर्मठ, योग्य युवा उन्हें मिल जाए तो न केवल उनके बेटे का प्रकाशन संस्थान चल निकले, बल्कि उन्हें स्वयं भी लेखन में सुविधा हो जाए।

मेरे कानों में हर समय वे ही शब्द गूँजते रहते थे।

भाँय-भाँय, काँय-काँय, भौं-भौं, चौं-चौं! मोदकलालजी ने कई तरह से, कई रूपों में आवाजें बना-बनाकर अपना गला खराब किया मगर उनकी कोई आवाज मुझ तक नहीं पहुँची। उन्हें मेरी जरूरत थी, नितांत जरूरत। उनका खयाल था कि वे राम हैं, मैं विभीषण और संचालकजी रावण। राम से विभीषण का मिलन आवश्यक था। मगर विभीषण कुंभकर्ण बना हुआ था। लंकादहन हो चुका था, बस, शेष था विभीषण का सहयोग और रावण-वध।

लेकिन विभीषण मिले तो मिले कैसे? फिर यह सचमुच रामलीला थी भी तो नहीं। यहाँ जो स्वयं को राम कह रहा था, लंका वही हथियाना चाहता था। विभीषण को देने का इरादा तो था नहीं। फिर! फिर विभीषण क्योंकर सुनता?

देर से ही सही, मोदकलालजी की समझ में आ ही गया कि वे राम नहीं मोदकलाल हैं और मैं विभीषण नहीं आनंद हूँ। यह भी समझ में आ गया कि उन्हें लुढ़कना संचालक की सीट की तरफ है। जिसका सरल रास्ता भले ही मेरे

पास से होकर गुजरता है, लेकिन रास्ते और भी हैं! यह समझ में आते ही वे लुढ़क लिए इस विश्वास के साथ कि या तो वे मुझसे बरक कर निकल जाएँगे, अगर ऐसा नहीं हुआ तो मुझे भी एक ओर लुढ़काते वे वहाँ तक पहुँच ही जाएँगे।

संचालकजी सतर्क थे, मैं नहीं। मैं तो काफी ऊँचाई पर था न उन दिनों और वहीं बैठा-बैठा चैन की नींद सो रहा था। अचानक मेरी नींद तब टूटी जब मोदकलालजी ने नीचे से सीढ़ी खींच ली। मैं जब धड़ाम से जमीन पर गिरा तो हड्डियाँ चकनाचूर हो गईं।

वही साधे हुए देवों की लड़ाई। मोदकलालजी जिस ओर से आए थे उसी तरफ का एक बड़ा देव ले आए। उसने आकर कहा, 'रे लालचंद्र, तेरी यह हिम्मत! मेरे रहते तूने इस छोटे देव को खंभे पर पहुँचा हुआ बता दिया। ठीक है कि मैं तेल पिए खंभे पर नहीं चढ़ सकता, पर तू मेरी ताकत तो देख! मेरा विराट रूप तो देख! इस मोदकलाल को विश्वास है कि मैं इस पर चढ़ सकता हूँ। तू क्या इसके विश्वास को ठेस पहुँचाएगा? नहीं न! मेरे बल को चुनौती देगा? नहीं न! तब फिर उतार उसे और घोषणा कर कि खंभे पर बैठा देव मैं हूँ, मैं! और मेरे कुलगुरु भी, समझा!'

अगले ही दिन दोनों पुस्तकों की भूमिका बदल गई। वहाँ लिखा गया—प्रातः स्मरणीय फलाँ और अविस्मरणीय फलाँ की कृपा, प्रेरणा, आशीर्वाद, अनुकंपा, स्मरण से यह लेखन-प्रकाशन संभव हुआ।

अगले दिन मैंने लोक हितकारी साहित्य मंडल को अंतिम नमस्कार किया और सड़क पर आ गया!

उधर जैसे ही बड़ा देव चोटी पर पहुँचा, संचालकजी ने नीचे से आवाज देकर उसे आगाह किया, "हुजूर, यह मोदकलाल खंभा हिला रहा है। मैं खंभा थामे रहूँ या छोड़ दूँ?"

"छोड़ो मत! एक हाथ में खंभा थामो और दूसरे में मोदक की गर्दनिया लपेटकर उसका टेंटुआ दबा दो!"

संचालकजी ने वैसा ही किया। टेंटुआ दबाया और मरे हुए मोदकलाल को खंभे से दे मारा। खंभा थिर हो गया। संचालक के हाथ फारिग हो गए। वे वापस अपनी रियासत में आए। एक फटा बाँस हाथ में थामा और ज्वालामुखी के हर मुहाने पर जा-जाकर फूँक मारकर यह जानने का प्रयास करने लगे कि इनमें से कौन-कौन-सा बिना फटे ही राख हो गया है और किस-किस में आँच बाकी है।

प्रशिक्षण

"ठीक है, तो फिर आप मेरे बेटे से बात कर देखिए। मुझे तो कोई आपत्ति नहीं बल्कि मैं तो आपका स्वागत करने को ही तत्पर पा रहा हूँ अपने को।" अरिहंत कुमार ने सहृदयता का परिचय देते हुए कहा।

मैं लोक हितकारी से मुक्त होने के दो रोज बाद सवेरे-सवेरे उनके निवास पर आ पहुँचा था। यह स्मरण दिलाने के लिए कि वे मुझ जैसा कर्मठ चाहते थे न! क्या अब भी चाहते हैं? अगर हाँ, तो मैं प्रस्तुत हूँ।

"हाँ, बाबूजी, अम्मा आपका जिक्र प्रायः करते हैं। मुझे कल ही मालूम हुआ कि आपने लोक हितकारी छोड़ दिया है। मैं तो खुद आपसे संपर्क करना चाहता था।" उनके बेटे ने भी वही सहृदयता दिखाई।

"कैसे मालूम हुआ आपको?" मैंने जानना चाहा।

"कल हितकारी के संचालक का पत्र मिला था मुझे जिसमें यह सूचना दी गई थी कि आपका अब लोक हितकारी से कोई संबंध नहीं रहा।"

"क्या मैं वह पत्र देख सकता हूँ?"

"क्या कीजिएगा देखकर। यह बहुत ही सामान्य-सा पत्र है जो कारोबारी खाना-पूर्ति के लिए भेजा जाता है। खैर, आप हमारे यहाँ काम करेंगे क्या?"

"इसीलिए तो आया हूँ।"

"अह! आप मेरा मतलब नहीं समझे। भई हितकारी एक बड़ा संस्थान था। यह एक छोटी-सी संस्था है। कुल अढ़ाई आदमियों की। यहाँ आधा मुझे समझ लीजिए। एक क्लर्क और एक चपरासी। यही कोठरी हमारा दफ्तर है, यही बिक्री केंद्र, यही संपादन-प्रकाशन विभाग।"

"मैं हितकारी में केवल एक मेज-कुर्सी जितनी जगह घेरता था और नौकरी अंजाम देता था, यहाँ भी मुझे उतनी ही जगह में वही काम करना होगा न?"

"नहीं। यहाँ आपकी मेज में मैं भी हिस्सेदार होऊँगा, और यहाँ आपको महज नौकरी नहीं करनी हमें सहयोग भी देना होगा। मैं दरअसल यही अंतर तो स्पष्ट कर देना चाहता था। अच्छा खैर, यह सब तो बाद में तय होता रहेगा। कुछ आप हमारी सीमाओं को समझेंगे, कुछ हम आपकी क्षमताओं को। फिलहाल तो आप यह बताइए कि कितना वेतन चाहेंगे आप हमसे। और हाँ, यहाँ काम करने के साथ-साथ आपको बाबूजी के लेखन में भी मदद देनी होगी। अब क्या बताएँ, अच्छा सहयोगी न होने से उनका लेखन ठप पड़ा है और मुझसे आप कहाँ-कहाँ उम्मीद रख सकते हैं...।"

"जो आप उचित समझें।"

"फिर भी।"

"आप ही बताइए, क्या दे सकते हैं आप?"

"देखिए, मैं स्पष्ट बात करने में यकीन रखता हूँ। हम आपको फिलहाल साढ़े पाँच सौ रुपया महीना वेतन देंगे और साल के आखिर में कुल बिक्री पर पाँच प्रतिशत कमीशन। फिलहाल हमारी बिक्री दो लाख रुपए प्रतिवर्ष है। इससे अधिक जो भी होगी उस पर आपको यह कमीशन मिलेगा।"

"मुझे स्वीकार्य है।"

"तब फिर मिलाइए हाथ और आइए अब आपको एक बढ़िया चाय पिलाएँ।" पूरे जोश के साथ उठकर उन्होंने हाथ मिलाया और वही हाथ थामे-थामे मुझे घर तक लाकर बैठक में बैठाया और स्वयं भीतर परिवारीजनों को चाय बनाने के लिए कहने चले गए।

जब वे लौटे, उनके साथ अरिहंतजी और कोई एक महिला थीं।

"ये मेरी पत्नी विभा हैं। इन्हें मिलाकर हम तीन थे।" उन्होंने हँसकर कहा।

मैं अरिहंतजी को देखते ही उठ खड़ा हुआ था। उसी मुद्रा में मैंने उन्हें प्रणाम किया, फिर श्रीमती विभाजी को नमस्कार किया और फिर सबके साथ-साथ निर्दिष्ट स्थान पर बैठ गया।

"तो यह तय पाया गया कि अब आपकी सेवाएँ मुझे भी उपलब्ध होंगी।"

"मेरा सौभाग्य है यह।"

"और मुझ बूढ़े का दुर्भाग्य।" कहकर ठहाका-सा लगाया अरिहंतजी ने।

मैं अवाक्-सा उन्हें देखता रह गया। दोनों पाँवों को घुटनों तक मोड़कर, दोनों हाथ ठोड़ी पर टिकाए जाने कहाँ, किस सोच में अचानक डूब गए इस बूढ़े ने यह क्या कहा था!

"अरे, घबरा गए? नहीं भाई नहीं, मेरा दुर्भाग्य यों कि यदि तुम न मिलते तो मैं आराम से दिन गुजारता न! अब फिर वही उद्योग। रोज-रोज तुम्हारी कुटिया भरने को अपना घर खाली करता चलूँ।"

"तो आज से आप हमारी संस्था के प्रकाशन और विक्रय अधिकारी हुए। यह लीजिए आपका नियुक्ति-पत्र और यह अनुबंध।"

अरिहंतजी के बेटे इस बीच कुछ लिखने में व्यस्त हो गए थे। ज्यों ही अरिहंतजी चुप हुए उन्होंने अभी-अभी तैयार किए दोनों पत्र मेरे सामने रख दिए।

दोनों पत्रों का कुल जमा सार यही था कि मुझे सूर्योदय प्रकाशन में प्रकाशन और विक्रय अधिकारी के रूप में नियुक्त किया जा रहा है और मेरी सेवा शर्तें वही होंगी जो सूर्योदय प्रकाशन प्राइवेट लिमिटेड के संचालक, अरिहंत ट्रस्ट के प्रबंधक और अरिहंत कुमार के सुपुत्र दीपकजी मुझे पहले ही बता चुके थे।

"अब मुझे इजाजत दें।" मैंने दोनों जन का अभिवादन किया।

"चल दिए? बैठो अभी!" अरिहंतजी ने सायास अपना स्वर भारी किया जैसे कि आदेश दे रहे हों या मेरा आचरण आपत्तिजनक लगा हो, सो खपा हों मुझ पर।

मैं फिर जहाँ-का-तहाँ बैठ गया।

"तो, कल से आप मुझे बेचेंगे। ठीक कह रहा हूँ न मैं? पर पहले यह तो बताइए कि आपने मुझे पढ़ा भी है? क्या कहकर रिझाएँगे खरीदार को?" अरिहंतजी ने हास्यमिश्रित जिज्ञासा प्रकट की।

"सच कहूँ अरिहंतजी?"

"हाँ, सच ही कहो, सच ही कहना चाहिए भी तुम्हें।"

"मैंने आपको पढ़ा ही नहीं अभी तक!"

"क्या? मैंने तो सुना था तुम पढ़ने-लिखने के शौकीन हो! उस दिन लालचंद्रजी बता रहे थे कि तुमने जब भी छुट्टी माँगी, कोई-न-कोई किताब पढ़ने के लिए माँगी?"

"एक तरह से वे सच ही कह रहे थे। लेकिन तब भी मैंने आपकी केवल एक कहानी पढ़ी है अब तक।"

"बस! इतना बुरा लिखता हूँ क्या मैं?"

"जी नहीं, दरअसल वह कहानी मैंने निरे बचपन में पढ़ी थी, कोर्स की किताब में। मुझे वह समझ ही में नहीं आई। उस साल पहली और आखिरी बार मेरे हिंदी में कम नंबर आए थे..."

“तो इसके लिए मुझे दोषी पाया तुमने? इसमें भला मेरा क्या दोष? मैंने तो तुम्हारा पाठ्यक्रम नहीं बनाया था!”

“मगर आपसे अनुमति तो ली गई होगी। आप कह देते कि इसे इतनी छोटी कक्षा के पाठ्यक्रम में न रखें। बच्चों के मतलब की नहीं है यह।”

“अरे भाई, अनुमति लेता कौन है यहाँ। कभी-कभार खाना-पूर्ति करने के लिए एक छोटी-सी सूचना भेज देते हैं कि आपकी फलाँ रचना पाठ्यक्रम में ली जा रही है, मानदेय राशि संलग्न है। न उसमें पाठ्यक्रम का नाम, न कब से कब तक के लिए, न मानदेय राशि का औचित्य, न पुस्तक की प्रकाशित प्रतियों का उल्लेख–कुछ भी तो नहीं होता। अगर आपत्ति करें तो किससे, कैसे, और क्या गारंटी कि आपत्ति स्वीकार होने तक वह पाठ्यक्रम ही न बदल जाए!”

“यह सब तो मैं तब नहीं जानता था न। पर मेरे बालमन ने एक ही बात तय पाई कि आप घनघोर गूढ़ लिखते हैं। सो फिर कभी रुचि जागृत हुई ही नहीं।”

“मगर अब? अब तो पढ़ोगे न? या खरीदार से यही कहोगे कि लो अरिहंत का साहित्य–भयंकर गूढ़। फिर तो वह नहीं ही खरीदेगा, क्यों?” वही बालसुलभ हास चेहरे पर लिए अरिहंतजी ने मुझे कुरेदा।

“अब तो पढ़ूँगा ही, मगर कह नहीं सकता कि यह पढ़ना, वह पढ़ना होगा ही क्या। क्योंकि अब मैं आलोचक की निगाह से नहीं, पाठक की निगाह से भी नहीं, आपको पढ़ूँगा प्रचारक की निगाह से।”

“यानी शुद्ध पाठक जो है तुममें उससे मेरा साहित्य अब भी वंचित रहेगा।”

“ऐसा ही समझ लीजिए।”

“चलो खैर, देखते हैं कब तक वह पाठक मेरे साहित्य की गिरफ्त में नहीं आता।” कहकर कुछ देर मुस्कराते रहे अरिहंतजी, फिर बोले, “तो स्वाध्याय आज से ही...।”

“निश्चित रूप से आज से ही।” मैंने उनका आशय समझ तुरंत अनुमोदन किया।

अरिहंतजी से हर चौथे-छठे दिन मुलाकात होती थी। अभी उनका लिखने का कोई सिलसिला शुरू नहीं हुआ था। मैं जब भी अवसर मिलता उनके प्रकाशन का जायजा लेता, बाकी समय अरिहंतजी का साहित्य पढ़ने या फिर प्रकाशन की भावी रूपरेखा बनाने में गुजारता था।

इन दिनों मेरा खाना-सोना, ओढ़ना-बिछौना केवल सूर्योदय था। सूर्योदय की स्थिति अजीब थी। अरिहंतजी ने पिछले पंद्रह वर्ष से कोई नई पुस्तक नहीं लिखी थी। सूर्योदय के पास सिवा उनके किसी और की कोई पुस्तक थी नहीं। केवल अरिहंत साहित्य के दम पर खड़ा था संस्थान। चूँकि अरिहंतजी नया कुछ लिख नहीं रहे थे इसलिए या तो यहाँ समाप्त हो गई पुस्तकों के नए संस्करण छप रहे थे या फिर पुराने माल पर नया चापा चढ़ाकर उसे ही बार-बार बेचा जा रहा था।

अरिहंत के उपन्यास, अरिहंत की कहानियाँ, अरिहंत के नाटक, अरिहंत के निबंध, अरिहंत के विचार तो थे ही–फिर इनके भी भेद-प्रभेद थे। मसलन–

अरिहंत के तीन राजनीतिक उपन्यास।
अरिहंत के पाँच पारिवारिक/सामाजिक उपन्यास।
अरिहंत के दो पुरस्कृत उपन्यास।
अरिहंत के चर्चित उपन्यास।
अरिहंत के श्रेष्ठ उपन्यास।
अरिहंत के प्रतिनिधि उपन्यास।
अरिहंत के संपूर्ण उपन्यास।
अरिहंत के प्रिय उपन्यास।
अरिहंत की कहानियाँ।
अरिहंत की संपूर्ण कहानियाँ।
अरिहंत की प्रतिनिधि कहानियाँ।
अरिहंत की चर्चित कहानियाँ।
अरिहंत की श्रेष्ठ कहानियाँ।
अरिहंत की सर्वश्रेष्ठ कहानियाँ।
अरिहंत की बहु-प्रशंसित कहानियाँ।
अरिहंत की ग्रामीण अंचल की कहानियाँ।
अरिहंत की जन-जाग्रति की कहानियाँ।
अरिहंत की मनोवैज्ञानिक कहानियाँ।
अरिहंत की राजनीतिक कहानियाँ।
अरिहंत की नारी प्रधान कहानियाँ।
अरिहंत की आजादी से पूर्व की कहानियाँ।
अरिहंत की आजादी के बाद की कहानियाँ।

अरिहंत की प्रारंभिक कहानियाँ।
अरिहंत की उत्तरार्द्ध की कहानियाँ।
अरिहंत की पहली और अंतिम कहानी।
अरिहंत की प्रिय कहानियाँ।
अरिहंत की जब्तशुदा कहानियाँ।
अरिहंत की पुरस्कृत कहानियाँ।
अरिहंत की विवादास्पद कहानियाँ।
अरिहंत की उपेक्षित कहानियाँ।
अरिहंत के विचार।
अरिहंत और नारी।
अरिहंत और पुरुष।
अरिहंत और पशु।
अरिहंत और पक्षी।
अरिहंत और राजनीति।
अरिहंत और समाज।
अरिहंत और धर्म।
अरिहंत और ईश्वर।
अरिहंत और काम।
अरिहंत और प्रेम।
अरिहंत के संस्मरण।
अरिहंत और साहित्यकार।
अरिहंत और राजनेता।
अरिहंत और साधु।
अरिहंत और शैतान।
अरिहंत की बालकथाएँ।
अरिहंत की भालू।
अरिहंत की बंदर।
अरिहंत की चोर।
अरिहंत की जीत।
अरिहंत की हार।
अरिहंत की समझौता।

अरिहंत की पलायन।
अरिहंत और छुटपुट।
और...
संपूर्ण अरिहंत वाङ्मय।
और जो लिखा नहीं था, मगर मुझे लगा लिखा होना चाहिए था–
भूल-चूक लेनी-देनी।

मैं फिर अपने पुराने सहपाठी के साथ ही रहने लगा था। इस बार इतना भर अंतर था कि हम लोग कैलाश नगर में न रहकर लक्ष्मीनगर में रहने लगे थे। मैं अपने साथी को प्रायः अपनी दिनचर्या सुनाया करता था। सूर्योदय के प्रकाशनों की सूची देखने के बाद मैंने जब उनसे कहा कि यह सब भ्रमजाल अपनी तो समझ में आया ही नहीं, एक ही रचना सैकड़ों नामों से पाठक के सिर मढ़ना...

वे रहस्यमय ढंग से मुस्कराते रहे देर तक। फिर उन्होंने अपनी मुस्कान का रहस्य खोला, बंधु, यह हिंदी प्रकाशन जगत है। कभी यहाँ साहित्यकार पूजे जाते थे। प्रकाशन व्यवसाय तब व्यवसाय नहीं सरस्वती की पूजा माना जाता था। लेकिन वे सरस्वती के उपासक अब कहाँ! अब तो बचे हैं सूर्यास्त प्रकाशन, सूर्योदय प्रकाशन, विद्यादेवी प्रकाशन, कंस प्रकाशन, बाँके बिहारी प्रकाशन, प्रतिवद्ध प्रकाशन। और इन्हें चलाते हैं शुद्ध बनिए।

सूर्योदय तो फिर भी सुपाच्य है। हिंदी में तो यह हाल है प्रकाशनों का कि लेखक को गुजरे जमाना गुजर गया मगर उसके प्रकाशक हैं कि दावे के साथ हर दूसरे-चौथे-छठे महीने उसकी अप्रकाशित, अद्वितीय, दुर्लभ, रचनाओं के सेट निकाले जा रहे हैं। वर्षों से उन्होंने कुछ और नहीं छापा। कोई उनसे यह पूछने वाला नहीं कि भाई मेरे, अगर उन मूर्धन्य साहित्यकार का अद्वितीय लेखन यही है तो उनके जीते-जी जो छपा वह क्या दोयम दर्जे का था, चलताऊ था या किसी की नकल था? क्या वे साहित्यकर्मीजन इतने नासमझ थे कि दोयम दर्जे का साहित्य, नकल किया गया साहित्य तो अपने सामने छपवाते रहे और अद्वितीय को दबाए रखा! और मान लो यह सब अद्वितीय है भी तो हम क्या करें! भला जिसे लेखक ने खुद छपाने योग्य नहीं समझा, जिसके लिए उसने अपने जीते-जी ऐसा आग्रह नहीं पाला, उसे कोई क्यों पढ़े? हम तो वही पढ़ेंगे जिनके चलते वे अमर हुए। एकाध पुस्तक हो तो कोई मान भी ले कि चलो रह गई होगी छपने से। या लेखक को अपने समय में छपने के अवसर न मिले हों तब भी मान लें कि फिर ठीक

है। पर ऐसे साहित्यकार, जो, जो भी बोलते थे वह हिंदी साहित्य की श्रीवृद्धि मान लिया जाता था, जिनके एक-एक क्षण की गतिविधियों की जानकारी हजारों साहित्यप्रेमियों को होती थी, जो अपने-आप में पाठशालाएँ थे साहित्यलेखन की, उनके नाम पर यह धोखाधड़ी जितनी हमारे यहाँ है, मालूम नहीं कहीं और भी होगी या नहीं। हो सकता है हो भी, क्योंकि प्रायः हमारे यहाँ कुछ भी 'नया' किसी और जगह के 'पुराने' पर आधारित तो होता ही है।

"क्यों, ठीक कह रहा हूँ न मैं?"

"ऐं, हाँ।" मैंने चौंककर अटपटा-सा जवाब दिया।

"अमाँ, कहाँ खो गए थे तुम? मैं तुम्हें तुम्हारे मतलब की बातें बता रहा हूँ और तुम...?"

"वो क्या है कि तुम जब भी बोलते हो तो धाराप्रवाह बोलते हो। मेरा इस बीच जाने कब ध्यान बँट जाता है।"

"अगर मैं धाराप्रवाह बोलता हूँ तो इसमें मेरा क्या दोष। जब मैं बोलता हूँ, तुम न तो बीच में प्रतिप्रश्न करते हो, न मेरी तरफ देखते हो, न कोई प्रतिक्रिया व्यक्त करते हो, सो मैं यही समझता हूँ कि बात तुम्हारी समझ में पूरी तरह नहीं आई है, या तुम्हारी जिज्ञासा शांत नहीं हुई है, या तुम्हें मजा आ रहा है मुझे सुनने में..."

"फिर वही..." मैंने उन्हें टोका।

"हाँ, यह हुई न बात। भइये, अपन तो जब तक सामनेवाले को तसल्ली न हो, कपड़ेवालों की तरह थान पर थान दिखाए जाते हैं।"

"खैर, भविष्य में ध्यान रखूँगा।"

"न भी रखो तो अपने स्वास्थ्य पर कोई प्रतिकूल असर पड़नेवाला नहीं। फिलहाल आज के लिए इतना ही ज्ञानदान काफी है।"

"आइए तब तो आपको एक कप बढ़िया कॉफी पिलाते हैं।" दीपकजी प्रफुल्ल होकर बोले।

दीपकजी की यह अजीब आदत है। जब जरा प्रसन्न हुए झट कॉफी, चाय पिलाने पर उतारू। और खुश भी खुशखबरी सुनकर नहीं, 'खुशखबरी है मेरे पास आपके लिए एक' बस इस सूचना से हो जाते हैं, चाहे वह बाद को मातमी सूचना ही क्यों न निकले, उनकी बला से!

"हाँ, तो अब बताइए, क्या कह रहे थे आप?"

"देखिए, मैंने सूर्योदय की तमाम किताबें, पुराने रिकार्ड, पार्टियाँ, कमीशन आदि की शर्तें अच्छी तरह पढ़ ली हैं। बाजार में, अपने परिचितों से भी काफी बातचीत हुई। वे सब और स्वयं आपके रिकार्ड एक बात एक-सी कहते हैं।"

"कौन-सी बात?"

"यह कि सूर्योदय की बिक्री दिन-ब-दिन घट रही है।"

"यह तो हम भी जानते हैं। इसीलिए तो हमने आपको रखा है।"

"वह तो मैं भी जानता हूँ। मगर मुझे रख देने-भर से तो बिक्री बढ़ेगी नहीं। उसके लिए तो योजनावद्ध ढंग से काम करना होगा।"

"जरूर करेंगे। है कोई योजना आपके पास?"

"हाँ, है। मेरी राय में हमें अरिहंतजी के अलावा और लेखकों की भी पुस्तकें छापनी चाहिए।"

"वे क्या अरिहंतजी जितने बिकाऊ होंगे?"

"नहीं। और शायद ज्यादा भी हों।"

"क्या? जानते हैं न अरिहंतजी मेरे पिता हैं?"

"हाँ, और हम उन्हें बेचते भी हैं।"

"अच्छा खैर, इस पर फिर कभी बहस करेंगे। मगर यह तो बताइए कि हम और लेखकों को क्यों छापें?"

"क्योंकि अरिहंतजी पिछले कई वर्षों से कुछ नया लिख नहीं रहे हैं। और जब तक आपकी दुकान में नया साहित्य नहीं आएगा, खरीदार भी आपके पास नहीं फटकेगा।"

"मगर...लेखकों से संपर्क कौन करेगा? आप इसका जिम्मा लेते हैं?"

"मुझे आपत्ति तो नहीं, लेकिन यदि आप स्वयं यह काम करें तो ज्यादा अच्छा हो। आपके तो सबसे संबंध भी हैं, और यों भी अंततः तय तो आप ही को करना होगा।"

"वह तो बाद की बात है, मगर मेरे लिए यह काम जरा मुश्किल है। अब हमारे तो सभी से घरेलू-से संबंध हैं। नए-पुराने सभी लेखक हमें जानते हैं। उनमें से किसे छापें, किसे नहीं, यह आप ज्यादा बेहतर जानते होंगे क्योंकि बाजार की स्थिति... फिर बेचना भी तो आपको ही है। हाँ, मेरी तरफ से हर तरह का निर्णय लेने की आपको छूट होगी।"

"तब ठीक है, तो मैं सबसे पहले संपर्क करता हूँ, अरिहंतजी से।"

"क्या?"

"हाँ। नए सिंरे से काम करना है तो क्यों न सबसे पहले अपने पुराने लेखक को प्राथमिकता दें!"

"आनंदजी!" दीपक जी रूसे, "आपको कितनी बार याद दिलाना होगा कि वे मेरे पिता हैं?"

"भाई साहब, और मुझे आपको यह याद दिलाने की जरूरत नहीं कि वे हिंदी के प्रतिष्ठित, वरिष्ठ और बिकाऊ लेखक हैं!"

"तो आप लोग चाहते हैं कि मैं कुछ नया दूँ?"

"जी हाँ।"

"इसीलिए दोनों जन मेरा घेराव करने आए हो?"

"नहीं! हम सत्याग्रही हैं।"

"यह बताइए कि आपने मुझे पढ़ लिया न?"

"जी हाँ। मगर उससे संतुष्टि नहीं हुई, मुझे और चाहिए।"

"यानी मुझे मेरे ही काँटे में उलझा दिया जा रहा है?"

"मैं यह हिमाकत कैसे कर सकता हूँ। दरअसल, हम सूर्योदय से नया साहित्य प्रकाशित करने जा रहे हैं। आप हमारे पुराने लेखक हैं सो फिर से श्रीगणेश आप ही से करना चाहते हैं?"

"तो क्या मेरा तमाम साहित्य अब पुराना हो गया है?"

"जो आप हमें अब देने जा रहे हैं उसकी बनिस्बत..."

"यानी तुम यह निश्चित मान चुके हो कि मैं नया कुछ दूँगा ही?"

"जी हाँ, हमारा पुनर्जीवन तभी संभव जो होगा!"

"दीपक, अब तुम कागज की दुकान, प्रेस, जिल्दबंदी और जो भी अटरम-शटरम इस व्यवसाय के लिए जरूरी हैं सबकी व्यवस्था पक्की कर लो। मुझे लगता है यह वाचाल बालक तुम्हें भी चैन नहीं लेने देगा।"

"बाबूजी!" यकायक चीख-सी निकली दीपक जी के भर्राए कंठ से।

"तो...तो...क्या सचमुच आप नई किताब लिखेंगे?"

दीपकजी की तरफ देखते रहे कई पल तक अरिहंतजी, कुछ इस तरह जैसे वहाँ देखकर भी वे देख नहीं रहे हों। उनकी दृष्टि वहाँ होकर भी वहाँ नहीं थी। उसी मुद्रा में बने रहकर बोले वे बहुत संयत करके स्वयं को, "हाँ, क्योंकि तुम्हारे अविश्वास को और पुख्ता होने का अवसर देने से कहीं बेहतर है इस नवयुवक के विश्वास की रक्षा।"

"ठहरिए बाबूजी, मैं जरा विभा को कॉफी बनाने को कह आऊँ!"

दीपकजी दौड़े...

"अरे भाई, रुको, सुनो तो..." अरिहंतजी ने उन्हें रोका मगर तब तक दीपकजी वहाँ से जा चुके थे।

"खैर, यह बात तो मैं तुमसे भी कर सकता हूँ। मेरी एक शर्त है!"

"कैसी शर्त?"

"पुस्तक का पहला संस्करण दस हजार प्रतियों का होना चाहिए।"

"ऐसा ही होगा।"

"तब ठीक है, तो काम शुरू करें।"

"जैसी आपकी इच्छा।"

"हाँ तो दीपक," सामने से तीन कॉफी लेकर आ रहे दीपकजी को संबोधित करते हुए अरिहंतजी ने कहा, "तो यह तय रहा कि मैं कल से सुबह तीन घंटे आनंद को नया उपन्यास लिखाऊँगा।"

"यह तो बहुत अच्छी खबर है।" हाथों में पकड़ी ट्रे को सावधानी से मेज पर रखते हुए दीपकजी खुशियाए। यदि वे एक क्षण भी और विलंब करते तो ट्रे जमीन पर होती।

मैंने उनका हाथ बँटाना चाहा मगर उन्होंने मेरे हाथ वापस पीछे हटाते हुए कहा, "ठहरिए, मैं थोड़े से मूँगरे ला रहा हूँ। बाबूजी को बहुत पसंद हैं।"

चाय-पान के बाद मैं अरिहंतजी और दीपकजी से अनुमति लेकर वहाँ से चला आया।

मुझे विदा करते समय दीपकजी ने शाबाशी दी। उनकी धर्मपत्नी भी प्रसन्न मुद्रा में उनके पास ही मौजूद थीं, "आनंदजी, आज आपने असंभव को संभव कर दिखाया है। अब मुझे यकीन हो गया है कि हम जरूर कुछ कर गुजरेंगे।"

"आ गए आनंद? हाँ, हाँ, मुझे याद है वह जो चाहा था तुमने और उसमें मेरी भी सहमति थी कि हम चाहेंगे नहीं कभी कुछ किसी से। मगर हो सका है क्या कभी ऐसा कि जीवनभर चाहना ने व्यवधान उत्पन्न किया ही न हो किन्हीं दो के बीच!"

"जरा फिर से पढ़ना तो!" पहले संवाद को बोलने के काफी देर बाद अरिहंतजी बोले। इस बीच मैं केवल उनकी मुखमुद्रा निहारा किया।

"यह लिखना था क्या?"

"तुमने लिखा नहीं क्या?"

"जी, नहीं तो।"

"क्यों भला?"

और उनके प्रश्न का उत्तर देने से पहले मैंने पूरा वाक्य कागज पर उतारा। फिर उसी को प्रश्न के उत्तर स्वरूप सुना दिया।

"हाँ।"

और तब अरिहंतजी पूरे दो-ढाई घंटे तक बोलते रहे लगातार।

कैसे करूँ उन आह्लादकारी पलों का वर्णन। मुझे लगा—मैं आकाश में उड़ रहा हूँ! देश के, भाषा के, समाज के शिरोमणि के मुखारबिंद से निकले नव्यतम साहित्य का मैं पहला वाचक, श्रोता हो गया!

"तुम्हारी स्मरणशक्ति तो बहुत प्रखर है!" लिखवाने के बाद अरिहंतजी ने पहले ही दिन मुझे पुरस्कार भी दे दिया, "मगर तुमने लिखना शुरू क्यों नहीं किया था?" उन्होंने जानना चाहा।

"जी, दरअसल मेरे नाम से आपने संवाद बोला, सो मैं समझा कि आप लिखवाने से पहले मुझे कुछ आवश्यक निर्देश देने जा रहे हैं। फिर शुरुआती वाक्य हमारी पिछली बातचीत की स्मृति-स्वीकृति का-सा लगा।"

"अरे भाई, हम साहित्य के लिए पात्र दूसरी दुनिया में से खोजकर लाते हैं क्या? यहीं अपने ही आसपास के पात्रों को अपनी कल्पना, आवश्यकता और उद्देश्य का पहरावा-भर पहनाकर उन्हीं को तो खड़ा करते हैं। और घटनाएँ भी, ठीक उसी रूप में भले न घटी हों, कहीं-न-कहीं, किसी रूप में उनका भी इतिहास होता है समाज में।"

घंटे-दो-घंटे के अभ्यास से शुरू हुआ यह सिलसिला चार-चार, छह-छह घंटे तक की बैठकों में तब्दील हो गया। हर दिन मैं जितना सुनता उससे कहीं अधिक सीख रहा था। यह अवसर सूर्योदय के पुनर्जीवन का ही नहीं मेरे अपने लिए भी नया जन्म पा जाने के अनुभव जैसा था। एक साहित्यकार क्या सोचता है, किसके लिए सोचता है—जाने कितने-कितने सवालों का अनकहा उत्तर मेरे सामने आ-आ उपस्थित होता।

अरिहंतजी के लेखन-कर्म के अलावा मैं इन दिनों एक और काम में व्यस्त था। वह था अन्य लेखकों से संपर्क। इस काम में हालाँकि मुझे ज्यादा सफलता नहीं मिल रही थी मगर मैं इतनी आसानी से हार मानने को तैयार नहीं था।

कुछ लेखक महज इस संदेह के चलते सूर्योदय से छपने को तैयार नहीं

थे कि हम उन्हें महत्त्व ही कहाँ देंगे। तो कुछ को अरिहंतजी के साथ छपने में अपना भविष्य खतरे में दीख रहा था। तो कुछ इसे सच मानने को ही तैयार नहीं थे। और कुछ से दीपकजी इस बीच संपर्क करके उनकी थाह पहले ही ले चुके थे, नतीजतन उनसे बात बढ़ाने का अवसर ही नहीं मिला।

लेखक, जो मेरे प्रस्ताव पर अनुकूल निर्णय लेने को तैयार भी थे उनमें से बहुतों को अभी भी यह संदेह बना हुआ था कि अरिहंतजी की पुस्तक मिलते ही हम शायद उनसे किए गए वायदे को पूरा करेंगे ही नहीं। उनका अनुमान था कि यदि अरिहंतजी फिर से लेखनरत हो आए तो वे अकेले ही इतना लिख छोड़ेंगे कि हम मुड़कर किसी और की तरफ देख ही न पाएँ। उनके पास पिछले बीस वर्षों में ऐसा इतना कुछ इकट्ठा जो हो गया होगा जिसे वह पाठकों में बाँटना चाहें!

तब भी कई लेखक ऐसे जरूर मिले, जो आशावान थे। जिन्हें सहर्ष यह स्वीकार्य था कि वे सूर्योदय से, अरिहंतजी के साथ-साथ छपने का यश पाएँ ही। और यही लेखक मेरे भविष्य का आधार थे।

"आनंदजी, आप तो मिलते ही नहीं अब!"

उस दिन अभी अरिहंतजी अपने अध्ययन कक्ष में पहुँचे नहीं थे। मैं लिखने की तैयारी में व्यस्त था। तभी दीपकजी ने आकर शिकायत की।

"बारहों घंटे आप ही की सेवा में तो रहता हूँ भाई साहब! और आप ही को शिकायत?"

"मेरा मतलब यह नहीं था। खैर, बाबूजी तो आज एक मीटिंग में गए हैं। दो-चार दिन वे इसी में व्यस्त रहेंगे। तब तक के लिए आपके पास कोई कार्यक्रम है क्या?"

"जी, कोई खास तो नहीं। हाँ, दफ्तर के काम करूँगा फिर इतने दिन।"

"नहीं भाई, नहीं, आप दफ्तर आएँगे तो मैं पंगु हो जाऊँगा।"

यह सच भी था। मैंने देखा था कि दफ्तर में ठीक वे ही काम दीपकजी करते जिन्हें मैं करना चाहता या कर सकता था। हम दोनों जन अलग-अलग काम में व्यस्त हों यह तभी संभव होता जब कुछ नया काम हाथ में लेते।

"तो जिन लेखकों ने हमें आश्वासन दिया है उनसे कहूँ कि वे पांडुलिपि दे दें। तब तक एक-दो का संपादन ही हो जाएगा..."

"नहीं, नहीं, अभी रुकिए। ऐसी जल्दी भी क्या है! खैर, आप संपादन ही करना चाहते हैं तो यह लीजिए पांडुलिपि, इसकी प्रेस कापी बना डालिए।"

अपने हाथ में पकड़ी धागे में बँधी एक फाइल मेरी ओर बढ़ाते हुए दीपकजी बोले, "हम इसी के साथ बाहरी प्रकाशनों का काम शुरू करते हैं।"

मैंने वह फाइल उनके हाथ से ले ली। गत्ते की उस ऊपरी फाइल में दो कागजी फाइलें बँधी थीं। ऊपर एक चिट पर लिखा था :

'बिन बादल बरसात'–सामाजिक उपन्यास दो खंडों में।

"और हाँ," अपनी जेब से एक कार्ड निकालकर मुझे देते हुए दीपकजी बोले, "यह भारतवर्षीय प्रकाशक संगठन का निमंत्रण-पत्र है। कल इनकी एक बैठक है। मैं तो कभी गया नहीं, आप चाहें तो हो आएँ। इसी बहाने सबसे परिचय हो जाएगा।"

"जैसा आपका आदेश।"

"फिर वही, मैंने कितनी बार कहा है कि मुझे यह भाषा पसंद नहीं। यार, हम लोग दोस्त हैं, दोस्त। मैं तुमसे दस-बारह बरस ही तो बड़ा हूँ। मगर इससे क्या फर्क पड़ता है।"

"मैंने कब कहा कि हम दुश्मन हैं भाई साहब, मगर कभी-कभी यह याद कर लेना चाहिए न कि हम-आप मालिक-मुलाजिम हैं।"

"लगता है आप अपनी आदतों से बाज नहीं आएँगे!" मेरी पीठ पर धौल जमाकर मुस्कराते हुए चले गए दीपकजी। और मैं देर तक उनकी पीठ को निहारा किया। सचमुच यह आदमी तो रीढ़ की तरफ से भी 'मालिक' जैसा नहीं लगता जबकि लोक हितकारी में तो बड़े मजदूर तक की रीढ़ भयंकर रूप से सीधी थी!

सुबह से 'बिन बादल बरसात' की प्रेस कापी बनाने में जुट गया था मगर बहुत जल्द उत्साह कम हो आया। सोचा कि प्रकाशक संगठन की बैठक में हो आऊँ तब शायद एकाग्र हो पाऊँ।

प्रकाशक संगठन की बैठक बहुत ही हँगामी होने वाली है, ऐसी ही चर्चा गर्म थी वहाँ पूरे देश से आए प्रकाशकों के बीच।

कई मुद्दे थे आज बहस और निर्णय की प्रतीक्षा में।

कागजों में हुई भयंकर मूल्यवृद्धि, डाक दरों में अकल्पनीय वृद्धि, कई प्रकाशकों द्वारा अपने मुलाजिमों को दी जाने वाली ज्यादा सहूलियतें, कमीशन की एक दर निश्चित करना।

कुछ खास मुद्दे भी थे। जैसे एक सरकार द्वारा पुस्तकों की खरीद के साथ यह प्रमाणपत्र माँगा जाना कि प्रकाशक से लेखक को खरीदी जा रही पुस्तकों की रॉयल्टी मिल गई है!

सबसे ज्यादा आपत्ति प्रकाशकों को इसी विषय पर थी। मेरी समझ में नहीं आ रहा था कि इसमें आपत्ति जैसा क्या है? आखिर प्रकाशक लेखक को रॉयल्टी देता ही है!

इस विषय पर हुई बहस में प्रकाशक जिस तरह बढ़-चढ़कर हिस्सा ले रहे थे, उससे लगता था गोया इन्हें यह शर्त रखकर या तो राज्य सरकार ने अपमानित किया है या फिर रॉयल्टी देने का चलन है नहीं शायद, इसीलिए यह 'अतिरिक्त भार' प्रकाशक उठाने को तैयार नहीं दीख रहे।

डाक दरों में हुई वृद्धि और कागज की मूल्यवृद्धि के खिलाफ अपना असंतोष सरकार को ज्ञापन देकर व्यक्त करने पर सहमति हो गई। कर्मचारियों को सुविधाएँ न देने का वायदा उन प्रकाशकों की ओर से कर लिया गया जिन पर संदेह था कि वे असंतुलन फैला रहे हैं। यह सवाल स्वयं संगठन की अध्यक्ष ने उठाया था। मगर लेखकों को रॉयल्टी देनेवाला प्रश्न अनुत्तरित रह गया। कुछ प्रकाशकों का मत था कि हमें सशर्त पुस्तकों की सप्लाई करने से इनकार कर देना चाहिए, तो कुछ का (जो संभवतः रॉयल्टी के रूप में कुछ-न-कुछ देते थे) मत था कि इसका रास्ता लेखकों के साथ मिल-बैठकर तय करना चाहिए। लेखकों को रॉयल्टी देनी ही चाहिए, या यह बहस का मुद्दा बनता ही नहीं, यह मत उन प्रकाशकों तक का नहीं था जो लेखक भी थे। यही मेरे लिए सबसे बड़े आश्चर्य की बात थी।

और इस बैठक में एक अहम मुद्दा जुड़ गया था–मेरे सम्मिलित होने से। चूँकि मुझे कोई जानता नहीं था इसलिए बैठक कक्ष के बाहर ही मुझे स्वागतकर्ताओं को बताना पड़ा कि मैं सूर्योदय से आया हूँ।

"सूर्योदय तो अरिहंतजी के बेटे का है न?"

"जी हाँ।"

"मगर आप तो उनके बेटे नहीं हैं!"

"जी नहीं, मैं वहाँ मुलाजिम हूँ।"

"मुलाजिमों को बैठक में हिस्सा लेने का अधिकार नहीं है। यह संगठन प्रकाशकों का है।" उनमें से एक ने मुझे टरकाते हुए कहा।

"हम भी तो प्रकाशकों के हित-साधन में ही जुटे रहते हैं।"

"उससे कुछ फर्क नहीं पड़ता।"

"तो क्या मैं लौट जाऊँ?"

"जरा ठहरिए, मैं अध्यक्ष से पूछता हूँ।" एक अन्य स्वागतकर्ता ने कहा।

वे लगभग दौड़कर अध्यक्ष के पास गए जो दूर खड़ी किसी से बातचीत कर रही थीं। थोड़ी ही देर बाद अध्यक्ष हमारे करीब आ पहुँचीं।

"आप शामिल तो हो सकते हैं मगर बहस में भाग नहीं लेंगे। ठीक?"

"जैसी आपकी इच्छा।"

मैं अपने-आपको लज्जित-सा अनुभव करता भीतर आकर एक कुर्सी में धँस गया। एक बार को मन हुआ कि लौट जाऊँ, मगर फिर कुतूहलवश बैठा रहा। चाहा कि देखूँ तो सही आखिर ये लोग मेरे आने से इतने भयभीत क्यों हैं? कहीं इन्हें यह भय तो नहीं कि इनके इतने करीब आने के बाद, इनके अंदरूनी तंत्र को जान लेने के बाद मैं भी प्रकाशक न बन जाऊँ? आखिर संगति का असर तो होता ही है।

इस सच से कोई और भले ही इनकार करे, मैं तो नहीं कर सकता। अभी दिन ही कितने हुए हैं अरिहंतजी की संगति में आए, और मुझे अपने मन के किसी बहुत भीतरी हिस्से से यह आवाज कई बार आती सुनाई दी है—आनंद, तुम भी कोई उपन्यास लिखने की कोशिश क्यों नहीं करते!

पूरा सप्ताह लगा मुझे 'बिन बादल बरसात' के संपादन में। इस बीच न तो सूर्योदय जाना हो पाया न कहीं और ही। इस पुस्तक ने संपादनकर्म से निरुत्साहित किया सो अलग। बहुत लड़ना पड़ा अपने-आप से। अगर स्वेच्छा पर निर्भर होता तो मैंने इसे बहुत पहले नमस्कार कर लिया होता। लेकिन सूर्योदय की ओर से संपादकीय दायित्ववहन का यह पहला अवसर था और सूर्योदय के लिए भी अरिहंतजी के अलावा किसी और से मिली पहली रचना।

मैं दीपकजी से जल्द-से-जल्द मिलना चाहता था। उस दिन प्रकाशक संगठन की बैठक से कुछ महत्त्वपूर्ण सूचनाएँ भी मिली थीं। कई संस्थाएँ और राज्य सरकारें जल्दी ही यह निर्णय लेने जा रही थीं कि किसी एक प्रकाशक की ज्यादा पुस्तकें खरीदने की अपेक्षा, कई प्रकाशकों की कम-कम पुस्तकें खरीदी जाएँ।

किसी भी खरीद के लिए दो या दो से अधिक पुस्तक-विक्रेताओं से निविदाएँ आमंत्रित किए जानेवाले नियम का कठोरतापूर्वक पालन किया जाए और उनमें से जो अधिकतम कमीशन दे उसको पुस्तकों का आदेश दिया जाए भले ही वह प्रकाशन उसका न हो।

इस स्थिति से दो-चार होने के लिए संगठन की बैठक में कई सदस्यों ने कई सुझाव दिए थे। जैसे कि संगठन यह तय कर दे कि सरकारी खरीदों में

इतनी-इतनी छूट ही दी जाएगी। लेकिन इस पर या ऐसे अन्य सुझावों पर सहमति नहीं हो सकी और सहमति हुई एक अन्य सुझाव पर कि प्रत्येक प्रकाशक दो नामों से प्रकाशन करे। दोनों की ही ओर से निविदाएँ भरे।

यह उपाय केवल सुनने में ही आसान था। किसी प्रकाशन को जमाना, उसमें पूँजी लगाना अपने-आप में काफी असाध्य और खर्चीला काम है। ऐसी स्थिति में वह प्रकाशक क्या करेगा, जिसके पास साधन ही थोड़े हैं! वह इस उपाय को चाटेगा क्या? मगर संभवतः संगठन के उपस्थित सदस्यों में से किसी की समस्या यह थी ही नहीं। मुझे ठीक-ठीक तो पता नहीं चला, मगर तब लगा ऐसा ही कि गरीब प्रकाशक वहाँ थे ही नहीं शायद!

'पांडुलिपि तैयार हुई क्या?''

''जी हाँ।''

''लाइए।''

अभी मैंने दफ्तर में प्रवेश ही किया था कि दीपकजी ने रोष के साथ पूछा। दरअसल इस बीच अरिहंतजी लौट आए थे मगर मैं नहीं आया। संभवतः इसीलिए आज अरिहंजी ने लिखवाने से इनकार कर दिया था और इसी वजह से दीपकजी रुष्ट-से दीखे।

''यह लीजिए। मगर मेरी एक राय है। यह पुस्तक सूर्योदय से छपने के योग्य नहीं है।''

''मालूम है।''

''आपको मालूम है?''

''हाँ, क्यों?''

''फिर आपने इतना श्रम क्यों करवाया मुझसे?''

''मैंने कहा है कि मुझे मालूम है यह सूर्योदय के योग्य नहीं, यह तो नहीं कहा कि हम इसे छाप नहीं रहे।''

''तब भी छाप रहे हैं?''

''हाँ, सूर्योदय से नहीं, बैठिए तो पहले।'' अचानक चेहरे पर रोष के स्थान पर हास का भाव लाकर बोले दीपकजी।

''ओह! आपने बैठने लायक छोड़ा ही कहाँ था!'' मैंने भी अपनी भाव-भंगिमा में आवश्यक परिवर्तन किया।

मैंने बैठक में जो कुछ हुआ था सब सविस्तार बता दिया।

''यह सब तो मुझे भी मालूम हो गया था।''

“कैसे?”

“परसों अध्यक्ष से मुलाकात हो गई थी न।”

“तब क्या सोचा आपने?”

“सोचना क्या है। मैंने तय किया है कि हम सूर्योदय के समांतर एक और प्रकाशन शुरू करेंगे–चंद्रोदय प्रकाशन। उसमें इस ‘बिन बादल बरसात’ को छापेंगे। अरिहंतजी की कुछ पुरानी किताबों के शुरू के आठ पन्ने मैंने दुबारा छपवा लिए हैं चंद्रोदय प्रकाशन के नाम से। उन्हें भी इसमें शामिल कर लेंगे। बस, यह समझिए कि अब आप दो-दो प्रकाशनों के प्रकाशन और विक्रय अधिकारी हो गए हैं। अब तो केवल इतना काम बाकी है कि मुबारकवाद लीजिए हमारी और चलकर एक कॉफी पीजिए।” मेरा हाथ पकड़कर लगभग उठा ही दिया उन्होंने।

“आपने मेरा महत्त्व बढ़ाया इसके लिए मैं आपका आभारी हूँ, मगर भाई साहब, मेरा एक आग्रह है।”

“कहिए।” कॉफी पीना मुल्तवी कर दीपकजी बोले।

“यदि इस पुस्तक को हम प्रकाशित ही न करें तो?”

“क्यों न करें?”

“एक तो यह स्तरीय नहीं है। दूसरे, इस पर जितना खर्च आएगा उतने में हम कई पुस्तकें छाप सकते हैं।”

“किनकी?”

“मेरी कई लेखकों से बात हुई है। वे पांडुलिपि दे देंगे माँगने पर।”

“पैसा भी देंगे क्या?”

“पैसा! क्या लेखक पैसा भी देते हैं?”

“ये तो दे रहे हैं।”

“मेरे लिए यह नई जानकारी है।”

“और भविष्य में भी हम चंद्रोदय से वे ही किताबें छापेंगे जिनका खर्च लेखक स्वयं वहन करेंगे।”

“ऐसे और भी लेखक हैं क्या?”

“आपकी जानकारी में नहीं हैं क्या?”

“मेरे लिए तो यह जानकारी ही नई है!”

“तो सुनिए, हैं, और दूसरी तरह के लेखकों की तादाद से कहीं ज्यादा हैं। और आपसे भी भविष्य में यदि कोई लेखक पुस्तक की बात करे तो यह शर्त पहले तय कर लेना।”

"मुझे तो अभी भी विश्वास नहीं आ रहा।"

"क्यों? ऐसे ढेरों प्रकाशन संस्थान हैं यहाँ जिनके व्यवसाय का मुख्य आधार ही यह है। उनमें उनकी पूँजी नहीं केवल श्रम लगता है, और न तो उन प्रकाशकों को कोई जानता है, न लेखकों को। जबकि हमारे साथ तो अरिहंतजी का नाम है। भला कौन होगा जो अरिहंतजी के साथ नहीं छपना चाहेगा? आप चुनौती देते हों तो मैं कल ही लाइन लगवा दूँ!"

"तो उनकी पुस्तकें ऐसी ही होती होंगी?"

"जरूरी नहीं। संस्था, उसके व्यवसाय और प्रचार-तंत्र पर निर्भर करता है यह सब। हम भी प्रचार में कमी नहीं रखेंगे।"

'फिर तो इसका नाम सूर्यास्त प्रकाशन रखिए।' मैंने चाहा कि कह दूँ यह, मगर हिम्मत नहीं हुई।

"तब फिर क्यों न अरिहंतजी के नए उपन्यास से शुरुआत करें हम इस संस्थान की?"

"वे अब किताब नहीं लिखेंगे!" मेरी खुशी पर घड़ों पानी फेर दिया दीपकजी के इस एक ही वाक्य ने।

"क्यों?"

"आपने क्या यह वायदा किया था कि हम दस हजार छापेंगे?"

"हाँ, तो?"

"मैंने असमर्थता जाहिर कर दी।"

"वो क्यों?"

"क्योंकि मैं दो हजार से ज्यादा नहीं छाप सकता। बाद में वे मायूस न हों इसलिए उनके पूछने पर सच कह दिया। बस, उन्होंने कहा कि आनंद को कह देना, वह अपना समय न खराब करे।"

"दस हजार छापने में क्या हर्ज था?"

"कहाँ बेचते उसे हम?"

"यों भी आप अरिहंत के नए उपन्यास, पुराने उपन्यास, राजनीतिक, सामाजिक–वगैरह-वगैरह करके कई हजार छापते ही हैं। मेरा अनुमान है कि जब यह संख्या पाँच-छः हजार तक पहुँच ही जाती होगी तो एकदम नया उपन्यास दस हजार भी बिक जाता।"

"आपने लगता है, स्टॉक की पोजीशन ध्यान से नहीं देखी। हम दो हजार का संस्करण ही इन कई नामों से कई जिल्दों में बँधवाते हैं। सबके लिए अलग-अलग

दो-दो हजार नहीं छपवाते।''

''जो भी हो, आपने यह ठीक नहीं किया। मुझे आपने प्रकाशन और विक्रय अधिकारी नियुक्त किया है। यह मेरा सिरदर्द था।''

''और नहीं बिकता तब क्या आप देते मेरी पूँजी? अरिहंतजी कभी इतने बिके हैं?''

क्या कह रहे हैं दीपकजी! सुनकर जैसे मैं आपा ही खो बैठा।

''अच्छा, नमस्कार! अंतिम नमस्कार! मैं आपके यहाँ कॉफी पीने, चंद सिक्कों के दम पर कुछ भी अनर्गल पचाने के लिए वाध्य कर देने वाले अविवेकी, महत्त्वाकांक्षियों का सेवादार बनने नहीं, अरिहंत की सेवा की उम्मीद लेकर आया था। अब उन्हें मेरी जरूरत ही नहीं है तो किसकी सेवकाई करूँगा? अपने इन धन-धान्य से परिपूर्ण राजलेखकों की सेवा आप ही कीजिए। मगर जाने से पहले कुछ कहना चाहता हूँ आपसे, जरा ध्यान से सुनिएगा...

''आप! आप दरअसल हत्यारे हैं! आपने अरिहंत की हत्या की है! हिंदी साहित्य जगत का अहित किया है आपने! आप शत्रु हैं हमारे! आप जानते हैं अरिहंत कितना बड़ा नाम है! वे कितने वर्षों से, कितने रूपों में छपते-बिकते रहे हैं? पढ़े-पढ़ाए जाते रहे हैं? लोग आज जबकि उनकी तरफ टकटकी लगाए इस इंतजार में हैं कि अपने समय की इन विषम परिस्थितियों से जूझने का वे कोई रास्ता बताएँगे हमें, आपने उन्हें गूँगा-बहरा कर दिया! उनके हाथ कलम कर दिए!

''आप उनके बेटे हैं। प्रकाशक हैं। ऐसी स्थिति में वे आपके रहते बाहर के किसी प्रकाशक को पुस्तक नहीं दे सकते कि लोग क्या कहेंगे? आपको दुःख पहुँचेगा तब। और आप हैं कि उन पर, उनकी कलम पर विश्वास तक नहीं रखते? उनके मुकाबले एक नासमझ, बेवकूफ लेखक को तरजीह दे रहे हैं चूँकि वह आपको चंद रुपए दे रहा है? क्या अरिहंत ने आपको इतना भी कमा कर नहीं दिया? साल में दो लाख का व्यवसाय क्या आप अपने दस पर कर ले पा रहे हैं?

''जब आप इस क्षेत्र में नहीं थे, पूछ देखिए किसी प्रकाशक से, तब कितना छपते थे अरिहंत। और आप आज, जबकि मामूली लेखक पाँच हजार छपता है, अरिहंत को दो हजार से ऊपर छपने योग्य न मानकर उनका महत्त्व नवोदितों से भी कम आँकने की धृष्टता करना चाहते हैं!

''उनकी अपेक्षा गैरजायज नहीं है। यदि वे चाहते हैं कि कम-से-कम दस हजार छपें तो क्या बुरा चाहते हैं? आखिर क्यों नहीं चाहें वे कि जब तमाम साहित्य जगत उन्हें पढ़ने को आतुर है तो पाँच-सात सौ लोगों तक सीमित न रह जाएँ!

"आप आज घोषणा कर दीजिए कि आपने प्रकाशन बंद किया, मैं कल ही गाँव जाकर अपना घर-द्वार बेचने को तैयार हूँ। मैं आकर प्रकाशन खोलता हूँ और दावे के साथ यह कहता हूँ कि अरिहंत की पुस्तक का पहला संस्करण बीस हजार प्रतियों का छापूँगा और एक वर्ष के भीतर-भीतर बेचकर दिखा दूँगा!

"दीपकजी, क्षमा कीजिएगा, आपको आपके नाम से संबोधित कर रहा हूँ, दरअसल अब और कोई संबोधन मन में से उठ ही नहीं रहा। मेरा आपसे एक ही आग्रह है—इससे पहले कि सचमुच अरिहंतजी निराश होकर पूर्ण मौन धारण करने का निर्णय लें, आप अपने को या तो लड़ने-जूझने के योग्य बनाइए या मैदान खाली कीजिए ताकि कोई जुझारू सामने आ सके और असमंजस में जी रहे साहित्य जगत को यह प्रमाण दे सके कि अरिहंत अभी चुके नहीं हैं, वे आज भी, अब भी, समय से लड़ने के लिए उसे नई जीवनी-शक्ति दे सकते हैं।"

दीपकजी उठे और तमतमाता चेहरा लिए दफ्तर से बाहर चले गए।

"कॉफी नहीं पिलाइएगा क्या आज?" मैंने जानना चाहा और इसी के साथ मेरे अट्टहास, दफ्तर में मौजूद क्लर्क और चपरासी के ठहाके की आवाज ने दीपकजी की चाल में गुणात्मक वृद्धि का श्रेय अर्जित कर लिया।

आज मैंने जाना कि मालिकों के रीढ़ होती है और औरों से कहीं ज्यादा सीधी होती है। यह अलग बात है कि वह होती फोल्डिंग है!

अब?

नौकरी तो गई! एक शून्य-सा सामने पसरा पड़ा था मेरे। मगर उतना नहीं जितना हितकारी छोड़ते समय था। इस समय एक महत्त्वपूर्ण काम था मेरे हाथ में। मैं पिछले कुछ दिनों से एक उपन्यास लिखने में व्यस्त था। जब भी समय मिलता, उस पर काम कर लेता था। मन में हर समय वही कथा घुमड़ती-उमड़ती रहती थी। मगर समय की सीमा के चलते जज्ब किए रहता था स्वयं को। यह कितना कठिन था, मैं ही जानता हूँ या मेरे सहधर्मी।

इसीलिए, संभवतः इस दौर से गुजरने का यह कष्टप्रद अनुभव ही था जिसने मुझे अरिहंतजी के पक्ष में और दीपकजी के विरोध में ला खड़ा किया। मैं समझ पा रहा था अरिहंतजी की तकलीफ! जब मैं नौसिखिया इस कदर बेचैन था मन के विचार कागज पर उतारने को, तब उनकी क्या स्थिति होगी जो समर्थ थे? कैसे जज्ब किए बैठे होंगे वे? कितना कुछ होगा उनके पास दूसरों को बताने योग्य! जिस आदमी ने जीवन के पचास वर्ष केवल लेखन किया हो, वह यकायक बिना किसी दैवी आपदा के उस कार्य से विरत होने पर विवश हो जाए! और

कह भी न सके कि ऐसा ही है। और जिनके चलते यह हाल हुआ उनमें जरा भी अपराधबोध नहीं!

मैं उस क्षण की कल्पना मात्र से थर्रा जाता था जब यह मौन असहनीय हो जाएगा... क्या विद्रोह करेंगे तब अरिहंतजी! नहीं, ऐसा नहीं हो पाएगा। अरिहंत का अर्थ भले ही होता है–शत्रुओं का नाश करने वाला, उन्हें विजित करने वाला। लेकिन यह शाब्दिक अर्थ-भर है इसका। अरिहंत का दार्शनिक अर्थ होता है–अपने भीतर के शत्रुओं को जीतने वाला। और भीतरी शत्रु हैं–क्रोध, मान, माया, लोभ। पर इन सब पर भले ही विजय दर्ज कर ले कोई, इंद्रियाँ इतनी सहजता से पराजय नहीं स्वीकारतीं। तब? क्या रूप होगा इंद्रियों के उस भावी निरंकुश विरोध का!

उपन्यास पूरा हो गया। खुद ही पढ़कर लगा श्रम व्यर्थ गया! मैं यह तो लिखने नहीं बैठा था–फिर?

बहुत बार सोचा, बार-बार पूछा अपने-आप से कि आखिर चूक कहाँ हो गई? और अंततः यही जवाब दिया मन ने कि तुम्हें अरिहंतजी के विषय में सोचना तो चाहिए था, उनकी तकलीफ से स्वयं को जुड़ा पाना बुरा नहीं, फिर भी अगर लिखते समय उन्हें विस्मृत कर देते तो अच्छा रहता।

तो क्या अरिहंतजी जैसा लिख डाला है मैंने?

"हाँ, संभवतः।

तो इसमें चिंता की बात क्या? यह तो प्रसन्नता का विषय है!

अगर प्रसन्नता का ही है तब पढ़कर तुम्हारी अपनी पहली प्रतिक्रिया मायूसी में क्यों थी?

यह तो पहली रचना के प्रति संशय था मेरा।

सचमुच!

हाँ, हाँ, सचमुच। तुम क्या समझते हो मैं झूठ कह रहा हूँ?

नहीं, नहीं, तुम सचमुच सच बोल रहे हो। फिर ऐसा क्यों नहीं करते, किसी को पढ़वाकर देख लो।

हाँ, हाँ, देख लूँगा। अगर तुम्हें तभी तसल्ली मिलती है तो वह भी सही!

और अपने मन को यह चुनौती दे, स्वयं को सही प्रमाणित करने के लिए उतावला हो आया मैं।

पाठक? कौन हो पाठक? दूर क्यों जाएँ? क्यों न अपने साथी को ही पढ़ा लें!

"भाई मेरे, तुम तो दर्शन के छात्र हो। जानते होगे–अरिहंत बनने के लिए

तप करना होता है। केवल किसी अरिहंत का चौंतरा बुहारने से अरिहंत नहीं बना करता कोई!" पूरा उपन्यास पढ़कर बोले बंधु।

कहो, कैसी रही? दूसरा तमाचा शंकित मन ने दे मारा तभी।

"कोई बात नहीं। मैं फिर प्रयास करूँगा।" दोनों की चुनौती को स्वीकारते हुए निर्णय लिया मैंने।

अगले ही दिन मैं फिर जुट गया उपन्यास पर। एक बार लिखा, दो बार लिखा, और अंततः तीसरी बार अपने को अरिहंत के प्रभामंडल से मुक्त कर पाने में सफल हो ही गया।

यह कैसे संभव हुआ? अपने-आपसे ही पूछा तब मैंने।

और उसी शंकित मन ने बताया तब—वह तुम्हारे सोचने, समझने का नजरिया ही नहीं था। अरिहंत की सोच-समझ का आवरण चढ़ गया था तुम्हारी निजी दृष्टि पर। यह अच्छा ही हुआ जो ओढ़ना-बिछौना होने से पहले तुमने उसे परे धकेल दिया, वरना अनर्थ हो जाता। दूसरे का जीवन-दर्शन अनुकरणीय हो सकता है मगर वह हमारा जीवन-दर्शन नहीं बन सकता। उसकी नकल-भर कर सकते हैं हम, वह भी अनजाने में नहीं जान-बूझकर। और साहित्य अबूझे सवालों का जवाब होता है।

साथी ने फिर पढ़ा। पढ़कर फिर एक ही कवित्त में प्रतिक्रिया व्यक्त की—"निंदक नियरे राखिए, आँगन कुटी छबाय..."

"धन्य हो निंदकजी, तुमने उबार लिया मुझे। अपने भीतर के आलोचक को तो मैं बहला लेता, मगर यदि तुमने सच न कहा होता तो सचमुच अनर्थ हो जाता।" मैंने उनका आभार व्यक्त किया।

"हालाँकि तुम्हें बुरा जरूर लगा होगा, मगर मैंने इसलिए सच कहा, क्योंकि मैं इधर बराबर देख रहा हूँ कि लेखक बंधु लगातार खराब रचनाएँ लिखे जा रहे हैं। मैंने वजह मालूम की तो पता लगा उनके नजदीकी तो उन्हीं रचनाओं पर 'वाह-वाह' कहते नहीं अघाते। बस, लेखक आत्मालोचना से मिले निर्णय को नजरअंदाज कर लिखे जा रहे हैं...लिखे जा रहे हैं। हो सकता है अब उनका मन अपनी प्रतिक्रिया देता ही न हो, या देता हो तो बाहरी झूठी 'वाह-वाह' के दम पर जमीन से थोड़ा ऊपर उठा वह लेखक झट लात फटकारकर मन से कहता हो 'चोप्प!' और वह बेचारा फिर जमीन में गड़ जाता हो!"

अब?...निंदकजी के चुप होते ही मन ने कोंचा।

फिर वही प्रश्न मुँह बाए खड़ा था। क्या तय करता मैं? मैंने तो अभी इस

विषय में सोचा ही नहीं था।

तब?

ठीक है, जब तक सोचना है सोचो, लेकिन अपने मित्र की सदाशयता की और कितनी परीक्षा लोगे? क्यों भार बन रहे हो उस पर?

विदूषकजी!

हाँ, यही ठीक है। चलकर संपादक से मिलते हैं। अगर वे यह कॉलम फिर दे दें तो कुछ समय सोचने के लिए मिल जाएगा।

बहुत सही समय पर सही रास्ता ध्यान में आया। संयोग से न केवल पहले ही फेरे में संपादकजी मिल गए, मन की मुराद भी पूरी हो गई। तब क्यों न कुछ सोचने से पहले उपन्यास के प्रकाशन की भी व्यवस्था कर ली जाए?

और यहीं से शुरू हुआ मेरे अनुभव जगत में विस्तार का नया दौर। अपने ही कार्यक्षेत्र के इस मंजर से, अपने ही कर्मक्षेत्र की इस नियति से तो मैं अब तक अपरिचित ही था। इस परिचय के दौरान एक ब्रह्मसत्य भी हासिल हुआ। लेखन ही नए लेखन के लिए अनुभव जुटाता है, जमीन तैयार करता है। कितनी अनुकूल स्थितियाँ हैं इस उद्यम की!

"कहिए?"

"जी मेरा नाम आनंदवर्द्धन है।"

"कहाँ से आना हुआ?"

"जी इसी शहर में रहता हूँ।"

"अच्छा, अच्छा।" उन्होंने धीर-गंभीर आवाज में कहा। फिर अचानक जूता उतारने के लिए नीचे झुके। काफी देर झुके रहे वे। और उस पूरे समय देखते मुझे ही रहे बराबर। फिर जाने क्यों इरादा बदल दिया अपना। शायद यह मेरा भ्रम था। उन्हें किसी कीड़े ने काटा होगा या फिर पैर में कोई तकलीफ होगी।

"हाँ तो आनंदजी, कहिए मैं आपकी क्या सेवा कर सकता हूँ?"

"जी, मैंने एक उपन्यास लिखा है अभी-अभी। मैं चाहता था वह आपके संस्थान से प्रकाशित हो?"

"अच्छा, आप लिखते हैं। और क्या-क्या लिखा है आपने?"

"जी, कुछ व्यंग्य भी लिखे हैं। विदूषकजी नाम से एक कॉलम लिखता हूँ सांध्य दैनिक में।"

"अच्छा, विदूषकजी! और कुछ? मेरा मतलब कोई किताब वगैरह?"

"जी नहीं, यह पहली पुस्तक है मेरी।"

"पांडुलिपि भी लाए हैं क्या?"

"जी हाँ। दूँ?"

"नहीं, नहीं, आप अपने ही पास रखिए। दरअसल बात यह है आनंदजी, कि हमने उपन्यास तो बहुत-से छापे हैं। फिलहाल तो हम आपके व्यंग्यों पर विचार कर सकते हैं। आप चाहें तो जल्दी-से-जल्दी उनकी पांडुलिपि तैयार करके दे दें। यदि अच्छे हुए तो हम उन्हें खुशी से छापेंगे।"

"जैसी आपकी इच्छा।"

उन्हें नमस्कार कर मैं चलने को हुआ तो देखा कि उनका ध्यान मेरे प्रणाम की मुद्रा में जुड़े हाथों की ओर है ही नहीं। मैं क्षण-भर को ठिठका। तभी उन्होंने अपने दोनों हाथ ऊपर उठाए, लेकिन नमन के लिए नहीं, चुरुट सुलगाने के लिए, जो तब तक बुझा-का-बुझा उनके दाँतों के बीच दबा था।

तीसरे ही दिन मैं व्यंग्य संग्रह की पांडुलिपि के साथ फिर उपस्थित था।

"कहिए?"

"जी मैं आनंदवर्द्धन..."

"कहीं बाहर से आए हैं क्या?"

"जी नहीं, मैं इसी शहर में रहता हूँ।"

"अच्छा, अच्छा।" वे फिर जूता, नहीं संभवतः पैर खुजाने के लिए झुके।

"हाँ तो आनंदजी, कहिए मैं आपकी क्या सेवा कर सकता हूँ?"

"जी मैं दो रोज पहले आपसे मिला था अपने उपन्यास के सिलसिले में!"

"अच्छा, अच्छा! हा हा हा! यह भी खूब रही। अमाँ यह तो आप शुरू में ही बता सकते थे!"

"जी, मैंने सोचा आप पहचान रहे होंगे मुझे।"

"कहाँ, यार, इस शहर में, इस काम में, रोज इतने लोगों से मिलना-जुलना होता है कि चेहरे विस्मृत हो जाते हैं। प्रेसवाला, बाइंडर, ब्लॉकमेकर, प्रूफरीडर, क्लर्क, चपरासी, लेखक और न जाने कितनी किस्म के जीव।"

"जी मैं जानता हूँ।"

"अच्छा! वैसे आप करते क्या हैं?"

"फिलहाल तो कुछ नहीं कर रहा सिवाए विदूषकजी लिखने के।"

"वो क्या बला है?"

"मैंने बताया था न आपको! सांध्य दैनिक का कॉलम है यह।"

"अच्छा, अच्छा। उससे गुजारा हो जाता है? क्या देते हैं वे?"

"गुजारा तो नहीं होता, मगर पिछले दिनों उपन्यास लिखने में व्यस्त रहा इसलिए नौकरी तलाश ही नहीं पाया। वैसे मैं भी इसी क्षेत्र से जुड़ा रहा हूँ पिछले कुछ दिनों पहले तक।"

"वो कैसे?"

"मैं सूर्योदय में मुलाजिम था, और उससे पहले लोक हितकारी में।"

"अच्छा, तो आप ही हैं वो जो अरिहंतजी से नया उपन्यास लिखवाने पर तुले थे। खैर, आगे क्या इरादे हैं आपके?"

"इरादा कुछ भी नहीं है। अभी तो सोच रहा हूँ कि क्या करना चाहिए।"

"हमारे यहाँ नौकरी करेंगे?"

"जी नहीं।"

"खैर, सोचकर देखिएगा। फिलहाल आप पांडुलिपि लाए हैं न?"

"जी हाँ, लाया हूँ।"

"तो दीजिए।"

मैंने पांडुलिपि उनके सामने रख दी। उन्होंने अपना चश्मा बदला, पांडुलिपि हाथ में लेकर उसे उलटा-पलटा।

अवलोकन की यह प्रक्रिया जल्दी ही पूरी हो गई। उन्होंने मुड़कर इधर-उधर जाने क्या तलाशा। फिर पांडुलिपि को अपनी मेज की बाईं ओर रखे रैक पर पटककर कहा, "तो ठीक है। मैं इसे देख लूँगा और एक सप्ताह के भीतर-भीतर इस पर निर्णय ले लूँगा।"

"तो मैं अगले सप्ताह आऊँ?"

"नहीं, नहीं। इसके लिए आने की जरूरत नहीं है। मैं पत्र द्वारा सूचना दे दूँगा। आपने पता तो लिख ही दिया है। वैसे नौकरी के बारे में अगर आपका इरादा बने तो चले आइएगा। मैं इस सप्ताह के अंत तक आपका इंतजार करूँगा। पूरे पाँच दिन हैं। आप विचार कर लीजिए। हाँ, अगले सप्ताह हम कोई-न-कोई आदमी जरूर रख लेंगे। भई क्या करें, हमारा काम बहुत सफर कर रहा है।"

"तो मैं चलूँ?"

"हाँ।"

"नमस्कार।"

और फिर पहले की तरह मैं एक पल रुका। उनके हाथ उठे, मगर नमन के प्रत्युत्तर में नहीं, केवल चुरुट जलाने के लिए।

शाम को मैंने अपने साथी को जब बताया कि मैं बलभद्रजी को व्यंग्य-संग्रह

की पांडुलिपि दे आया हूँ तो वह यकायक चौंके!

"क्या? बलभद्रजी को?"

"हाँ।"

"वही, वर्णमाला प्रकाशनवाले बलभद्रजी न?"

"हाँ, वही।"

"तो बेटा, अब तुम गए काम से।"

"क्या मतलब?"

"यार, जाने से पहले हमसे पूछ तो लिया होता। अब तो समझो कि वह किताब उनके किसी दोस्त के नाम से आएगी।"

"क्या बकते हो! मालूम है तुम्हें बलभद्रजी खुद भी प्रकाशक से पहले एक लेखक हैं जाने-माने।"

"हाँ जानता हूँ। और वह भी जानता हूँ जो तुम नहीं जानते।"

"क्या?"

"यही कि उन्होंने अपने एक पुराने मुलाजिम की पुस्तक अपने किसी मित्र के नाम से छपवा दी थी!"

"तुमने गलत सुना होगा। ऐसा कैसे हो सकता है! कब की बात है यह?"

"बात तो बहुत पुरानी है। मगर मुझे अभी हाल में मालूम हुई। मुझे क्या, सभी को अभी मालूम हुई, जब मूल लेखक ने आपत्ति की।"

"इस बीच क्या वह सो रहा था?"

"सो नहीं रहा था। पर उसे मालूम अब जाकर हुआ।"

"कि वह पुस्तक उसकी है...क्या प्रमाण है उसके पास?"

"प्रमाण! वह पुराना लेखक है। उसकी भाषा, शैली, वाक्य-विन्यास सब कुछ तो वही है यहाँ भी। और क्या प्रमाण चाहिए?"

"और जिस लेखक के नाम से छपी है, उसकी भाषा..."

"उसकी भाषा? अरे, उसने तो इससे पहले कोई पुस्तक लिखी ही नहीं। बल्कि यह तो उसका क्षेत्र ही नहीं है, वह तो महज चित्रकार है।"

"फिर उसके हाथ पांडुलिपि कहाँ से आई?"

"बलभद्रजी ने मूल लेखक से दिलवाई थी उसे आवरण बनाने के लिए।"

"और उसने दे दी।"

"क्यों न देता? यह तथाकथित लेखक और मूल लेखक पहले से एक-दूसरे से अच्छी तरह परिचित थे भाई।"

"तुम इसे सच मानते हो?"

"हाँ भई, हाँ। क्यों, तुम नहीं मानते क्या?"

"नहीं।"

"अरे यार, तुम इस बलभद्र को नहीं जानते। वह बेचारा लेखक इसके यहाँ मुलाजिम था। इसकी आदत है लेखक किस्म के लोगों को नौकरी पर रखने की क्योंकि लेखक जो होता है वह बुद्धिजीवी होता है। भावुक होता है। भावनाओं की कद्र करता है। ये साहब चूँकि लेखकों की इस कमजोरी को जानते हैं इसलिए जानबूझकर लेखक किस्म के लोगों को काम पर रखते हैं ताकि उनका जमकर शोषण कर सकें। और वे बेचारे शर्म के मारे, केवल इस संकोचवश कि कहीं उनके विरोध से बलभद्रजी का अपमान न हो जाए, कहीं उनके दिल को ठेस न पहुँचे, अपना शोषण होने देते हैं। चूँकि विरोध को कहीं तो प्रकट होना ही हुआ सो बलभद्रजी के बजाय साहित्य में, उनकी रचनाओं में उसका शमन होता रहता है। मगर जिस लेखक-मुलाजिम की मैं बात कर रहा हूँ, उसके लिए जब शोषण असह्य हो गया तो उसने बजाय कागज काले करने के बलभद्रजी का मुँह काला करने की ठानी। नतीजतन उसे नौकरी ही नहीं यह शहर तक छोड़ना पड़ा और बलभद्रजी ने उसे सबक सिखाने के लिए उसी के मित्र के कंधे पर बंदूक रखकर अपने हिस्से का बदला ले लिया। अब तो समझ में आ गई न बात।"

"नहीं, अभी भी नहीं आई। यह भी तो हो सकता है कि जो किस्सा तुमने बयान किया, हुआ वही हो मगर पात्र उलट गए हों। उस मुलाजिम ने अपनी कोई रंजिश निकालने के लिए यह झूठा प्रचार किया हो ताकि बलभद्रजी बदनाम हो जाएँ? और मारा गया इसमें बेचारा नया लेखक जिसने अभी लिखना शुरू ही किया है। उसका कुसूर महज इतना है कि वह दोनों पक्षों का परिचित है।"

"काहे का नया लेखक। मैं तुम्हें बता तो रहा हूँ कि उस किताब की भाषा..."

"कोई और भी प्रमाण है तुम्हारे पास?"

"कैसा प्रमाण? यह क्या अकाट्य नहीं है?"

"नहीं!"

"क्या तर्क है तुम्हारे पास इसके जवाब में, जरा मैं भी तो सुनूँ?"

"तुम्हें याद है जब मैंने अपने उपन्यास को पहली-पहली बार लिखा था तो तुमने यह आरोप लगाया था कि यह अरिहंतजी की..."

"हाँ, याद है। तो?"

"और तुमने देखा था कि वह लिखा मैंने ही था!"

"हाँ, तो?"

"और ऐसा होने की एकमात्र वजह यह थी कि मैं उनके लेखन से प्रभावित था और मेरी अपनी भाषा, शैली, वाक्य-विन्यास सब पर वह प्रभाव स्पष्ट नजर आ रहा था।"

"तुम क्या कहना चाहते हो कि ये साहब भी उस लेखक के लेखन से प्रभावित हैं? और पुस्तक में जो एकरूपता है वह केवल प्रभाव के चलते?"

"हाँ। मैं इस नए लेखक का दोष केवल इतना ही मानता हूँ और मेरा विश्वास है कि जब वह दूसरी पुस्तक लिखेगा तो यह प्रभाव वहाँ नजर नहीं आएगा। मगर उसकी तो तब भी शामत ही आएगी। तुम जैसे लोग कहोगे कि देखो, हम न कहते थे पहली पुस्तक इसकी अपनी लिखी हुई नहीं थी! यह तो ऐसा लिखता है! या हो सकता है, तब कोई दूसरा लेखक लाओ जो यह दावा करे कि इसका मूल लेखक तो मैं हूँ क्योंकि जिन-जिन अक्षरों का प्रयोग मैं अपनी पुस्तक में करता हूँ, ठीक वे ही अक्षर इसमें भी हैं!"

"यार, लगता तो है कि तुम ठीक ही कह रहे हो, यह भी तो संभव है।"

"ठीक ही नहीं, मैं बिल्कुल ठीक कह रहा हूँ। और जैसा कि तुम बता रहे हो कि उस लेखक की बलभद्रजी से लागडाँट थी, इसलिए उसने इन्हें बदनाम करने के लिए यह प्रचारित किया हो, इससे भी तो इनकार नहीं किया जा सकता।"

ठीक एक सप्ताह बाद बलभद्रजी का पत्र मिला। उन्होंने लिखा था :

प्रिय बंधु,

आपका पूरा व्यंग्य-संग्रह देख गया हूँ। रचनाएँ सचमुच बहुत अच्छी हैं। लेकिन इधर मैंने इतने मित्रों से वादा किया हुआ है कि दो वर्ष इसके प्रकाशन का अवसर नहीं आ पाएगा। यह सब पहले से इसलिए लिख रहा हूँ ताकि बाद को कोई मनमुटाव पैदा न हो। आप किसी भी दिन दफ्तर आकर अपनी पांडुलिपि ले जा सकते हैं। इसे कोई भी प्रकाशक आसानी से छापने को तैयार हो जाएगा।

आपका

बलभद्र चौधरी

पत्र था तो बहुत संक्षिप्त मगर उलझा हुआ भी कम नहीं था। मेरी समझ में नहीं आया कि बलभद्रजी दरअसल कहना क्या चाहते हैं? पुस्तक प्रकाशित करने में असमर्थ हैं या पुस्तक में होनेवाली देरी से चिंतित हैं? मैं तो उन्हें वह पांडुलिपि देने के बाद एक तरह से यह मान बैठा था कि व्यंग्य-संग्रह तो छप

ही जाएगा और इधर विदूषकजी की चार-छह किस्तें एक साथ लिखने में व्यस्त हो गया था ताकि फिर उपन्यास के प्रकाशन के लिए दौड़-भाग कर सकूँ।

उनके मन में क्या है यह इस पत्र से तो स्पष्ट नहीं हो रहा था सो सोचा कि कल ही जाकर मिलता हूँ। कहीं ऐसा तो नहीं कि टाइपिस्ट ने पूरा पत्र टाइप ही न किया हो!

"कहिए?"

फिर वही शुरुआत!

इस बार भी जब उन्होंने यही सवाल किया तो मुझे अटपटा लगा। मैंने मन-ही-मन सोचा कि क्या सचमुच यह आदमी मुझे पहचान नहीं रहा है या पहचान को स्वीकारना नहीं चाहता?

"क्या सचमुच आप मुझे नहीं पहचान रहे हैं?"

"क्या हम पहले भी मिले हैं?" उन्होंने प्रतिप्रश्न किया।

"जी हाँ, इसी महीने में, इसी दफ्तर में, इसी दूरी से दो बार मिले हैं।"

"ताज्जुब है!"

"मुझे भी।"

"खैर, जरा एक बार फिर अपना परिचय देंगे। हालाँकि आपको कष्ट तो होगा। बहरहाल, यह कष्ट तो आपको उठाना ही पड़ेगा। दरअसल यहाँ इतने लोगों से रोज..."

"जी हाँ, इसीलिए हर बार मुझे आप अकेले ही दीखे हैं यहाँ।"

"हा हा हा हा। यह भी खूब रही। अरे भाई, आप इसी वक्त आए होंगे पहले भी। दरअसल जरूरी काम निबटाने के लिए कुछ तो समय चाहिए होता है न। इसीलिए मैंने सबको कहा हुआ है कि मैं दफ्तर एक बजे से पहले पहुँचता ही नहीं। अगर इस बीच किसी का फोन भी आए तो यही कहता हूँ कि मैं हूँ ही नहीं।"

"आपके गुप्तकाल में से जो समय मैंने चुराया है उसके लिए क्षमा चाहता हूँ।"

"अरे नहीं, नहीं, आपका हक बनता है यह तो। बहरहाल, मुझे अभी भी याद नहीं आता कि..."

"मुझे आनंदवर्द्धन कहते हैं।"

"अच्छा, अच्छा।" और वे फिर जूता उतारने के लिए या संभवतः खुजाने के लिए झुके। लेकिन नहीं, इस बार मैंने ध्यान से देखा। वे इन दोनों में से किसी

काम के लिए नहीं झुके थे। यह क्रिया वे संभवतः इसलिए करते थे ताकि सामनेवाले से कैसे निबटना है इसकी रणनीति गुनने के लिए थोड़ा-सा समय पा जाएँ।

पाँव से मुक्ति पाते ही उन्होंने अपने बाईं ओर रखे रैक को देखा। फिर हाथ बढ़ाकर मेरी पांडुलिपि उठाई और मुझे थमा दी।

"यह क्या कर रहे हैं बलभद्रजी?"

"आपकी अमानत लौटा रहा हूँ।"

"वह तो मैं देख रहा हूँ, मगर क्यों?"

"क्या आपको मेरा पत्र नहीं मिला?"

"मिला था, तभी तो आया हूँ।"

"कारण मैंने पत्र में स्पष्ट लिखा था आपको..." और वे याद करने लगे कि क्या लिखा था। कुछ देर माथे पर हाथ फेरते रहे, फिर मेरी तरफ देखा इस उम्मीद में कि मैं ही बोलू दूँ, मगर मैं चुप रहा।

"हाँ, क्या लिखा था मैंने, इस समय याद नहीं आ रहा।"

"आपने लिखा था कि चूँकि आपने कई मित्रों से वादा किया हुआ है इसलिए इसका नंबर दो वर्ष तक नहीं आएगा।"

"हाँ, वही तो, वही तो।"

"और अगर मैं दो वर्ष तक इंतजार करने को तैयार होऊँ?"

"क्यों करेंगे आप इतना इंतजार?"

"क्योंकि मैं चाहता हूँ कि यह आपके यहाँ से प्रकाशित हो।"

"भई, मैं वादा नहीं कर सकता। इस बीच अगर कोई अच्छी रचना दिखाई दी तो हम पहले उसे छापेंगे।"

"इसीलिए तो मैं इसे यहाँ से छपवाना चाहता हूँ क्योंकि आपको ये रचनाएँ अच्छी लगी हैं।"

"किसने कहा ऐसा आपसे? मैंने तो इन्हें अभी पढ़ा ही नहीं। इस सब तामझाम के चलते इतना वक्त कहाँ मिलता है कि कुछ पढ़ूँ।"

"आपने अपने पत्र में लिखा है कि रचनाएँ मैं पढ़ चुका हूँ। सचमुच बहुत अच्छी हैं।"

"अरे भाई, वह तो रुटीन में लिख दिया ताकि आपकी भावनाओं को ठेस न पहुँचे।" कहकर वे चुरुट सुलगाने में व्यस्त हो गए।

"अब आपको मेरी भावनाओं का खयाल नहीं रहा क्या?"

"यह तो मैं तुम्हीं से कह रहा हूँ न, मगर पत्र को चार लोग और पढ़ते।

अब तुम खुद थोड़े ही बताओगे कि मैंने ऐसा कहा।"

"बता भी सकता हूँ।"

"सचमुच! हा हा हा हा!" एक खोखला ठहाका लगाया उन्होंने। शायद यह भी सहज होने के लिए समय चुराने का उनका एक तरीका था।

"एक बात बताएँगे बलभद्रजी?"

"क्या?"

"आपके नाम से जो छपा है अब तक, क्या उसे भी पढ़ा है आपने कभी?"

"क्या मतलब? जो मेरे नाम से छपा है वह तो लिखा ही मैंने है।"

"यह भी तो हो सकता है वह लिखा किसी और ने हो! सुना है, इस काम का काफी अच्छा अनुभव है आपको! और फिर यों भी आपके पास इस सब तामझाम के चलते समय कहाँ बचता है कि..."

"आप बड़े बदतमीज हैं!" चुरुट को मेज पर पटककर बोले बलभद्रजी।

"बड़े तो आप हैं। मैं तो बहुत छोटा हूँ बलभद्रजी। आपके पास चश्मे ही नहीं सब कुछ दोहरा है। मैं आपके पास इसलिए आया था क्योंकि आप प्रकाशक से कहीं पहले एक लेखक थे। लेकिन अब लगता है, न आप लेखक हैं, न प्रकाशक, न शरीफ आदमी ही। मैं...मैं आपसे आज बहुत कुछ कहना चाहता हूँ, लेकिन कहूँगा नहीं, क्योंकि आप न तो वह सब सुन-समझ पाएँगे, न यह अवसर ही उपयुक्त है। महज यह कहकर टाल देंगे कि चूँकि मेरी पांडुलिपि वापस की है इसलिए खिसियाहट निकाल गया हूँ मैं..."

"आप सीधी तरह यहाँ से टरकेंगे या मैं कोई इंतजाम करूँ?" दोनों चश्मे मेज पर पटककर दहाड़े बलभद्रजी।

"मुझे विश्वास है कि आप यह केवल मुझे डराने के लिए नहीं कह रहे हैं, कोई दूसरा इंतजाम कर भी सकते हैं। लेकिन आप चिंता मत कीजिए, मैं आपको अपने चपरासियों के सामने शर्मशार होने का मौका नहीं देना चाहता। उससे आपकी सार्वजनिक छवि पर धब्बा आ जाएगा। इसलिए मैं स्वयं ही जा रहा हूँ।"

कुछ बुरा, कुछ अहितकर, कुछ बाधाएँ उत्पन्न करने वाला काम तो नहीं कर डाला है बंधु? रास्ते में पूछा मैंने अपने-आप से।

जवाब संस्कृत में दूँ या हिंदी में? पूछा मन ने।

मजाक छोड़ यार। विद्वता भी मत दिखा। सीधी-सरल भाषा में बता।

क्यों, डर रहे हो क्या?

नहीं यार, पर तेरी राय जानना जरूरी है न। तू तो जानता है न, अपन तो इस सिद्धांत को मानते हैं–मन को पिंजरे में न डालो, मन का कहना मत टालो...

यह बात है, तो सुनो–वे नीच कर्म होते हैं केवल, जिनकी शुरुआत बिना विघ्न-बाधाओं के हो जाती है।

यह हुई न बात! खुश कर दिया तूने आज!

खैर, ज्यादा मक्खन न लगा। और सुन– बीती ताहि बिसार दे, आगे की सुध लेय।

अच्छा भाई, अच्छा। अब तो खुश। कल से निकलते हैं फिर से।

हाँ, यह हुई न बात। शुभस्य शीघ्रम, शुभस्य शीघ्रम।

दूसरे ही दिन मैं निकल पड़ा था इस महायात्रा पर। मन में यह दृढ़ निश्चय करके कि दिग्विजय के बाद ही विश्राम करूँगा। मगर ऐसा हुआ नहीं। आधे सफर के बाद ही मैं थक गया। केवल व्यंग्य-संग्रह–भर के छपने की व्यवस्था हो सकी। मेरी पहली रचना, महत्त्वाकांक्षी रचना, अब भी मेरे हाथों में थी। इसका पन्ना-पन्ना ताड़पत्र-भोजपत्र का-सा लगने लगा था। जाने कितने हाथों की मैल, कितने प्रकाशनों का गर्द-गुबार चढ़ आया था उसके पन्ने-पन्ने पर और अंततः और अधिक भार उठाने से उसने इनकार कर दिया।

वह सब दास्तान यहाँ विस्तार से सुनाना संभव नहीं है। उस त्राणदायी यात्रा के संदर्भ में यह दोहा रह-रहकर याद आ रहा है वह भी कुछ यों..

"सात समंद की मसि करों, लेखनि सब वन मांहि,
धरती सब कागद करों, 'तब भी' लिखा न जाहि।"

हाँ, संक्षेप में जरूर बताता हूँ अपनी अर्द्धविजय के अनुभव।

इस शहर में मुझे अब जाकर मालूम हुआ कि प्रकाशकों की सचमुच कई बैरायटियाँ हैं। कुछ हैं जो जानते ही नहीं कि उन्होंने छापा क्या है? उन्हें इससे कोई सरोकार ही नहीं कि वे क्या छाप रहे हैं। उनके लिए तो बस इतना जानना काफी है कि हमारा लेखक फलाँ महकमे में अफसर है और आधी, तो कोई-कोई पूरी प्रतियाँ खरीदवा लेता है।

कुछ हैं जो पढ़ना ही नहीं जानते। उनके लिए इतना जानना काफी है कि फलाँ लेखक फलाँ प्रदेश का है सो वहाँ खरीद ही लिया जाएगा।

कुछ हैं जो अपनी पूँजी लगाते ही नहीं। वे तो लेखक की जेब देखकर

प्रकाशन-खर्च उसी से वसूल लेते हैं और लेखक जो भी लिखे हुए कागज दे आए उन्हें छापने के बाद ढो-ढाकर इधर-से-उधर पहुँचाते रहते हैं। इनके यहाँ ऐसे ढेरों लेखक हैं जिनकी किताबों के कई-कई संस्करण छप गए मगर पढ़े कभी नहीं गए। ये गट्ठर-के गट्ठर बस इस गोदाम से उस गोदाम में जाते हैं।

होता यह है कि मान लो एक प्रकाशक ने ऐसी एक पुस्तक छापी। मूल्य रखा तीस रुपए। एक हजार प्रतियों का कुल मूल्य हुआ तीस हजार। उन्होंने पाँच हजार का गट्ठर उठाया और किसी अपने ही जैसे प्रकाशक के यहाँ पटककर उसके यहाँ से दो गट्ठर उतने ही मूल्य के उठा लिए। कुल मूल्य पुस्तकों का वही रहा—तीस हजार, मगर जिल्दें या पुस्तकों के टाइटिल हो गए एक की जगह छह। इन्हें प्रायः सब पुस्तकों के नाम तक नहीं मालूम थे, थोक व्यापारी जो थे। थोकवाली शब्दावली का प्रयोग करते थे। इनके लिए पुस्तक है महज एक अदद और टाइटिल।

कुछ इनसे भी बढ़-चढ़कर हैं। वे रुपया जिस लेखक से लेते हैं पुस्तक उसी की छापें जरूरी नहीं। कभी इनके यहाँ से पांडुलिपि खो जाती है, कभी कागज नहीं उपलब्ध होता, तो कभी प्रेस दगा दे जाता है। लेखक बेचारा चक्कर लगाता रहता है, और ये उसकी पूँजी के दम पर अपने मित्रों, परिचितों, रिश्तेदारों, कुत्तों, बिल्लियों की 'किताबें' छापते रहते हैं।

कुछ हैं जो किसी तरह के झमेले में नहीं पड़ते। वे बस रॉयल्टी मुक्त लेखकों की रचनाएँ छापते हैं। यानी ऐसे लेखकों की जिनकी मृत्यु को पचास वर्ष से ज्यादा हो चुके हों। (अब साठ) ऐसी पुस्तकों में न तो किसी को कुछ देना होता है, न हिसाब रखना होता है, न कोई आपत्ति करनेवाला...और लाभ की पूरी-पूरी गारंटी, क्योंकि उन स्वानमधन्य लेखकों का बिकना तो अवश्यंभावी है ही।

कुछ हैं जो केवल शोध प्रबंध छापते हैं क्योंकि उसमें न लेखक दुखी न प्रकाशक। पैसा विश्वविद्यालय अनुदान आयोग का, जरूरत पुस्तकालयों की और प्रचार का दायित्व शोधकर्ता डॉक्टर साहब के शिष्यों के कंधों पर। कुछ हैं जो छापते कुछ नहीं, बस योजनाएँ और योजनाएँ, अनुबंध और अनुबंध!

दो प्रकाशकों तक तो मैं पहुँचकर भी नहीं पहुँच पाया।

पहले के यहाँ पहुँचने के लिए जैसे ही सीढ़ियाँ चढ़ने को हुआ तो एक कृशकाय नवयुवक ने मेरा रास्ता रोक लिया। मैंने वजह जाननी चाही तो उसने अपनी अजीब दास्तान कह सुनाई।

उसने बताया कि ऊपर जो मोटा प्रकाशक है उसने इस लेखक की एक पुस्तक छापी। पुस्तक छपे काफी समय हो गया मगर न तो उसने कोई अनुबंध

किया, न पुस्तक ही दी। कहता रहा अभी तो पुस्तक प्रेस में पड़ी है। फिर बोला कि मेरे पास प्रेसवाले का भुगतान करने के लिए रुपए नहीं हैं, तुम मदद कर दो। फिर कुछ समय बाद बोला कि पुस्तक तो मैंने उठा ली है मगर अभी रिलीज नहीं की है। ऐसी स्थिति में यदि मैं तुम्हें पुस्तक की कुछ प्रतियाँ दे दूँ और तुम उन्हें बाजार में बेच दोगे तो मेरी मार्केट खराब हो जाएगी। फिर काफी समय तक यह कहकर टरकाता रहा कि पुस्तक बिक ही नहीं रही है। बेचारा लेखक पुस्तक मित्रों को देने, अपने पास रखने को लालयित था, उसकी यह चाहना स्वाभाविक थी। अंततः उसने एक मित्र के जरिए पचीस प्रतियाँ खरीद लीं। ले तो वह स्वयं भी सकता था मगर एक तो प्रकाशक कमीशन नहीं देता, दूसरे मित्र की सलाह थी कि वह स्वयं न खरीदे और न कमी प्रकाशक से इसका जिक्र ही करे। लेखक का मित्र एक प्रकाशन में ही काम करता है इसलिए इसने उसकी सलाह मान ली।

अगली बार जब लेखक प्रकाशक से मिलने आया तो वह मित्र भी साथ था। ज्यों ही प्रकाशक ने अपना वही वाक्य दोहराया, कि पुस्तक बिकी ही नहीं, उसने पचीस किताबों की कैशमीमो की फोटो प्रति उसके सामने रख दी। प्रकाशक क्षण-भर को अकबकाया मगर तुरंत बात टालते हुए बोला कि इतनी कम बिक्री को बिक्री नहीं कहते।

तब लेखक के मित्र ने ब्यौरेवार बताया कि आपने इतनी प्रतियाँ राजा राममोहन राय लाइब्रेरी योजना में, इतनी केंद्रीय हिंदी निदेशालय में, इतनी साहित्य अकादमी में, इतनी दिल्ली पब्लिक लाइब्रेरी में, इतनी अमेरिकन लाइब्रेरी में और इतनी मुझे बेची हैं। इसके अलावा भी बेची ही होंगी। अब आप सीधी तरह पूरा हिसाब दीजिए और बची हुई प्रतियों की कीमत बताइए ताकि हम उन्हें खरीद सकें, वरना हमें मजबूरन कानूनी कार्यवाही करनी पड़ेगी।

प्रकाशक के होश गुम! उसने झटपट पूरा हिसाब सामने रखा मगर चूँकि कोई लिखत-पढ़त तो पहले से थी नहीं सो फिर इन्हें पटकनी दे ही गया। वह अड़ गया इस जिद पर कि मैं तो पाँच प्रतिशत से ज्यादा रॉयल्टी नहीं दूँगा। काफी जद्दोजहद के बाद, महज अपने वचन की रक्षार्थ इन दोनों ने उसे स्वीकार किया और प्रकाशक से कुछ लेने के बजाय डेढ़ हजार रुपया उसे और देकर मामला रफा-दफा किया।

अपनी दास्तान सुनाने के बाद लेखक ने उस पुस्तक की एक प्रति मुझे भेंट करते हुए बताया, "बस, उसी दिन से मैं रोज सुबह-शाम इस दरवाजे पर

आता हूँ और किसी-न-किसी सहधर्मी को इससे बचे रहने के लिए आगाह करके अपनी भूल का प्रायश्चित करता हूँ।''

दूसरा किस्सा भी अपने-आप में अद्वितीय है।

उस प्रकाशक के पास मैं अभी जाकर बैठा ही था और इस इंतजार में था कि वह जिन लेखक बंधु से बात कर रहा है उनसे पूरी बात कर ले तो मैं अपनी बात शुरू करूँ कि अचानक प्रकाशक उठे और कहीं बिला गए।

तब उन लेखक बंधु ने मुझे बताया कि इस प्रकाशक ने उनकी एक पुस्तक छापी है। पुस्तक की पाँच सौ प्रतियों की खरीद एक प्रदेश में हुई है। जब खरीद का आदेश इन्हें मिला तो वे लेखक के पास आए। उसे यह शुभ समाचार दिया और बोले कि पुस्तकों के बिल के साथ एक प्रमाण-पत्र भी भेजना है कि हमने आपको रॉयल्टी नगद दे दी है। अब इस समय मेरे पास इतनी बड़ी रकम है नहीं और बैंक बंद हो चुके हैं और हमें हर हाल में आज ही यह रसीद भेजनी है, इसलिए आप ऐसा कीजिए, ये एक-एक हजार रुपए के दो बियरर चेक हैं, एक परसों की तारीख का और दूसरा उससे दो दिन बाद की तारीख का। कल मैं बैंक की स्थिति भी देख लूँगा। यदि रकम उसमें नहीं हुई तो कल या तो पूरे दो हजार रुपए जमा करवा दूँगा या एक हजार कल और एक हजार परसों जमा करा दूँगा ताकि आपको कोई परेशानी न हो।

लेखक ने चेक लेकर रसीद लिखकर दे दी। मगर जब तीसरे दिन वह बैंक पहुँचा तो उसके आश्चर्य की सीमा नहीं रही। बैंक से प्रकाशक ने पिछले ही दिन खाता उठा लिया था। बेचारे खामखा शर्मिंदा हुए सो अलग।

ये प्रकाशक से मिले। मगर प्रकाशक ने बजाय अपने अपराध के लिए क्षमा माँगने के, लेखक के स्वाभिमान को यह कहकर और ठेस पहुँचाई कि सँभालकर रखिए, ये आपकी रॉयल्टी के चेक हैं।

तब लेखक ने भी तय किया कि इन्हें तो सबक सिखाना ही है। अगले ही दिन वह बैंक का प्रमाण-पत्र, चेक और शिकायत-पत्र लेकर अखबार के दफ्तर में जा पहुँचा। अखबारवालों ने उसकी शिकायत छाप दी।

इसके ठीक एक सप्ताह बाद प्रकाशक को राज्य सरकार का पत्र मिला कि अखबार में छपी शिकायत को ध्यान में रखते हुए आपकी पिछली रसीद निरस्त की जाती है। कृपया पंद्रह दिन के भीतर लेखक से दूसरी रसीद लिखवाकर भेजें अन्यथा आपके द्वारा सप्लाई की गई पुस्तकें आपके हर्जे-खर्चे पर आपको वापस भेज दी जाएँगी! अथवा आपके बिल का पूरा भुगतान लेखक को भी भेजा जा

सकता है। वे अपनी रॉयल्टी कम करके शेष राशि का भुगतान आपको करने के लिए राज्य सरकार की ओर से अधिकृत किए जा सकते हैं। और दोनों स्थितियों में भविष्य में आपकी कोई पुस्तक हम नहीं खरीदने का निर्णय ले रहे हैं!

यह पत्र मिलना था कि प्रकाशक के होश गुम। वह दौड़ा-दौड़ा लेखक के पास गया। गुहार लगाई कि मेरे चेक वापस दे दो और नगद रकम ले लो।

आज लेखक यहाँ वे चेक वापस करने आए हैं और प्रकाशक बंधु यह तसल्ली हो जाने के बाद कि लेखक सचमुच चेक साथ लाए हैं बैंक से रुपया निकालने गए हैं।

मन हुआ लेखक को सलाह दूँ कि प्रदेश सरकार से यदि तब भी भुगतान तुम्हारे पास आ जाए तो अपनी पुस्तक की शेष प्रतियों की रॉयल्टी काटकर ही शेष रकम प्रकाशक को थमाना न भूलना।

छब्बे होने चले चौबेजी के दुब्बे होकर रह जाने की यह दास्तान सुनने के बाद मुझे लगा, मेरा यहाँ रुका रहना व्यर्थ है।

"अब?" मैंने अपने साथी से पूछा। सब हाल-चाल सुनाने के बाद।

"अब क्या? तुम फिर कोशिश करो। ऐसा थोड़े ही है कि पूरा प्रकाशन उद्योग भ्रष्ट हो गया है। यहाँ एक-से-एक जानदार-शानदार लोग बैठे हैं, जो लेखक के सम्मान की रक्षा अपने सम्मान से कहीं अधिक करते हैं। जिनके लिए लेखक आज भी आदरणीय हैं। जो प्रकाशन कर्म को पूजा मानते हैं। और अगर सचमुच तुम्हारा विश्वास सब पर से उठ गया है तो तुम खुद क्यों नहीं प्रकाशन शुरू करते? अब तो तुम इस उद्योग के बुरे पक्ष से भी परिचित हो गए हो। तुम इन बुराइयों से मुक्त संस्था खड़ी करके मिसाल कायम करो। खुद की किताबें भी छापो और उसी आत्मीयता, सम्मान के साथ दूसरों की भी!"

"नहीं बंधु, नहीं, तुम जो सलाह दे रहे हो वह विचार मेरे भी मन में आया था, लेकिन इतने दिनों के अनुभव के बाद मुझे लगने लगा है कि दरअसल यह व्यवसाय ही ऐसा है जो अच्छे-भले आदमी को बेईमान बना देता है।"

"मैं इसे नहीं मानता। अपनी कमजोरी को व्यावसायिक तकाजे का नाम देना ठीक नहीं है। दरअसल मुझे लगता है तुम उन लोगों में से हो जो चाहते हैं कि समाज अच्छा रहे मगर न तो ऐसा कुछ करके दिखाते हैं जो अच्छा हो और जिस पर समाज अमल कर सके और न जो बुरा हो रहा है उसे रोकने का प्रयास करते हैं। इतना ही नहीं, जो इस बुरे वक्त में भी अच्छा कर रहे हैं उनकी तरफ से आँखें मूँदे/रखना चाहते हैं। तुम एक बार हिम्मत करके तो देखो। मुझे

पूरा भरोसा है कि अगर तुम सच्चे दिल से इस काम में जुटोगे तो एक मिसाल कायम कर दिखाओगे।"

"नहीं बंधु, मैंने अच्छे-अच्छे अहीरों को इस क्षेत्र में आते ही वणिक बनते देख लिया है इन थोड़े ही दिनों में। इसके बाद भी मैं यही करूँ!"

"खैर, तुम इस बारे में फुर्सत से सोचना। और हाँ, इतना हतोत्साह होने की जरूरत नहीं है। आज मैं तुम्हें एक खुशी की बात बताता हूँ। मेरे एक मित्र हैं जो प्रकाशक भी हैं। यारवाश आदमी हैं। मैं जो भी बहस तुमसे करता हूँ वह सब उन्हीं से मिली सूचनाओं का प्रतिफल है। मैं तुम्हें उनसे मिलवाऊँगा।"

उनसे मिलने के बाद तो मुझे रह-रहकर वह कहावत याद आई—घर में बच्चा शहर में ढिंढोरा। बहुत सज्जन पुरुष निकले वे तो। तीनों सेनाओं को पुस्तकें सप्लाई करना उनका मुख्य काम था। उन्होंने कहा, "देखो जी, सीमा पर तैनात जवान का दर्शन और ज्ञान की बातों से तो कुछ लेना-देना नहीं, उसे घर से दूर उस एकांत में चाहिए मनोरंजन। सो मैं आपकी व्यंग्यवाली किताब तो कल ही प्रेस में भेज दूँगा और ये जो आपका उपन्यास है न, इसे कोई छोटा प्रकाशक नहीं छापेगा। वह बेचेगा किसे, कैसे, क्या परिचय देकर? यह तो छाप सकता है कोई बड़ा प्रकाशक, जो नए लेखकों को मौका देते हैं और अपने दम पर किताब बेच लेते हैं। और सच पूछो तो नए लेखक को पहचान बनाने के लिए छपना भी वहीं से चाहिए! बाद में जब वो इस स्थिति में आ जाए कि अपने नाम से बिकने लगे तब उसे छोटे प्रकाशकों पर भी कृपा करनी चाहिए। सच पूछो तो तब एक समय ऐसा जरूर आएगा जब छोटे प्रकाशक नए लेखकों को बिना नफे-नुकसान की परवाह किए छापने को तैयार होने लगेंगे।"

"सचमुच बहुत व्यावहारिक आदमी थे ये!" मैंने अपने साथी के सामने स्वीकारा।

"हाँ भाई, ऐसे और भी होंगे। सागर में खारा पानी होता है मगर भीतर डूबो तो मोती भी होते हैं न!"

"हाँ, होते तो हैं।"

"तो फिर लगाओ डुबकी!"

"मैं यह नहीं कहता," पिछली मुलाकात में प्रकाशक बंधु ने जो ज्ञानदान दिया था, उसके लिए जब मैंने दूसरी मुलाकात के शुरू में ही उनका आभार व्यक्त किया और चाहा कि वे इस बार भी मेरे प्रकाशकीय ज्ञान में श्रीवृद्धि करें क्योंकि मेरे जो अनुभव हैं (उनसे मिलने से पहले तक के) वे बहुत कटु हैं, तब उन्होंने

कहा था, "कि आपने प्रकाशकों का जो इतिहास-भूगोल बताया वह गलत है। मगर केवल यही सच नहीं है। सच का एक पहलू और भी है। कुछ किस्से मैं भी सुनाता हूँ, जरा गौर से सुनिएगा, फिर कायम कीजिएगा कोई राय।

एक वयोवृद्ध लेखक हैं हमारे अपने। उन्हें अपनी बेटी का विवाह करना था। जिन-जिन प्रकाशनों से उनकी पुस्तकें छपी थीं उन सबसे रॉयल्टी ले ली मगर उससे काम पूरा होता नहीं दीखा। वे बहुत चिंतित थे। आय का कोई और साधन था नहीं। तभी एक ऐसे प्रकाशक को उनकी परेशानी मालूम हुई, जिनके यहाँ से लेखक की कोई पुस्तक नहीं छपी थी। दूसरे ही दिन प्रकाशक पचास हजार रुपया लेकर जा पहुँचे उनके पास। लेखक हैरान। उनकी समझ में ही नहीं आया कि क्या करें? पैसा लें तो किस आधार पर और न लें तो काम अटक रहा है। प्रकाशक का ऐसा कोई आग्रह नहीं था कि फलाँ शर्त के साथ रुपया दूँगा। हो सकता है, उनके मन में भावी योजनाएँ रही हों, मगर तब तो वे केवल लेखक की सहायता करना चाहते थे। और जब उन्होंने देखा कि लेखक केवल सहायता के नाम पर रकम लेने को तैयार नहीं हो रहे, तब उन्होंने आग्रह किया कि ठीक है, तब आपके घर में जो भी लिखा-अधलिखा कागज पड़ा हो वह इनके बदले में हमें दे दीजिए। और सचमुच वे कई गैर-जरूरी पांडुलिपियाँ लेकर चले आए। ऐसी पांडुलिपियाँ जिन्हें लेखक किसी को देने में संकोच करते थे क्योंकि लेखक का अपना मानना था कि वे उनकी शुरुआती रचनाएँ हैं और उनका स्तर वह नहीं जिसके लिए लेखक जाने-माने जाते हैं, इसलिए हो सकता है, पाठक उन्हें नापसंद कर दें और उस स्थिति में प्रकाशक को काफी नुकसान उठाना पड़ जाए।

इसके बाद तो उन लेखक ने जो भी लिखा उसी प्रकाशक को दिया और लिखा भी पहले की बनिस्बत अधिक। इससे न केवल लेखक-प्रकाशक बल्कि आम पाठक और हिंदी साहित्य सभी लाभान्वित हुए।

एक और प्रकाशक हैं जिनके बारे में कहा जाता है कि उनके दफ्तर में जो लेखक पहुँच जाता है वह खाली हाथ नहीं लौटता। वे पुस्तक के अनुमानित मूल्य के हिसाब से पूरे संस्करण की रॉयल्टी अग्रिम दे देते हैं चाहे पुस्तक छापने में कितना ही विलंब क्यों न होना हो। एक हैं जो पुस्तक छपते ही लेखक को लेखकीय प्रतियों के बंडल के साथ ही पूरे संस्करण की रॉयल्टी का चेक भेज देते हैं। कितने नाम गिनाऊँ मैं आपको। ढेरों हैं ऐसे जिनके चलते हम प्रकाशक अभिमान से सिर ऊँचा किए रह सकते हैं।

और फिर मुझे ही देखिए। मैं सेना से रिटायर्ड मेजर हूँ। मैं केवल सेना की सप्लाई के लिए किताबें छापता हूँ। मेरी कोई किताब आपने बाजार में नहीं देखी होगी। मैं यह बाजारू धंधा करता ही नहीं। मैं अपने लेखक को पहले ही बता देता हूँ कि देखो भाई, मैं आपकी पुस्तक की कुल पाँच प्रतियाँ छपवाऊँगा पहले। उन्हें चयन के लिए भेजूँगा। अगर उनके आदेश मिल गए तो और छपवाऊँगा वरना पाँचों प्रतियाँ फाड़कर फेंक दूँगा। और दोनों ही स्थितियों में आप किताब कहीं और से छपवाने के लिए आजाद हैं। मेरे पास कंपोजिंग की निजी व्यवस्था है। पूरी किताब कंपोज करवाकर रख लेता हूँ मैं। किताब का ऑर्डर मिलते ही उधर छापकर किताब सप्लाई की, इधर लेखक को उसका हिस्सा देकर नमस्कार किया। हमारी निगाह में तो कागज का खाली अनछपा टुकड़ा लक्ष्मीजी हैं और छपा हुआ सरस्वतीजी! हम तो दोनों ही देवियों की पूजा करते हैं। इसलिए न हमसे लक्ष्मीजी का अपमान करते बनता है और न हमें यह बर्दाश्त है कि सरस्वतीजी यहाँ-वहाँ पड़ी-पड़ी फिरें!

अब जैसे आपकी किताब है। इसे हम तीनों सेनाओं में भेजेंगे। हमारी कोशिश रहेगी कि तीनों जगह से ऑर्डर एक साथ मिल जाए। जितना ऑर्डर मिलेगा उससे थोड़ी अधिक प्रतियाँ छाप लेंगे। पूरी सप्लाई करने के बाद, वहाँ से बिल ओ. के. हो जाने के बाद बची हुई सारी प्रतियाँ हम आपको दे देंगे ताकि आप भी अपने मित्रों में बाँट सकें। किसी और प्रकाशन से छपवा सकें। वैसे हमारा यह दावा है कि हमारे यहाँ से सप्लाई की गई एक-एक कापी इतने-इतने जवानों द्वारा पढ़ी जाती है जितनी किसी भी लाइब्रेरी में रखी किताब नहीं पढ़ी जाती होगी। इस दावे को तब आप भी स्वीकार करेंगे जब आपके पास जवानों के खतों का ढेर आएगा।

इस दूसरी मुलाकात में मेरे ज्ञान में और वृद्धि तो अवश्य हुई मगर उत्साह में वृद्धि होने के बजाय गिरावट ही आई। यानी जो आधा मोर्चा फतह कर लिए जाने का भाव जागा था मन में, उसमें एक संशोधन करना पड़ा मुझे। मैंने अभी आधा नहीं आधे का आधा यानी कुल चौथाई मोर्चा फतह किया था क्योंकि प्रकाशित होते ही मेरी पुस्तक अप्राप्य भी होने जा रही थी। हाँ, अगर मैं यह मान लूँ कि हिंदी साहित्य के पाठक जो हैं वे सब-के-सब केवल सेनाओं में भर्ती हो चुके हैं तो फिर कोई मलाल नहीं रह पाता मन के किसी कोने-अंतरे में।

तो भाई आनंदजी, कहो कैसी रही?

कैसी से क्या मतलब है तुम्हारा?

ऐसा तो तुमने नहीं चाहा था शायद?

यार, तुम हो बहुत शातिर। जाने कहाँ छिपे बैठे हो। कभी सामने आओ तो तुम्हारी खबर लूँ। तब बताऊँ तुम्हें कि किसी की दुखती रग पर उँगली रखने का नतीजा क्या हो सकता है!

लो, तुम तो मुझी पर खफा हो गए। हाँ भई, पुराने लोग ऐसे ही तो नहीं कह गए हैं—खिसियानी बिल्ली खंभा नोचे।

इसमें खिसियाने वाली बात कहाँ से आ गई? क्या तुम नहीं जानते कि मेरे व्यंग्य पहले ही आम पाठकों द्वारा पढ़ लिए गए हैं। हाँ, वह उपन्यास माँगते तो न देता।

सच कह रहे हो?

और क्या झूठ बोल रहा हूँ?

मुझे तो लगता है तुम उपन्यास भी दे देते। वह तो उस कलापारखी ने चाहा नहीं।

क्या बकते हो?

बक नहीं रहा हूँ। क्या तुम देश की सुरक्षा में लगे वीर सेनानियों के मनोरंजनार्थ इतना भी नहीं करते! यह तो गौरव की बात है भाई, इतने मायूस क्यों होते हो?

नहीं, मायूस नहीं हो रहा हूँ, केवल तुम्हें बता रहा हूँ, जो सच है।

दिल को बहलाने के लिए यह खयाल अच्छा है! लो तुम फिर खफा...अच्छा छोड़ो। मिट्टी डालो इस प्रसंग को। वो कहते हैं न 'बीती ताहि बिसार दे आगे की सुधि लेहि।' सो तुम उपन्यास का सिलसिला जमाओ।

हाँ, वह तो करना ही है।

क्या-क्या नाम बताए थे सेवामुक्त मेजर उर्फ प्रकाशक महोदय ने अच्छे प्रकाशकों के! हाँ, कल्पतरु, बाँकेबिहारी, विद्यादेवी, प्रतिबद्ध प्रकाशन, समग्र साहित्य भंडार।

भारतवर्षीय प्रकाशक संगठन की उस बैठक में संगठन की अध्यक्षा ने जिस उदारता का परिचय दिया था उसे ध्यान में रखते हुए मैंने उन्हीं से मिलने का मन बनाया और अगले ही दिन मैं प्रतिबद्ध प्रकाशन प्राइवेट लिमिटेड की प्रबंध निदेशिका श्रीमती कांता कौर के सामने उपस्थित था।

"किताब के बारे में हम जरूर विचार करेंगे। आप इसे मेरे पास छोड़ जाइए। मैं ये कह रही थी कि क्या आप प्रतिबद्ध में नौकरी करना चाहेंगे?"

पिछली मुलाकात का स्मरण दिलाने पर पूछा उन्होंने।

"आपको कहीं-न-कहीं तो काम करना ही है। विदूषक से तो नहीं चलेगा न! फिर हमारे यहाँ तरक्की के मौके ज्यादा हैं। दो यंग राइटर्स हमारे यहाँ पहले से ही काम कर रहे हैं। मुझे खुद भी...आई लाइक यंग मैन।"

मैं अब भी चुप ही रहा आया।

"आप सोच लीजिए। दो-एक रोज बाद बता दीजिएगा। और हाँ, इस ऑफर का आपकी किताब के छपने न छपने से कोई वास्ता नहीं है।"

"मैं कुछ समय चाहूँगा इस बारे में सोचने के लिए।"

"वही तो, वही तो मैं कह रही थी।"

"तो मुझे आज्ञा है?"

"हाँ-हाँ, आप जा सकते हैं।"

मैं उठा और उनके केबिन के दरवाजे की ओर चल दिया।

"सुनिए," उन्होंने टोका, "वैसे कहाँ तक पढ़े हैं आप—मैट्रिक या इंटर?"

"जी, मैं आचार्य हूँ।"

"क्या? अचार्या? वही जो अचार्या दुबेदीजी हैं?"

"जी हाँ, वही।"

"वह तो बड़ी डिग्री होती है न?"

"जी हाँ, होती तो है।"

"आप बैठिए एक मिनट।" कहने के साथ ही उन्होंने घंटी बजाई। चपरासी फोरन पानी लेकर आ उपस्थित हुआ।

कांताजी ने पानी पिया, मेरे लिए पानी लाने का आदेश दिया, फिर रूमाल से मुँह पोंछकर बोलीं, "मैं अब आपकी कोई बात नहीं सुनूँगी। तुम मेरे बेटे की उम्र के हो इसलिए मैं हुक्म देती हूँ कि कल से तुम यहाँ काम पर आ रहे हो! समझे!"

और खिलखिला दीं श्रीमती कांता कौर।

मैंने भी अपने पशोपेश को परे धकेला और कहा, "जैसी आपकी आज्ञा।"

"वेल्डन," मेज पर थपकी देकर उन्होंने थोड़ी ऊँची आवाज में कहा, "ये हुई न स्पोर्टमैनस्प्रिट। आई लाइक...।" यकायक मेरा ध्यान उनके जीत की खुशी से प्रफुल्ल चेहरे से हटकर बालों पर जा अटका जो उनके स्वर में आ रहे हर परिवर्तन के साथ-साथ उठ-गिर रहे थे।

प्रतिबद्ध लोक हितकारी के बाद संभवतः सबसे बड़ा प्रतिष्ठान था। पचीसों

कर्मचारी थे यहाँ। संपादन विभाग, लेखा विभाग, विक्रय विभाग सब जुदा-जुदा। देश के प्रायः सभी प्रतिष्ठित लेखकों की एक-न-एक रचना प्रकाशित करने का गौरव मिल चुका था प्रतिबद्ध को।

संयोग से प्रतिबद्ध के प्रकाशन अधिकारी भी कभी लोक हितकारी में काम कर चुके थे। यह जानकर मुझे खुशी ही हुई और संभवतः मेरी खुशी के लिए ही कांताजी ने मुझे यह सूचना दी भी थी।

कांताजी ने जब मुझे प्रतिबद्ध के प्रकाशन अधिकारी श्री श्यामलालजी से मिलवाया तो मुझे ऐसा लगा, जैसे उन्हें कोई खास प्रसन्नता नहीं हुई है मुझसे मिलकर। इतना ही नहीं, उन्होंने बड़े बेमन से स्वीकारा था अपने विभाग में। उनके विभाग में कुछ दिन काम करने के बाद ही मुझे लगने लगा कि मैं इस पूरे गुप्तवंश में मिस फिट हूँ। मैं नियम से, समय पर दफ्तर पहुँचता था। जिस कोने में मुझे बैठा दिया गया उसी में बैठा-बैठा चुपचाप प्रूफ पढ़ता रहता था। कभी यदि श्यामलालजी से कुछ जानना चाहता तो वे बता तो देते थे मगर साथ ही यह ताना भी देते, "आप तो आचार्य हैं आनंदजी!"

शुरू-शुरू में मैं इसे यों ही टालता रहा। सोचा, अगर इस तरह के अनौपचारिक, तीखे-से लगते संवाद नहीं होंगे हममें तो अंतरंगता कैसे आएगी। यह अपरिचय, औपचारिकता कैसे टूटेगी। मगर जब काफी दिन हो गए और श्यामलालजी के स्वर का तीखापन बजाय कम होने के बढ़ता ही गया तो एक दिन मैंने भी कह ही दिया, "मगर सर्वज्ञ तो नहीं हूँ न!"

श्यामलालजी देर तक मेरी तरफ देखते रहे अजूबे की तरह। मैं फिर अपने काम में व्यस्त हो गया।

अकेले श्यामलालजी ही रूखेपन से पेश आए हों ऐसा भी नहीं था। यहाँ तो लगा जैसे पूरा आवां का आवां...न कोई किसी से बात करता था, न किसी के सुख-दुःख की खबर लेता था। सब अपने में मगन। सबको अपने काम से काम।

कुछ दिनों तक मैं बड़ा बेचैन रहा। मैं बताना चाहता था सबको कि मैं क्या हूँ, कहाँ से आया हूँ, कहाँ पहुँचना चाहता हूँ। और जानना चाहता था कि बाकी लोग क्या हैं, कैसे हैं, यह संस्था कैसी है। क्या सचमुच मैं यहाँ रहते अपने लक्ष्य तक पहुँच सकता हूँ?

मगर कहता किससे? यहाँ तो आदमी से ज्यादा दीवारें मुखर थीं। जहाँ निगाह पड़ती वहाँ से कोई अद्वितीय पुस्तक बतियाने को उतावली दीखती और

मैं उससे यह कहकर क्षमा माँगता कि हे प्रिय, थोड़ा सब्र करो। मैं जरा जान-भर लूं यह रहस्यलोक, फिर तो तेरे ही साथ उठना-बैठना, खाना-खेलना है। अभी तो मुझे यह भी नहीं मालूम कि ये सज्जन पुरुष तेरे-मेरे प्रेम को देखेंगे किस दृष्टि से!

वेतन के दिन मुझे बताया गया कि चूंकि अभी विक्रय निदेशक मौजूद नहीं हैं इसलिए मेरा वेतन तय नहीं किया जा सकता। फिलहाल मुझे तीन सौ रुपया महीना दिया जाएगा। इसे मैं वेतन नहीं अग्रिम भुगतान मानूँ ऐसा आग्रह था कांताजी का। मैंने लेखा विभाग से जाकर तीन सौ रुपये ले लिए।

दूसरे दिन कांताजी ने मुझे अपने केबिन में बुलाया और पचास का नोट मेरी तरफ बढ़ाते हुए कहा, "इसे रख लो मगर किसी से इसका जिक्र मत करना। यह मैं अपनी तरफ से दे रही हूँ। आगे से हर महीने की दूसरी तारीख को तुम मुझसे पचास रुपये ले जाया करना।"

मेरी समझ में नहीं आया कि माजरा क्या है! मैंने क्षमा सहित अपनी असमर्थता जाहिर कर दी।

"कोई बात नहीं। वैसे कभी जरूरत हो तो तुम मुझसे ले सकते हो।" हंसकर बोलीं कांताजी।

साम्यवाद लाने का यह कैसा तरीका है कांताजी का? मैंने पूछा अपने-आपसे। हां, कांताजी साम्यवादी हैं। साम्यवाद का प्रचार करना उनके प्रकाशन का मुख्य उद्देश्य है। साम्यवादी देशों से उनके अच्छे ताल्लुकात हैं। साम्यवादी विचारधारा को माननेवाले लेखक ही यहां से छपते हैं। यही तो परिचय दिया था पहली मुलाकात के अवसर पर कांताजी ने अपना और प्रतिबद्ध प्रकाशन प्राइवेट लिमिटेड का; मगर साम्यवाद में एक-दूसरे से बोलना गुनाह है, कागज पर कुछ और अन्दर आकर कुछ पाना जायज है, ये दोनों ही बातें छिपा गयी थीं वे।

अब?

कुछ नहीं। चुपचाप अपना काम किए जाओ और खुली आंखों दुनिया देखे जाओ।

"हलो यंगमैन!"

मैं एक पांडुलिपि की प्रेस कापी बनाने में व्यस्त था उस समय। कानों के पास अचानक एक अपरिचित आवाज ने कम, इस दफ्तर में कोई किसी को सम्बोधित भी कर सकता है और वह भी इतने उत्साह के साथ, इस अकल्पनीय विचार ने कहीं अधिक चौंकाया मुझे।

गर्दन ऊपर उठाकर देखा तो एक बहुत पुराने परिचित को सामने पाया। ये थे लोक हितकारी के वे स्थानीय अधिकारी जिन्होंने मुझे जिन्दगी में पहली बार किसी नौकरी में मर्ज किया था।

''पहचान रहे हो न मुझे!'' मेरे चेहरे पर कोई प्रसन्नता न देख उन्होंने दूने उत्साह से पूछा।

''जी हां, मगर आपका नाम...''

''मुझे रमेश थानवी कहते हैं।''

''बहुत खुशी हुई आपसे मिलकर।''

''मुझे क्या कम हुई है! कब से हो यहाँ?''

''दो महीने हुए।''

''तुम इन्हें जानते हो रमेश?'' अचानक पीछे से श्यामलालजी ने आकर पूछा।

''हाँ भई, इन्होंने लोक हितकारी में काम किया है न।''

''वह तो मालूम है, मगर हम दोनों ने तो एक साथ वहाँ से काम छोड़ा था। तब तक तो ये वहाँ नहीं आए थे। फिर?''

''आए थे यार।''

''कब? मैंने तो इन्हें कभी नहीं देखा।''

''देखते भी कैसे। ये रहे ही कुल तीन दिन।''

''क्या मतलब?''

''तुम्हें याद है न वह किस्सा, एक लड़के को मैंने काम पर रखा, संचालकजी ने उसे चौथे दिन निकाल दिया। जब मैंने उस लड़के को तीन दिन का वेतन छः रुपये की बजाय दस रुपये दिया तो उसने चार रुपये यह कहकर लौटा दिए कि मैं दान नहीं लेता।''

''हाँ, याद है। तो क्या...'' श्यामलालजी ने इस बार मुझे इस तरह देखा गोया कुछ खोया हुआ तलाश रहे हों!

''हाँ भाई, यही है वह यंगमैन। इसीलिए तो मैं इसे नहीं भूला।''

''कांताजी भी एक दिन ऐसा ही कुछ बता रही थीं...'' कहते-कहते चुप हो गए श्यामलालजी।

''कैसा, क्या?'' रमेशजी ने जानना चाहा। उन्होंने कई बार पूछा मगर श्यामलालजी मौन ही बने रहे।

''क्षमा कीजिएगा श्यामलालजी, मैं दान आज भी नहीं लेता।'' तब मैंने ही उनकी बात स्पष्ट की।

“शाबाश यंगमैन! मुझे यह देखकर बेहद खुशी हो रही है कि तुम जरा भी नहीं बदले!” रमेशजी ने मेरी पीठ थपथपाई।

“नहीं रमेशजी, मैं इस शाबाशी के लायक नहीं हूँ। मैं बहुत बदल गया हूँ। अब मैं अपमान बर्दाश्त कर लेता हूँ। अनादर भी सह लेता हूँ, और न करने के बावजूद अपराध भी स्वीकार लेता हूँ।”

“बुरा मत मानना, मुझे तुम्हारे लक्षण ठीक नहीं नजर आते आनंद।” यकायक श्यामलालजी ने टिप्पणी की।

“क्या ठीक नहीं है? यह पहले ही पलायन की बातें कर रहा है और ऊपर से तुम खामखा इसे हतोत्साह कर रहे हो। यार, मुझे यह बताओ, हमने-तुमने या औरों ने अपने-आपको इतना लचीला बनाकर क्या पा लिया? यह तो खुशी की बात है यार कि हमारे ही बीच एक नवयुवक अपनी रीढ़ सीधी किए खड़ा है अभी तक।”

“मगर कब तक?” श्यामलालजी ने चिंता व्यक्त की।

“जब तक बन पड़े तब तक!”

“तुम नहीं जानते रमेश, इनके बारे में क्या-क्या नहीं सुन चुकी हैं कांताजी। उन्होंने ऐसे ही इनकी क्षमताओं के बारे में जानने के लिए दीपकजी को फोन किया। उन्होंने इनकी ‘तारीफ’ में वो-वो कहा कि पूछो मत। और साथ में एक पुछल्ला भी जोड़ दिया कि यदि आपको अब भी तसल्ली नहीं हुई हो तो लोक हितकारी के संचालक से पूछ देखिए। वर्णमालावाले बलभद्रजी से पूछ देखिए। और जब उनसे पूछा तो बलभद्रजी ने तो पूरा महाभारत ही सुना डाला। खैर, तब भी गनीमत होती अगर उन्होंने सुना-भर होता, मगर ये साहब तो खुद उनके सामने अपना नमूना पेश कर चुके हैं रुपये लेने से इनकार करके।”

“तुम्हारी अपनी राय क्या है इनके बारे में?”

“मैं कोई राय कायम नहीं कर पाया अब तक इसीलिए तो ये यहाँ दिखाई दे रहे हैं तुम्हें।” कहकर हँस दिए श्यामलालजी।

मैं हैरान! यह महज संयोग है या पूर्वनियोजित? मुझे सावधान किया जा रहा है या चेतावनी दी जा रही है? क्या करना चाहिए मुझे? बिछ जाऊँ श्यामलालजी के कदमों में? कहूँ कि माई-बाप, मुझे बचा लो! नजर-ए-इनायत मत फेरना इस गरीब पर से!

बातचीत जिस मोड़ पर पहुँच गई थी वहाँ मेरा न बोलना ही ठीक था। वे लोग देर तक बहसते रहे। जाते-जाते तक रमेशजी श्यामलालजी से आग्रह करना

नहीं भूले कि यार, इस अजूबे की रक्षा करना।

उस दिन तक भले ही श्यामलालजी मेरे बारे में कोई धारणा कायम नहीं कर पाए हों मगर ठीक रमेशजी के विदा होने तक वे मेरे बारे में यह निश्चित धारणा बना चुके थे कि मैं हद दर्जे का खतरनाक आदमी हूँ और उन्हें जितना संभव हो मुझसे दूर ही रहना चाहिए।

ऐसी धारणा इसलिए नहीं बनाई थी उन्होंने कि मैं उनका कोई अहित करने में समर्थ था। उन्हें डर था तो केवल यह कि जाने कब, कौन-सी बात मुझे चुभ जाए और मैं उन्हें अपमानित कर दूँ!

मातहतों से भद्रता से पेश आना तो हमारे यहाँ के अफसरान यों भी अपनी शान के खिलाफ समझते ही हैं! और ऐसा अफसर जो मालिक के मुँह लगा हो, उसकी तो बात ही कुछ और है!

और दो रोज बाद ही सचमुच श्यामलालजी के अपमानित होने का अवसर आ गया, और वजह था मैं ही।

हुआ यह कि पिछले ही दिन इस माह के नए सेट की चारों पुस्तकें तैयार होकर आई थीं। स्थायी ग्राहकों के बिल पुस्तकें आने से पहले ही बन गए थे। पुस्तकें शाम पाँच बजे के करीब पहुँचीं। बाइंडर ने बताया कि लाइट के चलते देरी हुई। खैर, बिक्री विभाग के तमाम लोग पुस्तकों के बंडल बनवाने के लिए पूरी रात रुकनेवाले थे–सो मैंने भी सोचा कि घर जाकर क्या करूँगा। चलो यहीं रुक जाता हूँ। इन लोगों की कुछ मदद कर दूँगा। लोगों से परिचित होने का अवसर भी मिल जाएगा और मौका लगा तो एकाध किताब ही पढ़ लूँगा।

मेरे प्रस्ताव पर किसी को भला क्या आपत्ति हो सकती थी, सो मैं रुक गया। लोग इस कदर व्यस्त थे कि बातचीत का अवसर ही नहीं आ रहा था। आखिर मैंने एक चपरासी से कहा कि मैं किताबें देता जाता हूँ, तुम बंडल बाँधते रहो।

बस, यह सिलसिला चल ही रहा था कि मेरी निगाह एक किताब के शीर्षक पर अटक गई। मैंने उसे एक बार पढ़ा, दो बार पढ़ा, तीन बार पढ़ा। मुझे लगा कहीं कोई अशुद्धि है। कोई शब्द कम है इसमें। आखिर मैं उसे लेकर बैठ गया। चपरासी भी हाथ रुक जाने से थम गया। पूछा, "कोई गड़बड़ है क्या?"

"हाँ।" मैंने कहा, "इस पुस्तक का नाम है 'भारत में अस्तित्ववाद' और पुस्तक के शीर्षक पर लिखा है 'भारत में अस्तित्वाद।' यानी इसका एक 'व' गायब है।"

"ठहरो-ठहरो, बंडल मत बाँधो!" चपरासी ने जोर से कहा।

सभी के काम करते हाथ जहाँ के तहाँ थम गए।

''क्या हुआ? क्या हुआ?'' कइयों ने पूछा।

''आनंदजी बता रहे हैं कि किताब पर शीर्षक गलत है।''

''तब?''

''कांताजी को फोन करो!'' बिलिंग क्लर्क ने सलाह दी और स्वयं ही उसे अंजाम भी दिया।

कांताजी ने फोन पर मुझे चाहा! मुझसे पूछा कि यह भूल क्या मैंने पहले नहीं देखी थी?

मैंने बताया कि पूरी किताब के प्रूफ जरूर मैंने पढ़े मगर कवर पहली बार देखा है आज।''

''तब?''

''मैं समझता हूँ इस अशुद्धि से पुस्तक के लेखक भी असंतुष्ट होंगे, पाठक भी और स्वयं प्रतिबद्ध की प्रतिष्ठा भी खराब होगी।''

''तुम ठीक कह रहे हो! अच्छा, ऐसा करो। सब बंडल खुलवा लो!'' कहकर उन्होंने फोन बंद कर दिया।

अगली सुबह मेरे लिए प्रतिबद्ध में नौकरी की अंतिम सुबह सिद्ध हुई होती, अगर उसी दिन प्रतिबद्ध के विक्रय निदेशक श्री परमेश्वरीलाल वर्मा न आ गए होते।

एक तरह से चौंका ही दिया वर्माजी ने। मुझसे उनका कोई पूर्व परिचय तो था नहीं। रात हमने चूँकि दफ्तर में ही काटी थी, इसलिए मैं घर पहुँचा सुबह-सवेरे। वहाँ से नहा-धोकर दफ्तर आने में थोड़ी देर हो गई थी। इसी बीच संभवतः वर्माजी मेरे बारे में बहुत कुछ जान चुके थे। और जैसे ही मैं दफ्तर में पहुँचा, वे मेरी टेबल के पास आए।

''कैसे हो आनंद?'' कहकर अपना हाथ आगे बढ़ाया। मैंने भी कुर्सी से उठकर उनका अभिवादन किया।

''मुझे वर्मा कहते हैं।'' उन्होंने अपनी तेज-तीखी आवाज में कहा, ''आओ, जरा बाहर चलकर चाय पी आएँ।'' एक तरह से आदेश-सा देकर वे आगे निकल गए। मैं भी यंत्रचालित-सा उनके पीछे हो लिया।

पास ही एक रेस्टोरेंट में पहुँचकर पूछा उन्होंने, ''श्यामलालजी से तुम्हारी पुरानी रंजिश है क्या?''

''मैं समझा नहीं!''

"अरे भाई, मैंने पूछा है कि श्यामलाल से तुम्हारी पुरानी लाग-डाँट है क्या?"

"नहीं तो!"

"लोक हितकारी के समय की...?"

"वहाँ तो मेरे समय में ये थे ही नहीं।"

"यहाँ कुछ कह दिया हो। जरा बदतमीज किस्म का है ही वो।"

"नहीं तो, मुझे तो वे बहुत सज्जन दीखे।"

"हाँ, बिल्कुल सज्जन है। आज तेरी नौकरी खा जाते तब कहता कि बड़े दुर्जन हैं।"

"मैं समझा नहीं, आप कहना क्या चाहते हैं?"

"सब समझाता हूँ अभी। अच्छा, यह तो बताओ, जब वे इतने सज्जन हैं तुम्हारी निगाह में, फिर तुमने कल रात उनका जुलूस क्यों निकलवा दिया?"

"जुलूस?"

"हाँ, वही अस्तित्ववाद वाला झमेला। पहले भी तो बता सकते थे तुम।"

"कैसे बताता। मैंने किताब का कवर देखा ही कल पहली बार!"

"और वह भी रात के दस बजे!"

"जी हाँ।"

"मगर श्यामलाल तो बता रहा था कि तुम पहले भी कवर देख चुके थे!"

"उनका अनुमान गलत है। अगर ऐसा हुआ होता तो मैं पहले ही बता देता।"

"उसका कहना है कि तुमने जानबूझकर कल ऐन मौके पर बताया। तुम जानबूझकर दफ्तर में रुके, जबकि तुम्हारी कोई जरूरत नहीं थी। तुमने जानबूझकर इतनी देर तक यह भूल छिपाए रखी और ऐन मौके पर उन्हें न बताकर कांताजी को बताई ताकि उनकी निगाह में अपने-आपको ज्यादा योग्य, ज्यादा वफादार सिद्ध कर सको!"

"ऐसा कहा उन्होंने? मुझे विश्वास नहीं आ रहा।"

"तुम्हें तो तब आता जब आज दफ्तर में तुम्हें घुसने नहीं दिया जाता और तुम्हारी तनख्वाह घर भिजवा दी जाती!"

"क्या कह रहे हैं आप?"

"मुझे अफसोस है आनंद कि पहली ही मुलाकात में मुझे ऐसी सूचनाएँ देनी पड़ रही हैं। तुम्हें मालूम नहीं कल की उस जरा-सी बात के कितने खतरनाक परिणाम हो सकते थे। वह तो गनीमत हुई कि मैं कल ही वापस पहुँचा और

आते ही जब कांताजी को अपनी पहुँच की सूचना दी तो उन्होंने मुझे फौरन अपने घर बुलवा लिया।

"वहाँ जाकर देखा कि श्यामलाल पहले से मौजूद है। उसने बताया कि तकरीबन आधा घंटा पहले कांताजी का ड्राइवर उसे सोते से जगा लाया है। उसी ने तुम्हारे बारे में मुझे विस्तार से बताया। उसी ने यह संदेह व्यक्त किया कि तुमने ऐसा जानबूझकर किया है। उसने कांताजी के सामने ये दलील रखी कि तुम हो ही किसी दूसरी तरह के। जैसा कि दीपकजी का भी कहना है। मगर कांताजी ने तुम्हारा पक्ष लिया। उन्होंने बताया कि अरिहंतजी और हितकारीवाले लालचंद्रजी से उनकी तुम्हारे संदर्भ में बातचीत हुई थी। दोनों ने तुम्हारी बेइंतहा तारीफ की। तुम्हारे काम की, तुम्हारी काबलियत की। और स्वयं यह घटना कांताजी की निगाह में तुम्हें प्रतिबद्ध के प्रति गंभीर सिद्ध करती है। इसलिए वे चाहती थीं कि तुम आगे भी हम लोगों के बीच रहो। मगर श्यामलाल की जिद थी कि वह तुम्हें अपने साथ नहीं रख सकता!"

यह क्या सुन रहा था मैं? मैं तो उस प्रसंग को भुला ही बैठा था कल रात ही में। सोच का यह नजरिया ही मेरी निगाह में बेमानी था। मैंने जो किया वह प्रतिबद्ध की प्रतिष्ठा को ध्यान में रखकर किया। मेरा अपना कोई निजी स्वार्थ भला उसमें क्या हो सकता था? आखिर मैं कोई बाहरी व्यक्ति तो था नहीं। प्रतिबद्ध से होने जा रही चूक की ओर ध्यान दिलाना क्या मेरा फर्ज नहीं बनता? और इस वजह से मुझे नौकरी से हाथ धोना पड़ रहा है!

"तब मैंने कहा कि आनंद को हम अपने विभाग में लेने को तैयार हैं।" परमेश्वरीलालजी के शब्द कान में पड़ने पर मैंने चौंककर उनकी तरफ देखा। वे मंद-मंद मुस्करा रहे थे, "हाँ भई, मैंने तुम्हें माँग लिया। यह सही है कि हमारे विभाग में तुम जैसे योग्य आदमी के लायक काम नहीं है, मगर इसका यह अर्थ नहीं कि हमारा काम हल्का है। और फिर जब इसी लाइन में रहना है तो तुम्हें हमारे विभाग में बहुत कुछ सीखने का मौका मिलेगा।"

"मैं किस तरह आपका शुक्रिया अदा करूँ वर्माजी!"

"अरे छोड़ो, शुक्रिया तो हमें अदा करना चाहिए। तुम्हारे बहाने हमें एक योग्य आदमी मिल रहा है। तुम्हें इस घटना से नर्वस होने की कोई जरूरत नहीं। भविष्य में भी अपनी आँखें खुली रखना और कोई भूल हो तो मुझे बताना। अच्छा, एक बात तो बताओ, तुम्हारा वेतन क्या तय हुआ है?"

"अभी तो तय नहीं हुआ। कांताजी ने कहा था कि आपके आने पर तय

करेंगी।"

"वैसे दे क्या रहे हैं तुम्हें?"

"जी तीन सौ रुपये महीने।"

"और अलग से?"

"मतलब?"

"यानी कांताजी की तरफ से...?"

"मैं दान नहीं लेता वर्माजी।"

"क्या? तुमने कांताजी से तो नहीं कह दिया ऐसा?"

"नहीं, उन्हें तो केवल मना किया था।"

"क्यों किया। ले लेते। यहाँ तो सब लेते हैं।"

"सब?"

"हाँ भई, सब। कोई कितना, कोई कितना।"

"वर्माजी, अगर सबको देना ही है तो वेतन में ही...।"

"वेतन वेतन होता है। यह उपहार है। वेतन के अतिरिक्त। ताकि देर-सबेर तक काम करने पर कोई अतिरिक्त न माँगे। किसी के काम से नाखुश होने पर बंद किया जा सके। वेतन के साथ तो ऐसी छेड़छाड़ नहीं हो सकती न!"

यानी वही लोक हितकारी के संचालकजी वाला नुस्खा। नहीं, नहीं, वह नहीं, यह तो साम्यवाद का विस्तार है। बताया था न कांताजी ने। वे साम्यवाद की प्रचारक हैं। अधिकारवादी साम्यवाद की नहीं संभवतः कृपावादी साम्यवाद की।

"तुम्हें वेतन तो ज्यादा नहीं मिल पाएगा फिलहाल। संपादन विभाग में होते तो ज्यादा मिलता। दरअसल हमारे विभाग में तो सब मैट्रिक-इंटर पास लौंडे हैं। फिर भी मैं कोशिश करूँगा और तुम्हें काम भी ऐसे ही सौंपूँगा जिनसे हम तुम्हारी योग्यता का फायदा उठा सकें।"

"जैसा आप उचित समझें!"

"एक बात और, भई तुम हो आचार्य। यदि मैं तुम्हें आनंद की बजाय पंडितजी कहूँ तो...?"

"तो एतराज होने पर भी मैं प्रकट नहीं करूँगा।"

"खी खी खी खी!" खिलखिलाए वर्माजी, "तुम तो वाकई मुँहफट हो। मुझे तो लगता है तुमने कांताजी के सामने जरूर वह दान वाला डायलॉग मार दिया होगा।"

क्या ऐसा कांताजी ने कहा है इनसे? हठात् मेरे मन में संदेह के बादल

घुमड़े। श्यामलालजी ने तो नहीं कह दिया कहीं? या फिर कहीं ये साहब कहने को उतावले तो नहीं? शायद इसीलिए मुझे अभी से यह स्वीकारने पर बाध्य कर देना चाहते हैं कि इन्हें बताने से पहले ही कांताजी तक मेरा डायलॉग पहुँच चुका था!

उस दिन कांताजी दफ्तर नहीं आई थीं। श्यामलालजी भी दूसरा कवर तैयार करवाने में व्यस्त थे। वर्माजी पिछले दो-ढाई महीने की सूचनाएँ इकट्ठी करने में व्यस्त रहे। दफ्तर के बाकी लोग जब भी मेरे पास से गुजरते उनकी निगाह बता देती थी कि वे किस ओर हैं।

कल तक मैं जिनके लिए कुछ भी नहीं था आज अचानक महत्त्वपूर्ण हो गया था। पूरा दिन मौन उपेक्षा, मौन शाबाशियाँ स्वीकारते गुजरा।

"वर्माजी ने तुम्हें बता दिया होगा अचार्या? मैं बहुत खुश हूँ तुमसे। तुमने सचमुच प्रतिबद्ध की लाज बचाई है। श्यामलालजी का रुष्ट होना भी नेचुरल है। पर तुम्हें चिंता नहीं होनी चाहिए इससे। आगे भी कोई ऐसी बात हो तो मेरे ध्यान में लाना न भूलना। हमें मजबूरन तुम्हें बिक्री विभाग में रखना पड़ रहा है, पर तुम बिलकुल फिक्र मत करना। तुम वे काम नहीं करोगे जो और लड़के करते हैं। तुम्हें मेरा पत्राचार देखना होगा। लेखकों से, पार्टियों से पत्र-व्यवहार करना होगा। हमारे हाउस बुलेटिन का सारा काम तुम देखोगे। प्रतिबद्ध की भावी योजनाओं में हम बराबर तुमसे भी राय-मशवरा करेंगे। और हाँ, वर्माजी की गैरमौजूदगी में तुम पूरे विभाग के इंचार्ज होओगे। मैंने तुम्हें सबसे अधिक वेतन देने का फैसला किया है—जानते हो कितना—पूरे पाँच सौ रुपये महीना। तुम मुझसे अलग से पैसे नहीं लेना चाहते तो कोई बात नहीं। मुझे उसका जरा भी गुस्सा नहीं। हम अतिरिक्त काम के लिए तुम्हें ओवरटाइम का पैसा देंगे। और तुम देखना मैं कितने जल्द तुम्हें कहाँ-से-कहाँ पहुँचाती हूँ। हाँ, एक बात और, मेरे एक परिचित हैं समग्र साहित्य भंडारवाले केदारनाथजी, वे केवल दूसरों की पुस्तकें बेचते थे अब तक। लेकिन अब खुद भी छापना शुरू कर रहे हैं। उनकी योजना केवल उपन्यास छापने की है। रॉयल्टी नकद देंगे वे। अगर तुम चाहो तो उनसे मिल लो। इस तरह तुम्हें कुछ अतिरिक्त आय भी हो जाएगी और तुम्हारा लिखना भी नहीं रुकेगा।"

अगले पंद्रह दिन में मैंने प्रतिबद्ध को नए सिरे से जाना। इन दिनों में मुझे मालूम हुआ कि दरअसल प्रतिबद्ध है क्या! श्यमालालजी और वर्माजी दो ध्रुव हैं यहाँ के। कांताजी दोनों में से किसी को खोना नहीं चाहतीं, क्योंकि जो चला

गया वह पक्ष समझो ढह गया। और इन दोनों में एक अव्यक्त युद्ध चल रहा है वर्षों से। अपने को श्रेष्ठ, अधिक उपयोगी, अधिक ताकतवर सिद्ध करने के लिए। कांताजी को, प्रतिबद्ध को, इनके इस शीतयुद्ध से काफी लाभ हुआ है। दोनों एक-से-एक बढ़िया योजनाएँ देते हैं। एक-दूसरे से बढ़कर काम करते हैं। इनके आगे बाकी सब बौने हैं।

प्रतिबद्ध के पास तीन किस्म की किताबें हैं। कुछ जिन पर रॉयल्टी दर औरों से पाँच प्रतिशत अधिक है, कुछ जिनका प्रकाशन-व्यय लेखक ने वहन किया है और तीसरी सामान्य किताबें। बिल बनाते समय इन श्रेणियों का ध्यान रखना पड़ता है। सामान्य पुस्तकों पर सामान्य कमीशन दिया जाता है, अधिक रॉयल्टी देय किताबों पर सामान्य से पाँच प्रतिशत कम और लेखक के पैसे से छपी किताबों पर सामान्य से पाँच प्रतिशत अधिक। प्रतिबद्ध हर महीने चार पुस्तकों का सेट प्रकाशित करता है। आनेवाली किताबों की सूचना पहले ही हाउस बुलेटिन 'प्रतिबद्ध साहित्य' के माध्यम से पुस्तक-विक्रेताओं और चुनिंदा विद्वानों, विभागों, पाठकों तक पहुँचा दी जाती है।

प्रतिबद्ध साल के अंत में रॉयल्टी का भुगतान करता है। प्रतिबद्ध का प्रकाशन विभाग श्रेष्ठ विभाग माना जाता है और बिक्री विभाग दोयम दर्जे का, क्योंकि प्रकाशन विभाग बारहों महीने काम करता है मगर बिक्री विभाग दस महीने। मई-जून में स्कूल-कॉलेज बंद होने से बिक्री न के बराबर होती है। मगर प्रकाशन विभाग उन दिनों में पाठ्य-पुस्तकों की तैयारी में जुटा रहता है।

"इनका बस चले तो ये लोग हमें दो महीने के लिए निकाल बाहर करें।"

"हाँ, उनका चेहरा देखकर तो ऐसा ही लगता है जैसे वे हमें मुफ्त में खिला-पिला रहे हों!" दो चपरासियों में बातचीत हो रही थी यह।

यह मई का महीना था। बिक्री विभाग के लोग कच्चे-पक्के गोदाम में किताबों की गिनती में व्यस्त थे उन दिनों। कच्चा यानी बिना जिल्द चढ़ी किताबों का स्टाक और पक्का यानी जिल्दबंद किताबें। यह काम गर्मियों के इन सबसे भारी महीनों में बिक्री विभाग के लोग करते हैं। स्टाक को अप टू डेट करते हैं। कुली, मुनीम, जमादार सब बनते हैं, मगर तब भी मालिक लोग अप्रसन्न। यही इन्हें गैरजायज लगता है।

यहीं, किताबों के लिए बनी इन्हीं कंदराओं में मुझे इस साम्यवादी संस्थान के असाम्य की और भी बहुत-सी सूचनाएँ मिलीं। बिक्री विभाग के लोग धीरे-धीरे मुझसे खुलने लगे थे। सबसे अधिक खुला था बिलिंग क्लर्क गाँधी। वह अक्सर

कोई-न-कोई रोना ले बैठता मेरे आगे। एकदम कृशकाय गाँधी मेरी सहानुभूति का पात्र बनता जा रहा था। उसके अनंत दुख थे। सबसे अधिक काम करता था वह, मगर वेतन सबसे कम पाता था। सबसे अधिक अस्वस्थ रहता था वह, मगर छुट्टी लेने का हक नहीं था उसे।

"देखिए, देखिए, इस टेबल का पुरस्कार!" अपने गले-सड़े से दोनों पाँव मेरे सामने फैलाकर दिखाते हुए उसने बताया, "किताबों में छिपे कीड़ों ने मेरे दोनों पैर खोखले कर दिए। दिन-रात किताबों के ढेर के बीच रहते-रहते यह हाल हो गया है। लगता है फालिज मार गया हो। और यह बुढ़िया!"

एक बार चारों ओर चौकन्ना होकर देखा उसने। देखना ही था, कांताजी को उनकी उम्र के मुताबिक संबोधन जो दे रहा था वह, "और यह बुढ़िया कहती है मैं साँप को दूध पिलाती रही!"

"साँप को दूध!"

"आपको पता नहीं न आचार्यजी, वह मुझे साँप कहती है।"

"क्यों?"

"बात ये है कि पिछले साल मेरी तबीयत ज्यादा खराब हो गई। डॉक्टर ने बताया कि कमजोरी से ऐसा हुआ है। आराम करो घर बैठकर। उधर दफ्तर में कई बड़े-बड़े ऑर्डर आ गए। दोनों बिक्री प्रतिनिधि टूर पर थे, वर्माजी भी टूर पर चले गए। बस, चारों तरफ से किताबों के ऑर्डर आने लगे। अब समस्या थी कि बिल कौन बनाए। मुझे तो याद है कि कौन-सी किताब किस स्कीम की है, किसके दाम क्या हैं, सो बुढ़िया ने मुझे लाने, ले जाने के लिए कार भेज दी। यहाँ दफ्तर में दो बार दूध पिलवाया। मैं उसी हालत में जुटा रहा दिन-रात। और मुझे मालूम ही नहीं पड़ा कि इस बीच कब कीड़ों ने मेरे पाँव खोखले कर दिए। बस, मैंने अचानक दफ्तर आना बंद कर दिया। भगवान कसम आचार्यजी, मैंने जानबूझकर बंद नहीं किया था। वो तो पाँवों में चप्पल-जूता पहनना दूभर हो गया था, जमीन पर पाँव रखना मुश्किल हो गया था, पाँव लटकाकर बैठना तो संभव ही नहीं था। तब मैं कार से भी कैसे आता। आकर क्या करता?

"जब मैं ठीक होने के बाद दफ्तर आया तो बुढ़िया ने यह ताना मारा।"

"और क्या वह तुझे दूध पिलाती?"

अचानक सामने आ खड़े हुए शांतिलाल चपरासी को देख गाँधी का चेहरा फक पड़ गया। उसे एक नए भय ने आ घेरा।

यानी शांतिलाल ने सब सुन लिया है?

"अब डरता क्यों है? तू समझता है कि हम सब बुढ़िया के खुफिया हैं, तेरे दुश्मन हैं? इसीलिए तेरी यह गत बनी है। तू हम लोगों में घुल-मिलकर तो देख। थोड़ा अकड़कर रहना तो सीख। फिर देखते हैं कौन तेरा नाजायज फायदा उठाता है।

"इसकी बातों में मत आना आचार्यजी। यह निरा दब्बू है दब्बू। अपना भी बुरा करवाता है और हमारा भी। बुढ़िया इसकी मिसाल देकर सबसे उम्मीद करती है कि सब इसकी तरह जुते रहें। इसका तो वही हाल है...वो एक किस्सा है न कि—एक दफ्तर में एक क्लर्क था। वह काफी दिनों से वहाँ काम कर रहा था मगर उसकी तनखा कम थी। वो देखता कि नए-नए लौंडे दफ्तर में भर्ती होते हैं, अच्छी तनखा पाते हैं, अकड़ से काम करते हैं और जब देखो एक ही धमकी देते हैं कि हमारी माँगें पूरी नहीं हुईं तो हम नौकरी छोड़ देंगे।

एक दिन उस पुराने क्लर्क ने सोचा कि मैं इनसे ज्यादा काम करता हूँ। इनसे ज्यादा पुराना हूँ, फिर भी तनखा इनसे कम पाता हूँ। मालिक जब चाहे डाँट-फटकार देता है जबकि इनसे कुछ नहीं कहता।

बस, एक दिन वह भी पहुँच गया मालिक के सामने कि आज हो जाए आर या पार।

मालिक के पास पहुँचकर उसने कहा, मालिक साब, मैं सबसे पुराना मुलाजिम हूँ आपका। सबसे अधिक काम करता हूँ। फिर भी मेरा वेतन कम है। अब यदि आपने मेरा वेतन नहीं बढ़ाया तो...और इतना कहकर वह चुप हो गया क्योंकि तभी मालिक ने सिर उठाकर देख भर लिया उसकी तरफ।

नहीं तो क्या? मालिक चिल्लाया।

नहीं तो...क्लर्क की घिग्घी बँध गई।

अरे बताते क्यों नहीं, नहीं तो क्या? मालिक फिर चीखा।

क्लर्क की हवा खराब। बोला, नहीं तो मैं इसी वेतन पर काम करता रहूँगा।

तो जाओ, करो काम। मेरा समय क्यों खराब करते हो!

मालिक का इतना कहना था कि क्लर्क फिर अपनी मेज पर!"

और शांतिलाल का इतना कहना था कि गाँधी तक के चेहरे पर हँसी छा गई।

"अब तू इन आचार्यजी को ही देख। बुढ़िया के मुँह पर रुपये लेने से मना कर दिया। क्या बिगड़ा इनका? अरे, हम लोग लें तो कोई बात भी है। तुम बाबू हो, पढ़े-लिखे हो, फिर भी उसके लड़कों की उतरन, पैंट, स्वेटर, कोट,

जूते, चप्पल कुछ भी ऐसे लेते हो जैसे देवलोक से बरस रहे हों वे। अबे, तुम्हें लतियाएगी नहीं तो क्या गोद में उठाएगी वो? तुम देखना, एक दिन आचार्यजी बड़े ओहदे पर होंगे अपने ही यहाँ। और आज भी तीसरे नंबर पर तो हैं ही। बुढ़िया बुरी नहीं है, वह आदमी देखकर उसकी कद्र करती है। हक माँगने की कूबत लाओ तभी कुछ हासिल होगा, वरना भीख लेने तक तो ऐसे लुंज पुंज ही बने रहोगे। यह पचीस साल के तजुर्बे की बात बता रहा हूँ मैं तुम्हें। मैं इसे भी जानता हूँ और इससे पहलेवाले मालिक को भी। पचीस साल भाड़ नहीं झोंकी मैंने यहाँ। समझे! चल, चलकर अपना काम कर!"

तो यह भी होता है यहाँ? उतरन? नहीं-नहीं, उतरन नहीं, दरअसल यह साम्यवाद लाने का एक आसान तरीका है। बिना क्रांति, बिना विरोध के! पूँजीपति की पूँजी गरीब आदमी तक अगर दोनों की सहमति से पहुँच जाए तो साम्यवाद नहीं आ जाएगा क्या एक दिन! कितना सरल, कितना दूरदर्शी रास्ता है। है न!

"आपको इस तरह नहीं बोलना चाहिए शांतिलालजी।"

"और किस तरह बोलूँ आचार्यजी? आप नहीं जानते मैं तो बोलता ही नहीं हूँ। बस, वो तो ये लोग मुझे गुस्सा दिला देते हैं तभी कुछ कहता हूँ। मैंने वह जमाना देखा है जब इस कंपनी में इक्यावन तो डायरेक्टर थे। दस ब्रांचें थीं इसकी। तब मजाल है कोई वर्कर से कुछ उलटा-सीधा कह दे! वह सब इन जैसों के चलते स्वाहा हो गया। मालिक बदल गए। उनका रवैया बदल गया। मगर नहीं बदले तो ये मिट्टी के माधो।

"अब मुझे ही देखो। मेरे बिना इनका गुजारा न हो वो बात तो नहीं है, मगर मैं सबसे पुराना हूँ, सब जानता-बूझता हूँ इसलिए मैं इनके लिए औरों से ज्यादा काम का हूँ, यह बात मालिक लोग भी जानते हैं, मैं भी जानता हूँ, इसलिए किसी को हाथ नहीं धरने देता अपने ऊपर। जो सहता है उसी को दबाया जाता है। हम क्यों सहें? हम लूले-लँगड़े हैं, कोढ़ी-अपाहिज हैं, इनकी दया पर जिंदा हैं? हाड़तोड़ मेहनत करते हैं, इन्हें तिजोरी भर कमाकर देते हैं तब मुट्ठी-भर हिस्सा ले पाते हैं। यहाँ नहीं तो कहीं और खट लेंगे। फिर क्यों दबें? आप ही बताइए। आप तो विद्वान आदमी हैं!

"सच पूछो तो साँप तो ये खुद हैं। हमारी मेहनत पर, लेखकों की मेहनत पर कुंडली मारकर बैठे हैं और जो आता है सब निगलते रहते हैं।"

क्या कह रहा है यह शांतिलाल? क्या सचमुच इसे जरा भी भय नहीं?

"तुम्हें सचमुच पचीस साल हो गए यहाँ काम करते?" मैंने प्रसंग बदलने

के लिए पूछा शांतिलाल से।

"हाँ आचार्यजी। अगले महीने की दस तारीख को पूरे पचीस साल हो जाएँगे।"

स्टाक, बिक्री का हिसाब तैयार होते ही लेखकों की रॉयल्टी स्टेटमेंट बनाने का काम शुरू हुआ। रोज ही कांताजी मुझे कुछ स्टेटमेंट देतीं। कुछ के साथ चेक भी होते, कुछ की राशि बहुत कम होती और कुछ की राशि अधिक होने पर भी उनके साथ कोई चेक वगैरह नहीं होता था।

प्रत्येक स्टेटमेंट को मुझे सौंपते हुए कांताजी उस लेखक से अपने संबंधों की जानकारी देतीं। किसे पहले से कितना भुगतान दिया हुआ है, बतातीं। जिनके साथ चेक लगे होते उनसे और कोई पुस्तक देने का आग्रह करने को कहतीं, जिनके साथ चेक नहीं होता था उनसे रॉयल्टी अभी न दे पाने की कोई-न-कोई वजह लिखने को कहतीं। जिनकी बिक्री कम होती उन्हें यह आश्वासन कि हम पूरे प्रयास कर रहे हैं।

कई दिनों तक मैं लेखकों को पत्र लिखवाने में व्यस्त रहा। इस बीच जिन लेखकों के पास से रॉयल्टी प्राप्ति की सूचना आती रही वह भी कांताजी मेरे पास भेजती रहीं। इसी दौरान एक जोरदार पत्र पढ़ने को मिला।

जिन लेखक महोदय का यह पत्र था, उन्हें पिछले वर्ष भी रॉयल्टी नहीं भेजी गई थी और इस वर्ष भी वही असमर्थता जाहिर की गई थी।

उन्होंने लिखा था—

कांताजी,

आपका कृपापत्र पाकर कोई आश्चर्य नहीं हुआ। रॉयल्टी की जगह प्रकाशक की विवशताओं से परिचित होने का अवसर मुझे पहले भी कई बार मिला है। आपने तो शालीन ढंग से अपनी असमर्थता प्रकट की है। छोटे प्रकाशक तो इस मौके पर बाकायदा रोने ही लगते हैं। वे जब बताते हैं कि उनकी हालत कितनी खराब चल रही है तो कई बार मन में दया का सागर उमड़ आता है। लेखक सोचता है बेचारे ने न जाने कब से हरी सब्जी तक नहीं खाई होगी। जाने दोनों समय का भोजन भी इसे नसीब होता होगा या नहीं। देखो, किस कदर हमारे विचार फैलाने के काम में जुटा है बिना भूख-प्यास, माया-लोभ की परवाह किए। मन करता है कि उसे घर ले आएँ। पत्नी से अच्छे-अच्छे पकवान बनाने को कहें और अपने सामने बिठाकर तृप्त होने तक खिलाते रहें। मगर उसके दफ्तर में इस बीच आ चुके नए फर्नीचर, बाहर साइकिल की जगह खड़े स्कूटर और इसी

बीच बदल चुके उसके निवास स्थान के पते से मालूम देता कालोनी का स्तर ऐसा करने से रोक लेता है।

मैं तो इस बात को लेकर चिंतित हूँ कि ऐसे में आपका क्या हाल हो रहा होगा? कैसे चला रही होंगी आप इतना खर्चीला संस्थान? मेरी आर्थिक स्थिति सचमुच इतनी अच्छी नहीं कि मैं आपकी चाहकर भी मदद कर सकूँ। पुस्तक देकर ही मदद कर सकता था, लेकिन लगता है उससे भी आपका खास भला होने वाला नहीं।

"इनकी रॉयल्टी का चेक बनवाकर भेज दो अचार्या!" कांताजी ने उस पत्र पर टिप्पणी की थी।

दस तारीख को मैं सबसे पहले दफ्तर पहुँचा था। दूसरे नंबर पर पहुँचनेवाली थीं कांताजी। हम दोनों को अधिक इंतजार नहीं करना पड़ा। बाकी लोग ठीक समय पर ही आ गए। दफ्तर का कायाकल्प देखकर सभी चिंतित थे। किसी की भी टेबल उसी स्थान पर नहीं थी जहाँ रोज होती थी। पूरा हॉल खाली था। सामने केवल चार कुर्सियाँ और बाकी हिस्से में दरी।

सब लोग एक-एक करके दरी पर बैठते गए। श्यामलालजी, वर्माजी, कांताजी कुर्सियों पर बैठे थे। चौथी कुर्सी खाली थी तब तक।

सबके आते ही कांताजी से संकेत पाकर मैं अपनी जगह से उठा और शांतिलाल को उस चौथी कुर्सी पर जा बिठाया।

हाँ, आज शांतिलाल को, इस फर्म के सबसे पुराने मुलाजिम को पूरे पचीस वर्ष हो गए थे यहाँ काम करते। हम सबने मिलकर शांतिलाल का सम्मान किया। उसके सेवाभाव के बारे में बहुत-सी बातें कही गईं। उसे एक शॉल, नारियल, एक सौ एक रुपए, एक घड़ी और वर्दी भेंट की गई।

यह इतने गुप्त रूप में, इतना अचानक हुआ कि सब अवाक् रह गए। समारोह के अंत में कांताजी ने मेरी काफी प्रशंसा की और साथ ही वेतन में पचास रुपए वृद्धि की घोषणा भी।

"आपने तो आज खरीद लिया मुझे आचार्यजी।" समारोह के बाद आकर बोला शांतिलाल और मेरी कुर्सी के पास जमीन पर बैठने लगा।

"अरे, अरे! यह क्या करते हो तुम? तुम मेरे पिता की उम्र के हो शांतिलाल। मैंने कुछ नहीं किया है। तुम जिस सम्मान के हकदार थे वही मिला है तुम्हें।"

"हमने तो इसलिए किया यह सब ताकि कल हमारा भी सम्मान हो सके।" शांतिलाल को जबरन उठाकर कुर्सी पर बिठाते हुए गाँधी बोला।

शांतिलाल ने एक बार आश्चर्य से गाँधी को देखा फिर मेरी तरफ मुखातिब होकर बोला, "आप मुझे अपने पिता के बराबर मानते हैं यह आपका बड़प्पन है। मैं भी यह दुआ करता हूँ कि आप खूब फलें-फूलें, खूब ऊँचे ओहदे पर पहुँचें।"

शांतिलाल की आँखें भीग आईं। "मेरी जिंदगी का यह सबसे ज्यादा खुशी का दिन है।" कहते-न-कहते वह रुआँसा-सा हो आया।

"और आचार्यजी की जिंदगी का भी तो। देखो तुम्हारी दुआ से आज इन्हें तरक्की भी मिल गई।" गाँधी ने शांतिलाल के कंधे पर हाथ रखकर कहा।

"सच पूछो तो मैंने कुछ नहीं किया। किया सब कांताजी ने है। मैंने तो उन्हें याद भर दिलाया था। उन्हीं का किया-धरा है सब।"

"हाँ भई शांति, आज तो खुश है न! अच्छा चलो, अब सब काम पर जुटो। गाँधी, आर्डर सप्लाई हो गए सब?" वर्माजी की प्रखर आवाज ने पूरा जमावड़ा क्षण-भर में तितर-बितर कर दिया।

दिन-भर सब अपने-अपने काम में व्यस्त रहे। जब शाम को दफ्तर बंद होने को आया तो जाने किसने कहा, "आज तो बैल दुह लिया आचार्यजी ने!"

"एक नहीं दो-दो।" कोई और बोला आवाज बदलकर।

"हाँ, अपना शांतिलाल भी तो बैल से कम नहीं।" कोई तीसरा बोला।

"और गाँधी?" पूछा पहले स्वर ने।

"उसे भी दुहने की तैयारी में है आचार्य!"

"धीरे बोलो, कहीं दोनों में से कोई साँड न सुन ले!" किसी ने चेताया और उसी के साथ दफ्तर के बाहरी बरामदे में एक सम्मिलित ठहाका गूँज उठा।

उस दिन एक आवश्यक बैठक बुलाई थी कांताजी ने। बैठक में भाग लेने वाले थे हम चार जन। कांताजी, श्यामलालजी, वर्माजी और मैं। मालूम हुआ श्यामलालजी और वर्माजी दोनों के पास बहुत अच्छी योजनाएँ हैं। मिल-बैठकर उनके हर पहलू पर विचार करना है और फिर मुझे प्रचार सामग्री तैयार करके उसे 'प्रतिबद्ध साहित्य' के आगामी अंक में छापना होगा।

अपनी योजना बताने से पहले श्यामलालजी ने वर्माजी से पूछा, "क्या ऐसा हो सकता है कि पुस्तक-विक्रेता हमें हर तीसरे महीने भुगतान देते रहें?"

"इसकी कोई गारंटी नहीं। पुस्तक-विक्रेता साल के आखिर में सबको भुगतान करता है सो हमें भी करता है।"

"कई बार तो बीच ही में..."

"वह या तो तब जब सारा माल बिक जाए, या तब जब उसे कोई बड़ा ऑर्डर मिला हो या तब जब हम काफी आग्रह करते हैं।"

"अगर हम उससे स्पष्ट कह दें कि हमें हर तीसरे महीने अपना भुगतान चाहिए?"

"ऐसा गजब मत करना। वह भी स्पष्ट कह देगा कि हमें आपका माल नहीं बेचना। आप मार्केट की हालत नहीं जानते। जरा निकलकर देखिए। ऐसे पेश आते हैं वे जैसे वे ही हमारे आका हों।"

"लेकिन हमें किताबें छापने के लिए रकम तो हर महीने चाहिए होती है न?"

"तो वे क्या करें। यह आपका सिरदर्द है, कोई उपाय सोचिए। इससे उसे क्या? और फिर वह देगा कहाँ से? कोई पहुँचते ही आपकी किताब बिक तो जाती नहीं। वह भी आगे उधारी पर सप्लाई करता है। ग्रांट आने पर जब लाइब्रेरियों को पैसा मिलता है, तब कहीं उसे मिलता है और तभी वह आपको दे पाता है। अब वे जमाने तो लद गए जब काउंटर पर नकद किताब बिकती थी।"

"वह जमाना फिर आ जाए तो?"

"कैसे?"

"मेरे पास एक योजना है।"

"क्या?"

"देखिए कांताजी।" यकायक वर्माजी को नजरअंदाज कर श्यामलालजी कांताजी की ओर मुखातिब हुए, "नकद खरीद की प्रथा उठती जा रही है। यह सचमुच चिंता का विषय है। मैंने स्टाक की स्थिति देखी है। बहुत-सी किताबें हमारे पास काफी मात्रा में हैं। यदि हम उन पर गत्ते की बजाय कागज की जिल्द चढ़ाकर आधे दाम में बेचें तो..."

"आधे दाम में? नहीं, नहीं, यह क्या कह रहे हो श्यामलालजी?" कांताजी ने श्यामलालजी को अपना वाक्य पूरा नहीं करने दिया।

"उसमें हमारा कुछ जाता नहीं है। देखिए, हम पुस्तक का दाम लागत से पाँच गुना रखते हैं। उसमें से दो हिस्से तक कमीशन दे देते हैं। एक हिस्से का कुछ हिस्सा लेखक को। बाकी तकरीबन आधा हमारा होता है। इस योजना को हम अल्पमूल्य योजना नाम देंगे। इसके अंतर्गत रिलीज होनेवाली किताबों पर कोई कमीशन नहीं देंगे। नकद भुगतान पर एक ग्राहक को एक किताब देंगे। इस तरह हमारे स्टाक में जो किताबें हैं वे लगातार बिकती भी रहेंगी और हमें फौरी जरूरतों के लिए रुपया भी मिलता रहेगा। आगे चलकर इतनी बिक्री होने लगेगी कि हम

उसी रकम से पुस्तकें छापते रहें और जो पुस्तक-विक्रेताओं के माध्यम से पुस्तकें बिकें वह हमारा शुद्ध लाभ हो!"

"मगर इसकी क्या गारंटी है कि ये किताबें पुस्तक-विक्रेता नहीं खरीदेंगे? और उन्हें पूरे दाम में आगे नहीं बेचेंगे?" वर्माजी ने शंका व्यक्त की।

"हम प्रत्येक पुस्तक पर छापेंगे कि पुस्तक की यह प्रति अल्पमूल्य योजना के अंतर्गत निजी संग्रहकर्ता को आधी कीमत में बेची गई है।"

"और इसकी क्या गारंटी है कि खरीदार कोई निजी संग्रहकर्ता ही है, लाइब्रेरी नहीं?" वर्माजी अब भी योजना से संतुष्ट नहीं हुए थे।

"उसके लिए हम एक नियम बनाएँगे। पाठकों को सदस्यता शुल्क जमा कराना होगा। हर महीने किताबें खरीदनी होंगी।"

"यह सब लाइब्रेरी भी कर सकती है।"

"उसका कोई हल ढूंढ़ लेंगे। कोई और शंका हो तो बताइए।" कांताजी ने मध्यस्थता की।

"और सोचकर बताऊँगा।" वर्माजी ने हथियार डाल दिए।

"अचार्या, तुम्हारी क्या राय है?" कांताजी ने मुझसे पूछा।

"मेरा सवाल है कि जब हम खरीदार को यह बताएँगे कि हम तुम्हें फलाँ पुस्तक ठीक आधी कीमत पर दे सकते हैं तो वह हमारी ईमानदारी पर ही संदेह करने लगेगा।"

"क्यों, उसे तो खुश होना चाहिए कि इतनी महँगी किताब इतने कम दाम में मिल रही है!" श्यामलालजी ने डपटा।

"महँगी भी तो हम ही ने की है, उसने तो नहीं। इसका मतलब वह तो यही लगाएगा कि हमने जानबूझकर किताबों के दाम बढ़ा रखे हैं वरना हम इतने कम दाम पर कैसे बेचने को तैयार होते?"

"अरे भाई, वे हार्ड बाउंड, ये पेपरबैक..."

"गत्ते की कीमत इतनी..."

"और कुछ?" कांताजी ने अंकुश लगाया।

"एक बात और। लेखक को रॉयल्टी देने के बाद हमारा लाभांश कम नहीं होगा क्या?"

"बिल्कुल नहीं। पेपरबैक पर हम पंद्रह या दस प्रतिशत नहीं, पाठ्य-पुस्तकों वाली पाँच प्रतिशत रॉयल्टी देंगे। भई जब हम इतना कम कर रहे हैं तो लेखक को भी तो कुछ रियायत देनी होगी।"

''हम कहाँ कम कर रहे हैं फिर? चालीस प्रतिशत विक्रेता का कमीशन और दस प्रतिशत लेखक की रॉयल्टी, यही तो कम हुआ तब?''

''यह तो हम जानते हैं न? लेखक तो आधी कीमत से यही समझेगा न कि उसने तो दस प्रतिशत गँवाया और हमने सीधा चालीस प्रतिशत।''

''आपको लगता है कि लेखक सहमत हो जाएँगे?''

''लगता! मैं कई लेखकों से बात कर चुका हूँ। वे तैयार हैं। बल्कि खुश हुए योजना सुनकर। आखिर प्रचार तो उन्हीं का होना है। जितनी अधिक किताबें बिकेंगी, उतनी अधिक रॉयल्टी भी तो मिलेगी न उन्हें?''

'घटी दरों पर' चाहा मैंने कहना, मगर कहा नहीं।

''तब ठीक है। तो तय रहा कि इस योजना पर काम किया जाए।'' कांताजी ने अंतिम निर्णय दिया, ''और हाँ अचार्या, तुम श्यामलालजी के साथ बैठकर पूरी योजना समझ लो। प्रचार सामग्री तैयार कर लो। और हाँ, दो-चार राइटप मुझे भी लिखकर दे देना। मैं उन्हें खास-खास पत्र-पत्रिकाओं में भिजवा दूँगी। आखिर तुम्हें भी तो कुछ मिलना चाहिए इस सब मेहनत के बदले! वहाँ छपेगा तो तुम्हें भी कुछ अतिरिक्त आमदनी हो जाएगी।''

''जी अच्छा।'' कहकर चुप हो गया मैं।

''हाँ तो वर्माजी, अब आप अपनी योजना बताइए।'' कांताजी ने अगला मुकद्दमा सुनने की तर्ज पर कहा।

''मेरी योजना यहाँ की किताबों से ताल्लुक नहीं रखती। मेरी राय यह है कि हमें जितनी भी चर्चित किताबें हैं, चाहे वे किसी भी लेखक की, किसी भी प्रकाशन से छपी हुई क्यों न हों, उन्हें छापने का प्रयास करना चाहिए। चूँकि उनका प्रचार पहले से हो चुका है इसलिए हमें ज्यादा प्रचार भी नहीं करना पड़ेगा और उनकी बिक्री की गारंटी तो है ही। और सबसे बड़ी बात ये कि हमारे सूचीपत्र में इस तरह के लेखक भी आ जाएँगे जिनकी कोई किताब हमारे यहाँ से अभी तक छपी नहीं है और जिनसे या तो हम नई पुस्तक नहीं ले पा रहे या जिनकी नई किताब छापने का खतरा नहीं लेना चाहते।''

''आपकी क्या राय है श्यामलालजी?''

''मैं एकदम अभी कोई राय नहीं दे पाऊँगा कांताजी। योजना अच्छी ही लग रही है, आकर्षक भी है, घाटे की कोई संभावना भी नहीं नजर आ रही, फिर भी मैं इस पर विचार करने के लिए थोड़ा समय चाहूँगा।''

''कोई बात नहीं, आप इसके हर पहलू पर विचार करके देखिए। तब फिर बात कर लेंगे इस पर। हाँ अचार्या, तुम्हारी क्या राय है? क्या इसमें भी कोई

नुक्स है?" कहकर मुस्कराईं कांताजी।

"जी हाँ।"

"सचमुच?"

"हाँ। सबसे पहले तो यही कि इससे कई छोटे प्रकाशकों की तो रीढ़ ही टूट जाएगी। जरा उन प्रकाशकों के बारे में सोचिए जिनके पास एक-दो किताबें ही बिकाऊ हैं। वे भी चली गईं तो..."

"भई हम भी तो प्रकाशक हैं। हम उनकी फिक्र क्यों करे?" कांताजी ने डपटा।

"हैं तो, मुझे उनकी नहीं आपकी फिक्र है। इससे आपकी छवि खराब होगी।"

"वह क्यों?"

"आप प्रकाशन संगठन की अध्यक्ष भी तो हैं।"

"मैं यह पद छोड़ दूँगी। तब तो नहीं होगा न कुछ?"

"तब भी होगा। आप साम्यवादी विचारों..."

"ये, ये धंधे में सोशलिज्म क्यों घसीट लाए तुम? कोई और आफत हो तो बताओ!"

"आफतें तो कई हैं।"

"हाँ, तो उन्हीं का रोना रोओ।"

"जरूरी तो नहीं कि लेखक इसके लिए सहमत हो जाएँगे। हो सकता है, वे दूसरे प्रकाशक की इच्छा को तरजीह दें। हो सकता है, उनका दूसरे प्रकाशक के साथ ऐसा अनुबंध हो कि वे किताब आपको दे ही न सकें। हो सकता है, उन्होंने दूसरे प्रकाशक से रॉयल्टी इतनी ले रखी हो कि दो-तीन संस्करणों के छपने पर पूरी हो पाए। और हो सकता है, लेखक आपसे कहे कि ठीक है, किताब आप ले लीजिए, मगर मेरा माल चूँकि बिकाऊ है इसलिए पूरे संस्करण की रॉयल्टी एडवांस दे दीजिए। फिर अभी-अभी हम इस बात पर चिंतित थे कि प्रकाशन के लिए रकम कहाँ से लाएँ। ऐसी स्थिति में इन किताबों की छपाई वगैरह, प्रचार-प्रसार और लेखक को अग्रिम रॉयल्टी, यह तो और भी आर्थिक संकट में पड़नेवाली बात हुई। और सबसे मुख्य बात ये कि चर्चित किताब छोटी-बड़ी, इतनी बड़ी भी हो सकती है कि उतने में हम चार नई किताबें छाप लें, और इतनी अधिक चर्चित भी हो सकती है कि हर संभावित खरीदार के पास पहले से मौजूद हो। तब हम उसे कहाँ बेचेंगे?"

"हाँ, ठीक कह रहा है अचार्या। नहीं, नहीं, इस योजना पर विचार करने

की कोई जरूरत नहीं। ये प्रैक्टिकल नहीं है। मैं क्यों छोड़ूँ अध्यक्ष पद! हुँ। मिट्टी डालो इस पर। आप तो श्यामलालजी, उसी पर काम कीजिए। अपना स्टाक कम कीजिए।"

"मैं समझता हूँ कांताजी, हमें इसे ऐसे ही नहीं भूल जाना चाहिए।" श्यामलालजी शह पाकर बोले, "वर्माजी ने कुछ सोचकर ही यह योजना रखी होगी। कभी फुरसत में हम दोनों मिल-बैठकर इसके हर पहलू पर विचार करेंगे। हो सकता है, कोई अच्छा, लाभदायक रास्ता निकल ही आए।"

"ठीक है, ठीक है। अब एक योजना मेरी भी सुन लीजिए। उस पर आप लोग फिर कभी विचार कर लेना।" कांताजी ने रहस्य में डाला हम तीनों को।

"मैंने सुना है कि लोक हितकारी वालों ने जब से इमर्जेंसी लगी है तभी से प्रकाशन बंद कर रखा है, बल्कि उन्होंने लेखकों को पत्र भी लिखे हैं कि हम भविष्य में कोई किताब नहीं छापेंगे। पिछले दिनों मेरी एक लेखक से भेंट हुई थी। उनकी एक किताब वहाँ से छपी थी, वे चाहते हैं कि उस किताब को अब हम खरीद लें और आगे से हम ही छापें, यों भी उनकी ज्यादातर किताबें अपने यहाँ से छपी हैं।"

"दरअसल मेरी योजना लोक हितकारी की किताबों को लेकर ही थी। मैंने भी ऐसा सुना था इसीलिए यह योजना मेरे दिमाग में आई कि क्यों न हम उनकी किताबें खरीदकर उन्हें चर्चित किताबों के नाम से बेचें?" वर्माजी ने अच्छा अवसर हाथ आया देख अपनी योजना में पुनर्जीवन फूँका।

"पर जरूरी तो नहीं कि वहाँ के सभी लेखक हमें अपनी-अपनी किताबें दे ही देंगे।" श्यामलालजी ने पटकनी दी।

"यह काम अचार्या करेगा, क्यों अचार्या?" कांताजी ने मुझे लपेटा, "तुम तो वहाँ काम कर चुके हो। तुम्हें तो पता होगा कि कौन-कौन लेखक इसके लिए तैयार हो जाएँगे? न हो तो पता करो।"

"कोई भी नहीं।"

"ऐसा?"

"हाँ, क्योंकि इधर फिर से लोक हितकारी ने प्रकाशन शुरू कर दिया है और ऐसा किया है अपने लेखकों के ही अनुरोध पर। और जिन लेखक की आप बात कर रही हैं वे भी शायद अब वहाँ से किताब उठाने को तैयार नहीं हैं। हाँ, बीच में उन्होंने ऐसी बात चलाई जरूर थी।"

"उसका तो बाप भी देगा! कोई मजाक है क्या? कांताजी का मन ले ले,

और फिर करे अपने मन की!" इससे पहले कि मेरी बात सुनकर कांताजी अपने को अपमानित महसूस करें, वर्माजी ने डंके की चोट उन्हें सँभाला या शायद उनकी नायाब योजना को यूँ ही टालकर जो अपमान कांताजी ने उनका किया था, उस अपमान के बदले में धोबी पछाड़ जमाई।

"तुम्हें कैसे पता?" बहुत आहिस्ते से पूछा कांताजी ने।

"वहीं के लोगों से मालूम हुआ था।"

"तुमने मुझे तो कभी नहीं बताया।"

"मैं यहाँ के बारे में भी उन्हें कभी कुछ नहीं बताता।"

"और वे तुम्हें बता देते हैं? क्यों?"

"हाँ, क्योंकि वे जानते हैं कि मुझे बताने न बताने से कोई फर्क नहीं पड़ता।"

"खैर, चलो पानी फेरो। मैं तो यह सोच रही थी कि वे चर्चित पुस्तकें हैं। जब हम उन्हें रिप्रोड्यूज करेंगे तो उन्हीं के साथ इस अचार्या का उपन्यास भी निकाल देंगे। आप लोगों को मालूम है न अपना अचार्या भी लिखता है!"

दोनों जन मन-ही-मन मुस्कराए। मैं भी, और कांता कौर भी। मगर हम चारों के मुस्कराने की वजह निश्चित रूप से जुदा-जुदा थी।

अगले कुछ दिन मैं अल्पमूल्य योजना का अर्धसत्य या कहिए झूठा सच लिखने में व्यस्त रहा आया। इस बीच वर्माजी टूर पर चले गए थे सो उनकें हिस्से का पत्राचार भी देखना पड़ता था।

एक दिन अचानक कांताजी ने अपने कमरे में बुलाया।

"बैठिए, और इसे पढ़िए।" एक पत्र मुझे देते हुए आदेश दिया उन्होंने।

यह पत्र वर्माजी का था। उन्होंने एक विश्वविद्यालय में होने जा रही पाठ्य-पुस्तक चयन समिति की बैठक की सूचना दी थी। उसके लिए हमारे यहाँ से जो-जो किताबें विचारार्थ भेजी गई थीं उनके नाम लिखे थे। और वहाँ जो-जो निर्णायक थे उनमें से कौन हमारे लिए कितना अधिक उपयोगी है इसका भी ब्यौरा दिया था। चूँकि वे वहाँ पहुँच नहीं सकते थे इसलिए उन्होंने चाहा था कि कांताजी मुझे भेज दें।

"कैशियर से जितना जरूरी हो, पाँच हजार, दस हजार रुपया ले लो और आज ही रवाना हो जाओ। मुझे उम्मीद है अचार्या कि तुम अपनी योग्यता से सबको प्रभावित कर लोगे और कम-से-कम चार-पाँच किताबें कोर्स में लगवाकर ही लौटोगे।"

मैंने जानना चाहा कि निर्णय कैसे होगा वहाँ? क्या मेरी राय से? और रुपयों का वहाँ क्या काम? मगर पूछ नहीं पाया।

बाहर आने पर गाँधी ने बताया कि रुपयों का ही काम है वहाँ। जाकर तो देखिए।

दूसरे दिन मैं मय दस हजार रुपयों के उस शहर के एक होटल में था। मालूम हुआ आज यहाँ के स्थानीय त्यौहार की वजह से छुट्टी है। बैठक कल होगी। विश्वविद्यालय से निकलकर मैं एक विभागाध्यक्ष के घर गया।

"तो आप आए हैं प्रतिबद्ध से?"

"जी हाँ।"

"वर्माजी नहीं आए?"

"जी वे अन्यत्र गए हैं।"

"रुपया लाए हैं न?"

"जी?"

"भई, वर्मा को लिखा था न मैंने कि इस बार कुछ ज्यादा रकम लगेगी। बी. ए. के लिए तीन किताबों तक आठ और एम. ए. के लिए प्रति किताब एक-एक।"

"और किताबें?"

"जो तुम कहोगे। मतलब जो स्टाक में भरी पड़ी हों। वे ही तो सम्मिट की होंगी न?"

"तब ठीक है।"

"यानी लाए हो पूरी रकम। भई कुछ भी हो, तुम्हारा वर्मा है बहुत चतुर। और क्या-क्या छापा है इधर?"

"आप पढ़ना चाहेंगे क्या?"

"अरे नहीं भाई, पढ़ने की फुरसत किसे है। मैं तो इसलिए पूछ रहा था कि कहीं कोई अपना परिचित छापा हो तो उसे भी सहायक पुस्तकों में शामिल करवा देते। मेरा एहसान हो जाता उस पर और तुम्हारा मुफ्त में ही भला।"

मैंने उन्हें उन पुस्तकों और लेखकों के नाम बता दिए जिनकी किताबें इधर पिछले कुछ महीनों में छपी थीं।

"कहाँ ठहरे हो?"

"जी होटल में।"

"हाँ भई, तुम नए लड़के कोई हमारे गरीबखाने में थोड़े ही ठहरोगे। वर्मा

तो यहीं ठहरता है। अरे भई कुछ बचत भी किया करो। जितना टी. ए. डी. ए. मिलेगा कंपनी से उतना ही होटल में उड़ा दोगे तो यहाँ तक टाँगें तुड़वाने का फायदा? हमें भी तो अतिथि-सत्कार का मौका दिया करो! खबरदार जो फिर कभी इस शहर में आकर कहीं और ठहरे! वर्मा ने कहा नहीं था क्या तुमसे?"

"जी मैंने सोचा नाहक आपको परेशानी होगी।" उनके यकायक आत्मीय हो आने पर मुझमें अपराध-बोध जागा।

"और अब जो हमारा अपमान होगा वो? सब जानते हैं कि प्रतिबद्ध से हमारे घनिष्ठ ताल्लुकात हैं और तुम हमारी एक दिन की परेशानी के चक्कर में थू-थू करवाओगे। खैर, कोई पूछे तो कहना डॉक साब के यहाँ ठहरा हूँ।"

"जी, बहुत अच्छा, वो रुपए–"

"रखे रहो। बैठक के बाद दे देना। कोई भाग थोड़े ही रहे हैं रुपए। हाँ, खोने का डर हो तो बेशक यहाँ लाकर रख दो।"

"नहीं, ऐसा तो कोई डर नहीं। हिफाजत से रखे हैं।"

"तो ठीक है। आज शहर घूमो। कल विश्वविद्यालय में मिलना।"

अगले दिन मैं ठीक समय पर विश्वविद्यालय में पहुँच तो गया था मगर मुझे यकीन पूरे दिन नहीं हुआ इस बात पर कि मैं विश्वविद्यालय में ही हूँ। वहाँ तो ऐसा लगता रहा जैसे किसी जिंस की आढ़त में नीलामी में आ पहुँचा हूँ। पूरे दिन किताबों की बोलियाँ लगती रहीं। जैसे आढ़तिए चिल्ला रहे हों–आलू सवा सौ, सवा सौ एक, सवा सौ दो...डेढ़ सौ रुपए क्विंटल–एक-दो–क्या, एक सौ पचपन? नहीं-नहीं, यह बोली नहीं मानी जाएगी। कम-से-कम दस रुपए बढ़ो–हाँ, तो तीन।

इसी तरह वहाँ रेणु, यशपाल, प्रेमचंद, अज्ञेय, जैनेंद्र, मोहन, सोहन, राही, बेराही, भ्रमर, मक्खियाँ, पतंगे, तिलचट्टे–सबके नामों की बोलियाँ लग रही थीं। विद्यार्थी क्या पढ़े यह विद्वान नहीं आढ़तिए तय कर रहे थे। विद्यार्थियों को क्या पढ़ना होगा यह प्रकाशक का प्रतिनिधि अपने बक्से में बंद नोटों के बंडल गिनकर तय कर रहा था। उसके गोदाम में आलू सड़ रहे थे। अगर समय रहते नहीं बिके तो बारिश आते ही गल जाएँगे। तब क्या होगा। नहीं-नहीं, उसे समय रहते इन्हें बेचना ही है। जितने में भी बिकें। घाटे का तो सवाल ही नहीं, जो भी आएगा मुनाफा आएगा। उसे नए आलू उगाने हैं। नए आलू सड़ाने हैं। कब तक इन्हीं को ढोता रहेगा। इनकी सड़ांध से उसका भेजा फट गया तो?

शाम होते-होते आढ़त उठ गई। कुछ का माल बिक गया, कुछ जस का

तस गल्ला लेकर लौटे। बोली उन्हीं की छूटी जो अपने थे–आढ़तियों का एक ही सिद्धांत, आढ़त जमानेवालों का एक ही कायदा–जो बोली उठा ले गए वे ही अपने!

"आप आज ही दिल्ली जाइए और पाँच हजार और लेकर आइए वरना इलाहाबादवालों को मौका मिल जाएगा। वे बारह दिखाते फिर रहे हैं। आप पंद्रह मारिए मुँह पर।" विभागाध्यक्ष ने मुझे पूरी स्थिति समझाते हुए कहा, "वैसे फैसला अभी आपके ही हक में हुआ है।"

मैं अगले ही दिन दफ्तर पहुँचा। पाँच और लिए और फिर उसी शहर में। मगर मेरा आना निरर्थक रहा। इस बीच यहाँ एक शर्मनाक घटना घट गई। कल सुबह पूरे शहर में यह खबर फैल गई थी कि इस बार पाठ्य-पुस्तकों के चयन में भारी घपला हुआ। घपला हर बार होता था। यह कोई नई बात नहीं थी। मगर खबर इसी बार फैली। वजह यह थी कि कुछ सदस्यों को अपने अध्यक्ष पर शक हुआ कि इन्होंने जरूर हमारे साथ बेईमानी की है। प्रकाशकों से कुछ तय किया है और हमें कुछ और दिया है। सामान्यतः वे ऐसा नहीं करते मगर चूँकि इधर वे सेवामुक्त होनेवाले हैं और उधर उन्हें अपनी बिटिया की शादी भी करनी है सो अपना ईमान खो बैठे।

यह खबर फैलते-फैलते दोपहर तक अध्यक्ष की बेटी के कानों में भी पहुँची। पूरा विश्वविद्यालय अध्यक्ष के नाम पर थू-थू कर रहा था। अपने चलते पिता का इतना अपमान बेटी को असहनीय हो आया। उसे लगा कि उसी की वजह से पिताजी इस बुढ़ापे में यह कुकर्म करने को लाचार हुए हैं। बस, इस अपराध-बोध के जन्म लेते ही अध्यक्ष की उस नासमझ लड़की ने आत्महत्या कर ली!

"क्या हुआ आचार्यजी, बहुत उदास लग रहे हैं?" अगले दिन दफ्तर पहुँचने पर गाँधी ने पूछा।

मैंने पूरा किस्सा कह सुनाया।

"तो क्या हुआ, हमारी किताबें एक बार चुन ली गई थीं न?"

"हाँ।"

"फिर फिक्र मत कीजिए। बाकी सब वर्माजी सँभाल लेंगे। आपको तो यह सोचकर खुश होना चाहिए कि आपने प्रतिबद्ध के पाँच हजार बचा लिए।"

"कैसे?"

"अगर बाद में उस इलाहाबाद वाले की किताबें लग जाएँगी न, तो वर्माजी

उसे किसी छद्म विक्रेता के नाम से पुस्तकों का ऑर्डर भेजेंगे। कुछ रकम भी भेज सकते हैं। उसे लिख दिया जाएगा कि प्रत्येक किताब की दो-दो हजार प्रतियाँ रेलवे से भेजकर बिल्टी बैंक के माध्यम से भेज दें। वह फौरन भेज देगा। इधर कई दिनों तक बैंक से बिल्टी नहीं छुड़ाई जाएगी। फिर छुड़ाकर उसे पत्र लिखेंगे कि माल अभी तक स्टेशन पर नहीं पहुँचा। और स्टेशन पर मालगोदाम में बाबू को कुछ दे-दिलाकर महीनों तक यह लिखवाया जाता रहेगा कि माल अभी स्टेशन तक नहीं आया।

"एक तरफ यह सब कार्यवाही चलती रहेगी, दूसरी तरफ प्रतिबद्ध के तरफदार विश्वविद्यालय पर जोर डालेंगे कि पुस्तकें जल्दी-से-जल्दी उपलब्ध होनी चाहिए। विद्यार्थियों की पढ़ाई का हर्जा हो रहा है। जाहिर है, स्टाक के रहते तक मूल प्रकाशक दूसरा संस्करण नहीं छापेगा। सो हारकर विश्वविद्यालय अन्य विचारार्थ आई किताबों में से प्रतिबद्ध की किताबें पाठ्यक्रम में लगा देगा।

"बस, इधर हम अपना माल बाजार में फेंकेंगे उधर इलाहाबादवाले की बिल्टी का माल डेमेज चार्ज देकर रेलवे से छुड़ा लिया जाएगा। फिर पूरा माल यह कहकर उसे वापस भेज दिया जाएगा कि चूँकि पुस्तक अब पाठ्यक्रम में नहीं है इसलिए हम वापस भेज रहे हैं, कृपया हमारी रकम मय ब्याज के हमें लौटा दें। और ब्याज दर डेमेज चार्ज से कहीं ज्यादा होती ही है। इस तरह वर्माजी उसी की जूती उसी के सिर दे मारेंगे और उसे पता भी नहीं लगेगा कि यह सब प्रतिबद्ध का करिश्मा था!"

"यह सब देख-सुनकर मुझे तो घबराहट होती है गाँधीजी।"

"यह तो व्यापार है आचार्यजी। कभी आपकी किताबों के साथ भी होगा यह सब।"

"यह सोचकर तो और भी ज्यादा।"

यही है प्रकाशन व्यवसाय? यही है समाज को शिक्षित करनेवाली शिक्षण संस्थाओं की नैतिकता? मेरा तो मन करता है एक किताब लिखूँ जिसका पहला अध्याय हो 'शब्द-बध'–जिसमें शब्दों की हत्या करनेवाले इस प्रकाशक समुदाय का कच्चा चिट्ठा हो और दूसरा अध्याय हो 'शब्दबध्'–जिसमें स्वयं शब्दों से घृणा करनेवाले और तमाम दुनिया को नैतिकता का, शब्दों के माहात्म्य का पाठ पढ़ानेवाली इन संस्थाओं की बखिया उधेड़ूँ। मगर फिर सोचता हूँ कि इससे क्या होगा? आखिर जाएगी तो वह भी इन्हीं के हाथों में। हो सकता है वह छपे ही नहीं, या यह भी हो सकता है कि छपे तो मगर बिके ही नहीं! आखिर ऐसा

भी तो होता है इस क्षेत्र में।

अभी पिछले दिनों एक किताब छपी थी जिसमें विद्वान् लेखक ने उन-उन लेखकों की खबर ली थी जिन्होंने दूसरी किताबों से नकल करके रचनाएँ लिखी थीं और दावा करते थे मौलिक लेखन का। मगर क्या हश्र हुआ उसका! जिन प्रकाशकों के वे बिकाऊ लेखक थे उन्होंने किताब की पूरी प्रतियाँ सीधे प्रेस से उठवाईं और उनमें आग लगा दी। मैं तो इस बात पर यकीन ही न करता अगर हमारे शांतिलाल ने मुझे उसकी एक प्रति न लाकर दी होती। इधर प्रायः कोई भी गोपनीय, दुर्लभ, विवादास्पद किताब मेरे लिए उपलब्ध कराना शांतिलाल ने अपना कर्त्तव्य-सा मान लिया है। उसी ने मुझे प्रतिबद्ध से जमाने पहले छपी अप्राप्य किताबें भी गोदाम में से ढूंढ़कर दी हैं।

और हाँ, पहले खंड में एक पूरा अध्याय कांताजी के हिंदी साहित्य को प्रेम संबंधों के जरिए दिए गए योगदान पर लिखूँ—जिसमें जिक्र हो उन अवसरों का जब वे किसी आलोचक-आलोचिका, लेखक-लेखिका, कबूतर-कबूतरी को चोंचें भिड़ाने के लिए अकेला छोड़कर केबिन के पट बंद कर कहीं अंतर्धान हो जाती हैं और अगले दिन जब जमादार उनके केबिन से समेटे हुए मुलायम पंख पूरे दफ्तर को दिखाता है तो हममें से बहुतों के मुँह से एक आह-सी निकलकर दीवारों से टकराती है।

और दूर क्यों जाएँ, खुद हमारे प्रतिबद्ध प्रकाशन में अपूर्वजी की एक किताब छपी थी दो-तीन बरस पहले। अपूर्वजी हिंदी का जबर्दस्त बिकाऊ नाम है, रोज ही एक न एक ऑर्डर आता है उस किताब का, मगर चूँकि कांताजी और अपूर्वजी में अनबन हो गई इसलिए उसे नहीं बेचा जाता। अनुबंध के मुताबिक पहला संस्करण समाप्त होने तक या पुस्तक छपने के पाँच वर्ष तक, जो भी स्थिति पहले आए, लेखक पुस्तक को कहीं और से नहीं छपवा सकता। अब अपूर्वजी इस इंतजार में हैं कि पाँच वर्ष पूरे हों तो वे किताब यहाँ से उठाएँ।

वर्माजी लौट आए थे। वे कई नई सूचनाएँ लाए थे। कई विश्वविद्यालयों में पाठ्य-पुस्तकें लगवाकर आए थे।

वर्माजी के आने के अगले ही दिन कांताजी ने मुझे एक स्वर्गवासी लेखक की उत्तराधिकारी को एक पत्र लिखने को कहा। पत्र का मजमून यह था कि लेखक की पुस्तक के पाठ्यक्रम में लगने की संभावना है, पुस्तक की लगभग एक लाख प्रतियाँ बिकेंगी। चूँकि पुस्तक की कीमत विश्वविद्यालय बहुत कम रखेगा इसलिए हम मुद्रित मूल्य पर पाँच प्रतिशत रॉयल्टी दे पाएँगे। आप फौरन स्वीकृति

भेजें कि आपको यह रॉयल्टी दर स्वीकार्य है।

ज्योंही उनकी ओर से स्वीकृति पत्र आया, कांताजी ने एक और पत्र लिखने को कहा कि हमें विश्वास था कि आपकी स्वीकृति हमें मिल जाएगी, हमने प्रतियाँ छपवा भी ली थीं, पर इधर मालूम हुआ है कि पुस्तक पाठ्यक्रम में नहीं लगी। अब इतनी प्रतियाँ सामान्य बिक्री में बेच पाना हमारे लिए कठिन है, न हम इनका संग्रह ही कर सकते हैं। आप तो जानती ही होंगी इस शहर में जमीन किस कदर महँगी है। अब एक ही रास्ता है कि हम इस स्टाक को रद्दी में बेच दें और जो भी घाटा हो उसे ईश्वरेच्छा मानकर सह जाएँ। मगर ऐसा करने से पहले हम यह जानना चाहते हैं कि क्या आप इन्हें खरीदना चाहेंगी? यदि हाँ तो पंद्रह दिन के भीतर-भीतर हमें सूचित करें अन्यथा हम इन्हें रद्दी में बेच देंगे और रद्दी पर कोई रॉयल्टी देय नहीं होगी। आपकी ओर से पाठ्य-पुस्तक पर पाँच प्रतिशत रॉयल्टी स्वीकार्य की जो सहमति हमें भेजी गई है उसे हम सुरक्षित रख रहे हैं ताकि निकट भविष्य में यदि पुस्तक पाठ्यक्रम में लगी तो इसे उपयोग में लाया जा सके।

लेखक की उत्तराधिकारी की ओर से इस पत्र का कोई उत्तर नहीं आया।

बाकी का काम वर्माजी ने पूरा किया।

पहले एक चपरासी से रसीद लिखवाई कि मैं शम्सुद्दीन रद्दीवाला ने इतने क्विंटल रद्दी किताब नाम...प्रतिबद्ध से रद्दी के दाम...प्रति किलों की दर से खरीदी। कुल दाम सात सौ सत्तर रुपए सत्तर पैसे।

इसके बाद बिना कार्बन लगाए एक लाख प्रतियों की एक नकद खरीद की कैशमीमो मुझसे बनवाई। खरीदार थे कोई बड़े विक्रेता।

फिर उस मीमो को कैशमीमो में से निकालकर उसकी प्रतिलिपिवाले पन्ने पर कार्बन रखा और ठीक उसी-उसी स्थान पर लिखवाया एक प्रति, पुस्तक का नाम, मूल्य और खरीदार वही पुस्तक-विक्रेता।

अगले दिन एक ट्रक में पुस्तक लादकर हम दोनों विक्रेता के शहर गए। विक्रेता से तीन लाख रुपया नकद लेकर वापस आ गए।

स्टाक लेजर में दर्ज हो गया—एक लाख प्रतियाँ रद्दी में बेचीं।

पंद्रह सौ का नया संस्करण छापा।

एक प्रति कैशमीमो संख्या फलाँ के मुताबिक बिकी।

पूरी रकम कांताजी को सौंप दी गई। कांताजी ने एक नई फिएट खरीद ली। सब कर्मचारियों को एक-एक विदेशी घड़ी दी गई और वर्माजी, श्यामलालजी

को पाँच-पाँच हजार रुपए। अपने शेयरधारकों को अँगूठा दिखाकर कांताजी दो लाख सत्तर हजार डकार गईं।

मेरी बारी आने पर मैंने केवल इतना कहा, "कांताजी, क्षमा कीजिएगा, मुझे भी लिखने-लिखाने का शौक है। इस बेईमानी में..."

"क्यों, क्या तुम अलबेले हो? और भी तो दो हैं हमारे यहाँ तुम जैसे।"

"लेकिन उन्हें तो सचाई मालूम नहीं है न, वरना..."

"अच्छा, अच्छा। भई मैं तुम्हें हर्ट नहीं करना चाहती। तुम्हारी मर्जी, पर हाँ, किसी को मालूम नहीं होना चाहिए यह किस्सा।"

"इस ओर से आप निश्चिंत रहें।" कहकर उठ आया था मैं।

आखिर एक बेईमान के सामने अपनी ईमानदारी को और कितनी देर जलील होने देता रहता?

अगले दिन कांताजी ने मेरी पांडुलिपि मुझे लौटाते हुए कहा, "अचार्या, हमारे शैड्यूल में यह फिट नहीं बैठ रही। तुम इसे कहीं और से छपवा लो। पर याद रखना, मैंने शुरू में ही कहा था कि उपन्यास के छपने, न छपने और नौकरी का आपस में कोई संबंध नहीं।"

"जी हाँ, मुझे याद है।"

"बस तो ठीक है। तुम्हारे काम में गिरावट नहीं आनी चाहिए। आइ लाइक स्पोर्टमैन स्प्रिट।"

उन दिनों मैं एक क्योवृद्ध लेखक से पत्राचार कर रहा था, उनकी बताई जगहों से उनकी रचनाएँ एकत्रित कर रहा था। उनकी संपूर्ण ग्रंथावली छापने की योजना थी प्रतिबद्ध की। स्वयं लेखक ने यह इच्छा जाहिर की थी पहले-पहल। लाभदायी योजना थी सो कांताजी सहर्ष तैयार हो गई थीं।

'प्रतिबद्ध प्रकाशन' बुलेटिन का काम नए साथी अनूप कुमार ने सँभाल लिया था। उनके पिताश्री प्रतिबद्ध की एक लंबी योजना पर काम कर रहे थे। रोज ही यहाँ से किसी-न-किसी व्यक्ति को उनसे सामग्री लेने, उन्हें सामग्री पहुँचाने जाना पड़ता था। उसमें समय और धन दोनों ही खर्च होते थे। सो उसका यह हल ढूंढ़ निकाला था कांताजी ने। उनके बेटे को नौकरी पर रख लिया था। अब अनूप दिन-भर यहाँ काम करते और सुबह-शाम सामग्री लाते-ले जाते।

मुझे ग्रंथावली के लिए एक टाइपिस्ट भी दिया गया था—हरिप्रसाद चौरसिया। चौरसिया यहाँ से पहले समग्र साहित्य भंडार में काम करता था। उसके पास घर में भी टाइपराइटर था। एक दिन ऐसे ही मैंने उससे पूछा कि क्या तुम मेरा एक

उपन्यास टाइप कर दोगे? वह तुरंत न केवल तैयार हो गया बल्कि मेरे साथ-साथ शाम को घर आया और पांडुलिपि ले गया। मैं चाहता था कि उपन्यास टाइप हो जाए तो उसकी एक प्रति किसी प्रकाशक को दे दूँगा। अब तक चूँकि मेरे पास कोई प्रति नहीं थी और मूल कांताजी दबाए बैठी थीं इसलिए मैं कहीं बात चलाने के काबिल ही नहीं था।

दूसरे दिन जब मैंने चौरसिया से पूछा कि उसे मेरी हस्तलिपि पढ़ने में परेशानी तो नहीं हुई, तो उसने ऐसा उत्तर दिया कि मैं भौंचक।

उसने बताया कि इस हस्तलिपि को तो उसने पहले भी पढ़ा है। कुछ याद करके बोला, "हाँ, समग्र साहित्य भंडार में इस हस्तलिपि में पाँच उपन्यास टाइप कर चुका हूँ मैं। आज पता लगा कि वे आपके थे।"

"उनमें से कोई छपा भी क्या?" मैंने जानना चाहा।

"हाँ, पाँचों। आपने नहीं देखे?"

"नहीं तो।"

"कोई बात नहीं, मैं लंच में लाकर दिखा दूँगा।"

और सचमुच उसने लंच के बाद मेरे सामने तीन किन्हीं रंजीता और दो किन्हीं प्रशांत के उपन्यास रख दिए।

मैं हैरान।

"ये तो मेरे ही लिखे हुए हैं। मगर ये प्रशांत और रंजीता कौन हैं?"

"ये तो रजिस्टर्ड नाम हैं। मतलब ट्रेड मार्का।"

"और मेरा नाम?"

"आपका नाम क्यों छापेगा वह! ऐसा घाटेवाला काम केदारनाथ नहीं करता। यानी वह तो आपके नाम का प्रचार करे, उसके प्रचार पर लाखों रुपया लगाए और कल को आप पुस्तक लिखकर दे दें किसी और को! और तब प्रचार का लाभ उठाएँ वह प्रकाशक और आप! क्या आपको उसने पहले से नहीं बताया था यह सब?"

"नहीं तो!"

"फिर इसके चंगुल में कैसे फँसे?"

"मुझे तो कांताजी ने भेजा था। मैं केदारनाथजी से मिला। उन्होंने कहा, ठीक है। आप हमारे लिए लिखिए, मगर थोड़ा हलका-फुलका, क्योंकि हम सामान्य पाठकों के मतलब की किताबें छापेंगे। बस, मैं कुछ दिनों बाद एक उपन्यास ले गया। लगभग एक हफ्ते बाद उनका फोन आया कि आकर रॉयल्टी ले जाइए

और कोई और उपन्यास भी लाइएगा। मैं एक और उपन्यास ले गया तो उसने बिना देखे उसकी भी रॉयल्टी दे दी। फिर तीसरा, फिर चौथा, फिर पाँचवाँ। उसने तीसरा मुझे यह कहकर लौटा दिया कि यह नहीं चलेगा। चौथे का पैसा दे दिया और फिर कुछ दिनों बाद पाँचवाँ भी लौटा दिया। मैंने उनसे पूछा कि आप छापेंगे कब, तो बोले कि बस बहुत जल्द।"

"फिर?"

"फिर क्या। मैंने आगे कोई उपन्यास नहीं दिया। सोचा, पहले वे तो छप जाएँ तभी दूँगा।"

"और वे छप भी गए मगर आपको पता भी नहीं लगा।"

"अब तो लग गया। मैं कल ही जाता हूँ।"

"कोई फायदा नहीं। बल्कि मैं आपको ऐसा उपाय बता सकता हूँ कि वह खुद ही आपको बुलाए और सबक भी मिले उसे।"

"क्या?"

"ऐसे नहीं। पहले वादा कीजिए कि जब तक मैं न कहूँ आप उससे नहीं मिलेंगे।"

"वादा रहा।"

"तो फिर ठीक है। ये प्रशांत वाले उपन्यास आप मुझे दे दीजिए और रंजीता वाले खुद रखिए।" इतना कहकर चौरसिया चुप हो गया।

कुछ दिनों बाद मेरे सामने उसने दो टाइप की हुई पांडुलिपियाँ रख दीं।

"ये क्या? मैंने तो तुम्हें एक ही उपन्यास दिया था न?"

"इनमें वो नहीं है।"

"फिर?"

"ये आपके लिखे वे दो उपन्यास हैं जो प्रशांत के नाम से छपे हैं। आप इन्हें लेकर केदारनाथ के पास जाएँगे। आपका कोई उपन्यास छपा है इस ओर से बिल्कुल अनजान बने रहकर ये उसे देंगे और उससे कहेंगे कि आपको रुपयों की सख्त जरूरत है इसलिए इनका पैसा तुरंत दिलवा दे। और यह भी कहिएगा कि हो सके तो सभी उपन्यास जल्दी छाप भी दे!"

कहना न होगा, मैंने वैसा ही किया। रकम भी वसूल लाया।

कुछ दिन बाद केदारनाथ का फोन आया। उसने धमकी दी कि मैंने जो धोखाधड़ी उसके साथ की है उसके लिए वह मुझे देख लेगा।

अगले दिन मुझे कांताजी ने बुलाया। जो हुआ उस पर अफसोस जाहिर

किया। घड़ियाली आँसू बहाए और मैंने जो किया उसके लिए शाबाशी दी।

उसी दिन चौरसिया ने मेरा पहला उपन्यास टाइप करके मुझे दिया, मैंने उससे पूछा, "तीनों के कितने पैसे हुए टाइपिंग के?"

वह बोला, "लंच में बताऊँगा।"

"क्यों? अभी क्यों नहीं?"

"यह भी तभी बताऊँगा।"

लंच में चौरसिया मुझे एक होटल में ले गया। खुद खाने का ऑर्डर दिया फिर बोला, "आचार्यजी, आपसे मैं रुपए नहीं लूँगा।"

"क्यों?"

"आपके प्रति अपराध हो गया है मुझसे अनजाने में। उसका प्रायश्चित करना चाहता हूँ।"

"क्या अपराध भाई?"

"आपको याद होगा, जब मैं यहाँ नया-नया आया था तो आपने बताया था कि मुझे यहाँ ढाई-तीन सौ से ज्यादा वेतन नहीं मिलेगा। मुझे शुरू में मिला भी इतना ही मगर कांताजी ने कहा कि तुम्हारा वेतन अभी तय नहीं कर रहे हैं। वर्माजी के आने पर तय करेंगे। तुम्हें तब अच्छा वेतन मिल सकता है। फिलहाल तुम इतने ही लेते रहो एडवांस इन अगेंस्ट सैलरी समझकर। जब वर्माजी आप गए तो मैंने उन्हें याद दिलाया और आज जब उन्होंने मुझे बताया कि मेरा वेतन यही रहेगा अगले दो साल तक, तो मैंने गुस्से में कह दिया कि यह तो मुझे पहले से मालूम था। आचार्यजी मुझे पहले ही बता चुके थे। यह सुनकर कांताजी का चेहरा लाल हो आया। बोलीं, वह क्या ज्योतिषी भी है?

"आचार्यजी, मुझे ऐसा महसूस हो रहा है कि मुझे आपका नाम नहीं लेना चाहिए था। यह भूल हो गई मुझसे। मैं कल से यहाँ नहीं आऊँगा। आज ही अपना हिसाब ले जाऊँगा। हो सके तो आप भी मुझे क्षमा कर देना।"

"वह सब तो जो हुआ सो हुआ, इसका टाइपवाले काम से क्या मतलब?"

"अब और शर्मिंदा मत कीजिए आचार्यजी," कहते-न-कहते फफककर रो पड़ा चौरसिया! यही दवा थी उसके मर्ज की शायद इसलिए मैंने उसे जी भरकर रो लेने दिया।

चौरसिया चला गया सचमुच। मैंने उसे समझाया कि जब तक दूसरी नौकरी नहीं मिलती यहीं बना रहे। मिलने पर छोड़ दे। मगर वह नहीं माना। उसके जाने के बाद कांताजी ने मुझे बुलाकर पूछा, "आपने सचमुच कहा था क्या ऐसा?"

"जी हाँ।"

"मैं जान सकती हूँ क्यों?"

"जब उसने बताया कि वह तीन बच्चों का पिता है। बच्चे स्कूल में पढ़ रहे हैं और वह पाँच-छह सौ की उम्मीद में यहाँ आया है ताकि पाँचों प्राणी भरपेट भोजन कर सकें, तब मानवीयता के नाते उसे आगाह किया था।"

"देखो अचार्या, इस बार तो मैं कुछ नहीं कह रही हूँ मगर भविष्य में ध्यान रहे, मुझे ऐसी मानवीयता पसंद नहीं जिसमें विभागीय गोपनीयता भंग होती हो। अब जब तक किसी और टाइपिस्ट का इंतजाम नहीं होता तब तक जरूरी पेपर्स हाथ से लिखकर तैयार कीजिए या खुद टाइप करना सीखिए। मुझे नहीं लगता कि अगर आप इसी तरह मानवीयता दिखाते रहे तो मैं हर महीने नए टाइपिस्ट का इंतजाम कर पाऊँगी।"

यशोदानंदन संतजी नहीं रहे!

दफ्तर में पहुँचते ही यह दुखद सूचना मिली। मेरे लिए यह सूचना और भी ज्यादा दुखदायी थी। पिछले कई महीनों से मैं उनकी ग्रंथावली पर काम पर रहा था। एक पत्र में संतजी ने लिखा था—मेरी हार्दिक इच्छा है कि मैं अपनी ग्रंथावली स्वयं तैयार करूँ, अपनी आँखों से उसे प्रकाशित रूप में देखूँ। मगर लगता है यह संभव नहीं होगा। मैंने यह निर्णय लेने में सचमुच देर कर दी है। मुझे रह-रहकर उनका वह पत्र याद आ रहा था।

आज का दिन दुःख का दिन था, मगर प्रतिबद्ध के संचालक आज उतने दुखी नहीं थे। संतजी मृत्यु को प्राप्त होते ही विशिष्ट से अति विशिष्ट हो गए थे। ग्रंथावली छापना अब निश्चित रूप से घाटे का सौदा नहीं था। संपादन-स्वतंत्रता जो मिल गई थी सो अलग। लेखक आसानी से रचना में फेर-बदल करने की स्वतंत्रता नहीं लेने देते न! शायद इसीलिए इधर मृत्यु को प्राप्त हो चुके लेखकों की पुस्तकों की बाढ़-सी आ गई है। कौन फटकार सुने। कौन लेखक को प्रूफ दिखाता फिरे।

संतजी के राज्य में मुख्यमंत्री ने अपने शोक संदेश के साथ ही ग्रंथावली की पाँच सौ प्रतियाँ खरीदने की घोषणा कर दी मय कुल भुगतान अग्रिम करने के आश्वासन के साथ।

अगला ही महीना संतजी का जन्म-मास था। उस दिन प्रतिबद्ध की ओर से श्रद्धांजलि सभा का आयोजन किया गया। सभा की अध्यक्षता संतजी के समकालीन एक प्रतिष्ठित लेखक कर रहे थे प्रतिबद्ध के आग्रह पर। सभा चल

ही रही थी कि बीच में से एक विद्वान् लेखक डॉ. नारायण उठे और बोले, "यह बड़े दुःख की बात है कि प्रतिबद्ध ने संतजी की मृत्यु को भुनाने की योजना बनाई है और राज्य सरकार से उनके नाम पर भीख माँगी है। ग्रंथावली की यह परंपरा हमारे साहित्य को खा जाएगी। भविष्य में अब यह होगा कि जो भी लेखक मृत्यु के करीब होगा वह प्रतिबद्ध के चारों ओर परिक्रमा करने लगेगा।"

वे क्षण-भर को चुप हुए, अध्यक्ष की ओर देखा, फिर बोले, "इसके साफ-साफ लक्षण अभी से दिखाई देने लगे हैं।"

वहाँ मौजूद सभी जन अवाक्! कोई कुछ भी नहीं बोला।

इन डॉक्टर साहब की खासियत यह थी कि इन्होंने आपातकाल में तत्कालीन राजनेता पर और आपातकाल के बाद आई राजनेताओं की नई जमात पर यथा अवसर खूब लिखा था। उनके मुखारबिंद से इस शोक-संतप्त अवसर पर ऐसे उद्गार सुनकर मेरी हालत यह कि काटो तो खून नहीं।

आखिर जब मुझसे नहीं रहा गया तो मैंने उठकर कह ही दिया, "संतजी के देहावसान के बाद उनके जन्मदिन पर आपके मुँह से ये उद्गार सुनकर हम कृतार्थ हुए भगवन्! आप ही का कर्म करनेवालों की नई पीढ़ी का अदना-सा सिपाही हूँ मैं। आपकी यह सीख सदा याद रखूँगा। भविष्य में यदि अवसर मिला तो आपकी मृत्यु के बाद आयोजित होनेवाली सभा में इसका अनुसरण भी करूँगा। पर मेरे अग्रज, यह तो बताइए कि संतजी ने अपने जीते-जी कौन से राजनेता की यशोगाथा गाई थी जो सरकार उनके नाम पर अनुदान देगी? वे अवसरानुकूल नहीं शाश्वत लेखन करते थे, प्रशस्ति नहीं विषमताएँ उनकी सोच के विषय थे। सरकार द्वारा खरीद की घोषणा उसका अपना राजनीतिक एजेंडा हो सकता है, यह सरकार की मजबूरी है, आखिर संतजी जनता के लेखक थे, इसमें प्रतिबद्ध या संतजी का कोई योगदान नहीं। और जहाँ तक ग्रंथावली का सवाल है, वह योजना स्वयं संतजी ने प्रस्तावित की थी। उन्होंने ही अपनी रचनाओं का खंड विभाजन किया था। मैं पिछले दस महीने से उनसे बराबर संपर्क बनाए हुए था। यह कोई कल की बात नहीं है। और अगर डॉक्टर साहब ऐसा सोचते हों कि सब उनकी तरह केवल अफवाहों पर आधारित, मनगढ़ंत हवाई बातें करते हैं, तो वे कभी भी आकर वह पत्राचार देख सकते हैं या कहें तो मैं उन्हें उनके घर ले जाकर दिखा दूँ या कांताजी अनुमति दें तो ग्रंथावली के अंतिम खंड में उन पत्रों का संपादन ही डॉक्टर साहब से करा लूँ। मैं इस मौके पर यह सब नहीं कहना चाहता था। संतजी के प्रति जो अपराध डॉक्टर साहब ने किया वही नहीं

करना चाहता था, मगर मैं केवल इसलिए यह धृष्टता करने पर विवश हुआ कि कहीं ऐसा न हो कि मेरे चुप रह जाने पर डॉक्टर साहब यह मान लें कि वे नई पीढ़ी को एक गलत परंपरा की वसीयत करने में सफल हो गए।"

पूरी सभा में सन्नाटा-सा छा गया। अध्यक्ष महोदय ने रुष्ट होकर सभा विसर्जित कर दी।

कांताजी शेरनी की तरह सभा भवन से बाहर आईं। मेरी पीठ पर थपकी देकर उन्होंने सिंह गर्जना की, "मैं आज ही, अभी ही तेरे वेतन में दो सौ रुपए की बढ़ोतरी करती हूँ अचार्या। तू कल अपनी पांडुलिपि लेता आ। मैं अगले सेट में इस ग्रंथावली के साथ ही उसे छापकर रिलीज करूँगी। तू मेरा सच्चा शेर पुत्तर निकला। ये श्यामलाल, ये वर्मा सब मिट्टी के माधो निकले। शाबाश, पुत्तर, शाबाश, आज तूने मेरा कद दो फुट बढ़ा दिया। मैं एक-एक को देख लूँगी। जा पुत्तर, अब तू जाकर ऐश कर! मैं तेरी सरपरस्त हुई आज से!"

"मैंने इस सबके लिए ऐसा नहीं किया था कांताजी। वह तो मुझे बुरा लगा। आप जानती हैं मैं जो कहता हूँ मुँह पर कहता हूँ।"

"मैं सब जानती हूँ पुत्तर। तूने किसी फायदे के लिए ऐसा नहीं किया। मैं क्या जानती नहीं कि तुझे जो कहना होता है तू कहता ही है, चाहे फिर नफा हो या नुकसान। आज तेरी इस आदत ने मेरा सिर नीचा होने से बचा लिया।"

मैं उन्हें बताना चाहता था कि उपन्यास तो मैंने एक प्रकाशक को दे दिया है, मगर अवसर ही नहीं दिया उन्होंने।

अगले दिन मैं जैसे ही दफ्तर पहुँचा कांताजी का बुलावा आ गया।

यानी अब तक भूली नहीं हैं वे?

"कहाँ ले गया था वह तुझे?"

"कौन?"

"क्या तू उसे नहीं पहचानता?"

"किसे?"

"वही जो कार में बिठाकर ले गया था मंडी हाउस से?"

"वो! नहीं, पहचानता तो नहीं हूँ पर इतना जरूर जान गया हूँ कि वे कोई प्रकाशक ही थे।"

"कमाल है! फिर कैसे टकर गया तुझसे?"

"मैं तो अपने बस स्टाप पर खड़ा था कि उन्होंने पीछे से आकर कार रोकी और पूछा कि आचार्यजी, आपको कहाँ जाना है, आइए मैं छोड़ दूँ।

"मैं उन्हें पहचानता तो था नहीं मगर जब वे मेरा नाम लेकर बुला रहे थे तो मैंने सोचा कि जब वे मुझे जानते हैं तो जरूर प्रतिबद्ध के जरिए ही जानते होंगे। मैं कार में बैठ गया। कुछ देर बाद उन्होंने पूछा कि कब से हैं आप प्रतिबद्ध में? मैंने बता दिया! तब वे बोले, और किन योजनाओं पर काम चल रहा है इन दिनों? मैं चुप ही रहा। उन्होंने पूछा, क्या लिखते हैं आप? कौन-सी पांडुलिपि की बात कर रही थीं कांताजी? मैंने बताया कि एक उपन्यास है। वे बोले, हमें दिखाइएगा। मैंने कहा, अब आपने सुन तो लिया है कि उसका प्रतिबद्ध से छपना तय हो गया है। वे थोड़ा-सा झेंपे, फिर बोले, हमारे यहाँ काम करेंगे? मैंने कहा, क्षमा कीजिएगा, मैं आपको पहचानता नहीं, न अब जान-पहचान करने की उत्सुकता ही बची है। मुझे लगता है, इस समय आपको केवल एक भेदिया चाहिए जो प्रतिबद्ध के भेद दे सके। मुझे अफसोस है कि उसके लिए मेरा चुनाव बिल्कुल गलत साबित होगा। हाँ, जिस दिन आपको एक अच्छा कर्मचारी चाहिए हो उस दिन आप मुझसे संपर्क कीजिएगा, हो सकता है, मैं हाँ भर ही दूँ।

"बस, मेरा इतना कहना था कि उन्होंने खटाक् से गाड़ी रोकी और मेरी तरफ का दरवाजा खोलकर बोले, आपको कार में से उतरना तो आता होगा!"

"हाँ, दिखा गया न अपनी असलियत, हरामजादा! उससे और क्या उम्मीद की जा सकती थी। बड़ा आया मेरे फौलादसिंह को फोड़ने।" कांताजी पूरे रोष में आते हुए बोलीं। उनके चेहरे से ऐसा लग रहा था गोया वे अपने उस अप्रत्यक्ष शत्रु से हाथापाई कर रही हों मन-ही-मन।

"मगर वे सज्जन थे कौन कांताजी?"

"तुम उसे सज्जन कहते हो? वह दुर्जन है, दुर्जन बदतमीज! और कौन हो सकता है इतना बेवकूफ सिवा उस नालायक गोविंद के! हरामखोर! अपने को वामपंथी बताता है। वामपंथी साहित्य छापता है, मगर प्रकाशन का नाम रखा है अंधविश्वासियों जैसा। बड़ा आया कृष्ण के छैल-छबीले रूप का चहेता। और बेचता किसे है, फूलता किसके दम पर है—घोर पूँजीवादी देशों की शह पर, उन्हीं की दी हुई पूँजी पर। वो छापेगा तुझे! हिम्मत है उसमें इतनी की तुझे बर्दाश्त कर सके! उससे कहना था कि तू तो उन्हीं को छापता रह जिन्हें रॉयल्टी माँगने पर धक्के मरवाकर सीढ़ियों पर फिंकवा सके। या रॉयल्टी के लिए हाय-तौबा मचाने पर जिन पर अपनी बूढ़ी स्टेनो के साथ छेड़छाड़ की तोहमत लगा सके।

"तूने अच्छा किया, बहुत अच्छा जवाब दिया। तेरे जैसे दो-चार और टकर जाएँ तो प्रतिबद्ध से कंपटीशन करना तो भूल ही जाएगा, प्रकाशन छोड़-छाड़कर

वहीं जा छिपेगा जहाँ के लोगों को इनाम देता फिरता है।"

मेरी समझ में अब तक यह नहीं आया था कि कांताजी के वाग्बाणों से बिंधने वाला वह प्राणी आखिर है कौन? कृष्ण या गोविंद, जरूर इन दोनों में से कोई एक नाम था उसका। मगर मैं तो इन दोनों ही नामों के किसी व्यक्ति को नहीं जानता था।

"मैं क्या जानती नहीं, कल जो डॉक्टर नारायण ने तमाशा किया वह सब उसी की शह पर। तूने वहीं खड़े-खड़े इतना मुँहतोड़ जवाब दिया, फिर भी सबक नहीं सीखा, उलटा तुझी को फोड़ने की जुर्रत कर बैठा। कितना बेशर्म है। नालायक को अक्ल तो जैसे दी ही नहीं भगवान ने।

"तू जा पुत्तर, तू जा। कुछ दिन आराम कर। पर देख, किसी के बहकावे में आने की जरूरत नहीं तुझे। जब मैंने कह दिया मैं तेरी सरपरस्त, फिर तुझे काहे की कमी। तू तो ऐश कर जाकर, जा।"

मुझे विदा करने के बाद भी वे देर तक बड़बड़ाती रहीं अकेले में भी।

परिणाम

पंद्रह दिन गाँव में बिताने के बाद जब मैं दिल्ली पहुँचा तो हवा का रुख बदल चुका था। अपने साथी से मालूम हुआ कि इस बीच एक दिन एक अखबार में एक लेख छपा था जिसमें यह बताया गया था कि प्रतिबद्ध ने आपात्काल के दौरान उसके समर्थन में एक पुस्तक छापी थी जिसका एक ही संस्करण एक लाख प्रतियों का था। ऐसे प्रकाशक को अब राज्याश्रय मिलना कहाँ तक उचित है, उसका तो बहिष्कार होना चाहिए।

अगले दिन प्रतिबद्ध ने अपनी सफाई में कहा था कि हमने आपात्काल में एक पुस्तक जरूर छापी थी जिसका संस्करण एक लाख प्रतियों का था मगर वह पुस्तक आपात्काल की समर्थक नहीं बल्कि आपात्काल में जेलों में बंद रचनाकारों की वहीं लिखी गई सभी भाषाओं की कविताओं का संकलन थी।

उससे अगले दिन दूसरे पक्ष ने फिर एक लेख छपवाया था और साथ में दोनों किताबों की तस्वीरें भी। आपात्काल समर्थित किताब के नीचे लिखा था– प्रकाशक : प्रतिबद्ध प्रकशन और विरोधवाली किताब के नीचे लिखा था–केवल वितरक प्रतिबद्ध प्रकाशन, प्रकाशक नहीं। और उसके नीचे एक और टिप्पणी थी कि इसीलिए इसका वितरण नहीं हो सका। यह किताब आज भी प्रतिबद्ध के गोदाम में सड़ रही है।

मेरी जानकारी में ये सभी सूचनाएँ सही थीं, केवल अंत में उलट-फेर कर दी गई थी। दरअसल आपात्काल समर्थित किताब के पूरा होते-न-होते न केवल आपात्काल बल्कि कांग्रेस शासन तक का अंत हो गया इसलिए उस किताब की एक लाख प्रतियाँ अभी भी गोदाम में सड़ रही थीं, जबकि दूसरी किताब को, जिसे कांग्रेसी शासन के दौरान जानबूझकर प्रसारित होने से रोककर रखा गया था, जनता पार्टी के शासन में आते ही बड़े जोर-शोर से वितरित किया गया था।

अपने बंधु से जब समाचार जान लेने के बाद दफ्तर पहुँचा तो मुझे यह उम्मीद थी कि कोई-न-कोई इस पूरे घटनाक्रम का ब्यौरा जरूर देगा। लेकिन ऐसा हुआ नहीं। साथियों के चेहरे मोहरे से भी ऐसा नहीं लग रहा था कि उनके पास कहने को कुछ हो सकता है।

लंच से ठीक पहले कांताजी का बुलावा आया। उनके केबिन में पहुँचा तो देखा कि श्यामलालजी और वर्माजी वहाँ पहले से मौजूद हैं। मेरे पहुंचने पर कांताजी ने मेरी तरफ गौर से देखा। फिर संक्षेप में सारा किस्सा बयान करने के बाद मेरे सामने कुछ कागज रखे और कहा, ''श्यामलाल जी और वर्माजी ने अखबार के लिए हमारी तरफ से यह जवाब तैयार किया है। तुम भी इसे पढ़ लो। कोई फेरबदल करनी हो तो बताओ। हमें उम्मीद है कि हमारे इस जवाब के बाद अखबार का मुँह बंद हो जाएगा।''

मैंने कागज हाथों में थामे और पढ़ने लगा। उन पन्नों में प्रतिबद्ध की ओर से यह कहा गया था कि अखबार में जो कुछ भी छपा है वह सब निराधार है। प्रतिबद्ध ने ऐसी कोई किताब नहीं छापी जो आपात्काल का समर्थन करती हो। अलबत्ता पूर्व प्रधानमंत्री की जो किताब छापी है उसमें एक भी शब्द आपात्काल के समर्थन में या उसकी वकालत करता हुआ नहीं है। पत्र के साथ उस किताब की प्रति भेजने का भी उल्लेख किया गया था ताकि अखबार खुद किसी भी समीक्षक से यह तस्दीक करा सके कि उक्त किताब में वैसी सामग्री है ही नहीं जैसी होने का आरोप प्रतिबद्ध पर मढ़ा जा रहा है।

पूरा पत्र पढ़ने के बाद मैंने कांताजी को सलाह दी कि इसके साथ किताब की प्रति न भेजी जाए।

''क्यों भला? उसमें क्या बुराई है?'' कांताजी मेरी सलाह सुन उखड़ीं।

मैंने बताया कि किताब में ऐसे कई पत्र हैं जो आपात्काल के औचित्य की वकालत करते हैं।

यह सुनना था कि कांताजी ने श्यामलालजी की तरफ प्रश्नवाचक मुद्रा बनाई।

श्यामलालजी ने तुरंत खंडन किया, ''नहीं, कतई नहीं। मैंने खुद तमाम खतों को अंग्रेजी से हिंदी में अनुवाद किया है। फिर भी यदि आनंद को ऐसा लगता है तो यह रही किताब, जरा हमें भी तो बताएँ कि कहाँ हैं वे अंश।''

श्यामलालजी ने सचमुच किताब मेरे सामने कर दी। यह किताब मैं पहले भी देख चुका था। दरअसल जब यह किताब छपने के कई महीने बाद तक भी रिलीज नहीं की गई तो इसकी एक प्रति शांतिलाल ने मुझे लाकर दी थी ताकि

मैं तो कम से कम इस किताब को पढ़ने से वंचित न रहूँ।

मैंने हाथोंहाथ वे पत्र और वे अंश चिह्नित करके किताब कांताजी की ओर सरका दी।

कांताजी ने जैसे ही वे अंश पढ़े, अखबार को जवाब भेजने का इरादा ही तल्ख कर दिया और इसी के साथ हमारी सभा भी विसर्जित हो गई।

अभी इस घटनाक्रम को बीते कुल इतना भी वक्त नहीं हुआ था कि मैं उसके व्यामोह से उबर भी पाता कि फिर कांताजी का बुलावा आ गया।

जब मैं वहाँ पहुँचा, श्यामलालजी पहले से विराजमान मिले। मेरे पहुँचते ही कांताजी शुरू हो गईं, "अचार्या, श्यामलालजी बता रहे हैं कि इस किताब को तो इनके और मेरे अलावा दफ्तर में किसी ने भी आज से पहले देखा ही नहीं था फिर तुमने इतनी जल्दी वे अंश कैसे खोज लिए। इसका मतलब तुमने यह किताब आज से पहले भी देखी थी?"

कांताजी की दलील सुनते ही मैं पशोपेश में पड़ गया। उनके कथन में सचाई थी लेकिन मेरी दुविधा यह थी कि यदि मैं उनके कहे को सच कहता हूँ तो शांतिलाल पर गाज गिरती है। उसने मुझे किताब दिखाने का जो अपराध किया था वह इन हालात में तो यकीनन अक्षम्य माना जाता। उनके कहे को नकारता हूँ तो यह कहना बेमानी होगा कि पहली बार पढ़ने पर भी मुझे वे अंश नजर आ गए। हठात् मुझे याद आया कि यह पुस्तक मूलतः अंग्रेजी में है जिसका अनुवाद श्यामलालजी ने किया है और अभी कुछ देर पहले यह बताया भी था।

"मैंने इस किताब का मूल पाठ अँग्रेजी में पहले से पढ़ा हुआ है।"

"पर मैंने तो पत्रों को उस सिलसिलेवार रखा ही नहीं है जिस क्रम से अँग्रेजी में है, फिर अँग्रेजी संस्करण की तो तमाम प्रतियाँ विदेशों में सप्लाई हो गई थीं, ऐसे में आपको अँग्रेजी संस्करण पड़ने को कैसे मिल गया?"

मेरी दलील को अपनी दलील से काटते हुए श्यामलालजी ने फिर मुझे किसी नियोजित संदेह के घेरे में ला खड़ा किया।

"उस सब पर मिट्टी डालो, श्यामलालजी, अचार्या को वह कहाँ से मिला, कैसे मिला, यह सब जानना फिजूल है। मतलब की बात तो यह हुई कि किताब में वैसी बातें हैं। बस, चलो अच्छा ही हुआ जो जवाब भेजने से पहले अचार्या को दिखा दिया।" कांताजी ने अंतिम दलील दी।

मैं कांताजी के केबिन से बाहर आ गया लेकिन श्यामलालजी वहीं बने रहे। अपनी सीट पर पहुँचकर मैं इस उधेड़बुन में उलझ गया कि आखिर श्यामलालजी

सिद्ध क्या करना चाहते हैं? बहुत माथापच्ची की, लेकिन किसी नतीजे पर नहीं पहुँच पाया।

नतीजा जानने का मौका मिला कांताजी से हुई अगली बैठक में। कांताजी का बुलावा आया। मैं केबिन में पहुँचा। श्यामलालजी पूर्ववत् विराजमान थे।

मेरे पहुँचते ही कांताजी ने कहा, "अचार्या, श्यामलालाजी का कहना है, और उनके कथन में मुझे भी दम नजर आ रहा है कि दरअसल तुम हमारे दुश्मनों से मिल गए हो और हो न हो तुम्हीं ने उन्हें ये किताबें उपलब्ध कराई हैं। यदि उनके पास हमारी किताबें न होतीं तो वे न तो उनमें क्या है यह जान पाते, न उनके कवर अखबार में छपवा पाते। मैं तुम्हें तीन दिन का वक्त देती हूँ। इस बीच या तो अपना कसूर कुबूल कर लो, या फिर मुझे तुम्हारे बारे में कुछ और सोचना होगा।"

तो इस मामले में मुझे बलि का बकरा बनाना तय कर लिया गया है और मेरी आहुति अवश्यंभावी है! यह जानने के बाद कांताजी के सामने कोई भी तर्क रखना बेमानी था और यों भी मेरे पास कोई अकाट्य तर्क था भी नहीं, सो मैं मुँह लटकाए उनके केबिन से बाहर चला आया।

अब तीन दिन बाद प्रतिबद्ध से विदाई तय थी, ऐसे माहौल में और बने रहने का इरादा भी नहीं था, फिर भी मैं नहीं चाहता था कि इस तरह कोई दोषारोपण लेकर जाना पड़े। मगर मेरे चाहने से कुछ होना हवाना तो था नहीं।

सुबह से दो-दो बार कांताजी के केबिन में बुलाए जाने और दोनों बार मुँह लटकाए बाहर आने का नतीजा यह हुआ कि बिना कुछ कहे पूरा दफ्तर जान गया कि अब मुझसे दूरी बनाए रखने में ही भलाई है। फिर लंच तक किसी ने मुझसे कोई संवाद नहीं किया। लंच करने के लिए भी कोई आवाज लगाएगा, मुझे इसमें संदेह था सो मैं लंच टाइम शुरू होने से दो मिनट पहले ही उठकर बाहर चला आया।

अपनी तरफ से दफ्तर से बहुत दूर एक पार्क में आ बैठा। सोचता रहा, अब क्या करूँ? यह तो बुरी बीत रही है। न कोई अपराध, न कोई भूल, फिर भी सजा का हकदार! बदनामी लेकर जाना होगा।

इसी उधेड़बुन में था कि हमारे नये साथी अनुज कुमार मेरे करीब आकर बैठे और पूछने लगे, "आनंद भाई, बहुत मायूस लग रहे हो, सुबह से दो बार केबिन का चक्कर भी लगा चुके हो, आखिर बात क्या है?"

मैंने उन्हें सारा किस्सा कह सुनाया। हालांकि जानता था उनके पास भी

इसका कोई समाधान न होगा, लेकिन कहते हैं न कह देने से गम गलत भले ही न हो, कम तो हो ही जाता है।

"इसमें आपकी किसी भूमिका की कोई जरूरत ही कहाँ थी?" मेरा कष्ट जानने के बाद अनुज बोले, "इन दोनों किताबों के बारे में खासे विस्तार से और मय उनके कवर चित्रों के हम अपने हाउस बुलेटिन में छाप चुके हैं कई महीने पहले।"

"क्या सचमुच?"

'हाँ भई। दरअसल तब किसी को यह भनक तो थी नहीं कि हालात बदलने वाले हैं। तब तो इस किताब को पूरे जोरशोर से रिलीज करने की योजना थी न।"

"मैं तो दरअसल इधर कई महीनों से हाउस बुलेटिन देख नहीं पा रहा हूँ, क्या आप मुझे वे अंक उपलब्ध करा सकते हो?"

"क्यों नहीं, अभी लंच के बाद ही मैं वे अंक आपको लाकर दे दूँगा।"

कहना न होगा, अनुज कुमार की सूचना और भरोसे ने तो मुझे जैसे उम्रकैद की सजा से मुक्ति का रास्ता दिखा दिया।

लंच बाद जैसे ही कांताजी आराम करके उठीं, मैं वे अंक लेकर उनके केबिन में पहुँचा और तर्क दिया कि जब वह सब जानकारी जो आपके दुश्मनों तक पहुँचाने का आरोप मुझ पर मढ़ा जा रहा है, इन अंकों में पहले से मौजूद है, तब किसी को भी इसके लिए मेरी सेवाएँ लेने की जरूरत ही कहाँ रह जाती है?

हालाँकि आप थोड़ी देर पहले तक यह मान चुकी थीं कि मैं ऐसा घृणित काम कर सकता हूँ, यह सचाई मेरे ध्यान में न आई होती तो आगे भी अपनी मान्यता पर कायम रहतीं, लेकिन फिर भी मैं आपको यकीन दिलाता हूँ कि मैंने न तो अब तक के जीवन में कभी ऐसा कोई शर्मनाक काम किया है न आगे कभी करने का इरादा रखता हूँ।

अपनी ही पत्रिका के उन अंकों को देखने के बाद, मेरा तर्क सुनने के बाद ज्योंही कांताजी किसी को फोन मिलाने को उत्सुक हुईं, मैं उनके केबिन से बाहर आने लगा।

कांताजी ने मुझे रुकने को कहा, फिर फोन के दूसरे छोर पर आ चुके व्यक्ति से कहा, "जरा मेरे केबिन में आइए।"

जब तक हमारे बीच कोई तीसरा नहीं आया, मैं और कांताजी दोनों ही एक दूसरे से नजरें चुराते से आमने सामने बैठे रहे। और जैसे ही किसी तीसरे के कदम केबिन में पड़े, कांताजी फट ही तो पड़ीं, "बेशर्मी की भी हद होती

है श्यामलाल। तुम लगातार इस लड़के पर दोष मढ़ते रहे जबकि इसका कोई दोष था ही नहीं। ये देखो, ये अंक तुमने ही तैयार कराए होंगे। जाहिर है इनमें वही छपा है जो उस अखबार ने कोट किया है, यह सचाई मुझे बता देते तो मैं तुम्हें फाँसी पर तो चढ़ा नहीं देती। अपने साथ साथ तुमने मुझे भी इस लड़के की नजरों में बौना कर दिया। अब जाओ यहाँ से, मुझे और कुछ नहीं कहना है।''

मैं एक शर्मनाक दोषारोपण से बरी हो चुका था यह सच था, लेकिन कांताजी के अंतिम शब्दों ने मुझे नए सिरे से चिंतित कर दिया था। यकीनन कांताजी मुझ जैसे मामूली मुलाजिम की नजर में अपनी धूमिल छवि देखना गवारा नहीं करेंगी। हो सकता है इतनी भलमनसाहत दिखाएँ कि अकारण ही मुझे यहाँ से विदा न करें, लेकिन यदि मेरी तरफ से जरा सा भी कारण हाथ लगा तो परिणाम मेरे लिए यकीनन अहितकर और उनके लिए राहतकर होगा।

उस शाम दफ्तर से बाहर आते समय मन में उठी इस आशंका ने अपने को हकीकत में बदलने में कुल जमा सोलह घंटे की मोहलत ली, वह भी इसलिए चूँकि दफ्तर बंद होने और खुलने के बीच इतना अंतराल पसरा हुआ था।

अगले दिन जैसे ही दफ्तर पहुँचा, तुरंत कांताजी ने टेर लगाई।

''वो तुम्हारी पांडुलिपि कहाँ है अचार्या?''

''वह तो मैंने दे दी एक प्रकाशक को।''

''किसे?''

''आदिनाथ और उनके प्रपौत्र नाम है उस प्रकाशन का।''

''चोरनाथ और उसके पोते कहते हैं लोग उसे। जानते हो या नहीं?''

''हमारे ग्राहक हैं वे कांताजी।''

''थे कभी। वैसे तो वह चोर था, चोर है और चोर ही रहेगा। हर किसी के यहाँ से किताबें चुराना उसका काम है। उसका धंधा ही चोरी पर टिका है। खुद भी चुराता है और चपरासियों से भी यही काम लेता है। इसीलिए हर किसी की किताबें औने-पौने दाम में बेचता है। तुम्हें कोई और प्रकाशक नहीं मिला?''

''मैंने किसी से चर्चा ही नहीं की थी। वह तो उन्होंने स्वयं माँगी सो मैंने दे दी।''

''तुम मुझसे बातें छुपाने लगे हो अचार्या।''

''ऐसी तो कोई बात नहीं। दरअसल बताने का अवसर ही नहीं आया कोई।''

''तुम विद्यादेवीवालों से मिले थे न?''

''हाँ, मिला था।''

"क्यों?"

"उन्होंने पत्र लिखकर बुलाया था।"

"किसलिए?"

"वही आपने जो शुरुआत करवाई थी–बेनामी लेखन। उन्हें समग्रवालों से मालूम हुआ था।"

"मैंने क्या शुरुआत कराई! मैंने कहा था क्या तुमसे लिखने को?"

"परिचय तो आप ही ने करवाया था।"

"हाँ, परिचय कराया था। मुझे क्या पता था कि वे ऐसा करेंगे।"

"मेरा वही मतलब था।"

"मतलब क्या, मैं जानती हूँ तुम आजकल मुझे बदनाम करने पर तुले हो। क्या यह सच नहीं है?"

"नहीं। आप जानती हैं मैं झूठ नहीं बोलता।"

"अगर तुम्हारा ऐसा इरादा नहीं था तो तुमने उस चोरनाथ को किताब क्यों दी, जबकि वह हमारे दुश्मनों से मिला हुआ है।"

"जब मैंने किताब दी थी तब तो वह आपकी गुडलिस्ट में था।"

"मालूम है, उसने वह किताब छाप दी है।"

"सच!"

"हाँ, पर यह खुशी की बात नहीं है। जानते हो उसने किताब इतनी जल्दी क्यों छापी? ताकि हमारे दुश्मनों के साथ मिलकर यह प्रचारित करवा सके कि देखो प्रतिबद्ध ने इतने होनहार को मौका नहीं दिया। वहाँ काम करते हुए भी उसे दूसरी जगह छपना पड़ा।"

"जरूरी तो नहीं कि मैं प्रतिबद्ध के स्तर का लिखता ही होऊँ।"

"उससे क्या फर्क पड़ता है।"

"क्यों नहीं। जब मेरा लेखन उस स्तर का होगा ही नहीं तब समीक्षक यह चिंता प्रकट करेगा ही क्यों?"

"तुम अभी गोविंद को नहीं जानते। उसके यहाँ से जब कोई किताब समीक्षा के लिए किसी पत्र-पत्रिका में जाती है तो उसकी समीक्षा भी साथ ही जाती है।"

"और वही छपती है?"

"नहीं तो क्या संदर्भ के लिए जाती है?"

"सब पत्र-पत्रिकाओं में ऐसा होता है क्या?"

"वह भेजता ही उन्हें है जहाँ ऐसा होता है।"

"अब आप बताइए फिर इसमें मैं कहाँ दोषी हूँ।"

"सारा दोष ही तुम्हारा है।"

"इसका कोई प्रायश्चित...।"

"तुम चोरनाथ से पूरी किताबें उठा लाओ।"

"फिर?"

"फिर क्या। हम उस पर अपना चापा लगाकर बेचेंगे।"

"यह तो मुश्किल है।"

"क्यों?"

"क्योंकि वह मेरी पहली किताब है। उस प्रकाशक ने बिना किसी लाभ-लोभ के उसे छापा है। मैं ऐसा नहीं कर पाऊँगा।"

"पहली किताब? और वह विदूषकवाली?"

"उसका जो हश्र हुआ आपको पता ही है। एक भी प्रति देखने तक को नहीं मिली। इसीलिए मैं आपकी सलाह नहीं मान पाऊँगा।"

"तब फिर तुम यहाँ नौकरी भी नहीं कर सकोगे। अच्छी तरह सोच लो। नौकरी या किताब?"

"किताब!"

"तब ठीक है। जाओ और बैठकर त्यागपत्र लिखो!"

अभी मैं उनके केबिन से बाहर भी नहीं आ पाया था कि देखा सामने से मेरे प्रकाशक 'आदिनाथ और उनके प्रपौत्र' के संचालक जार-जार रोते चले आ रहे हैं। मैं केबिन से बाहर निकलूँ कि इससे पहले ही द्वार छेंककर मुझे वहीं रोकते हुए उन्होंने दहाड़ मारकर रोना शुरू किया, "कांताजी, कांताजी, मुझे माफ करना। मुझे नहीं पता था कि ये आनंदजी और गोविंदजी का षड्यंत्र है। मैंने तो जाति भाई होने के नाते इनकी किताब छाप दी थी। आप मेरी सप्लाई बंद करने के ऑर्डर वापस ले लें। मैं आपका माल नहीं बेचूँगा तो खाऊँगा कहाँ से। वह देखिए, वे रखे इनकी किताब के बंडल। मैं सच कह रहा हूँ आपको, मेरे किसी दुश्मन ने ही यह गलत सूचना दी होगी कि मैं गोविंदजी के खेमे में हूँ। मैं वहाँ क्या लेने जाऊँगा। वह ससुरा कल का छोकरा, वह बेचता क्या है? हमारे-आपके संबंध तो मेरे पिताजी के जमाने से हैं...कांताजी...कांताजी...।"

मैं उन्हें जबरन धकियाकर अपनी सीट पर आया। त्यागपत्र लिखा और कांताजी को सौंपने के लिए सीट से उठा। ठीक तभी कांताजी मेरे सामने आ खड़ी हुईं। उन्होंने हाथ बढ़ाकर त्यागपत्र थामा और शांतिलाल को आवाज दी।

जैसे ही शांतिलाल उनके पास आया वे उसे दरवाजे के पास तक ले गईं।

फिर दरवाजे के बाहर रखे मेरी किताब के बंडलों की तरफ इशारा करके आदेश दिया, "इनमें आग लगा दो!"

शांतिलाल दो क्षण ठिठका, मगर कांताजी का रौद्र रूप देखकर और विलंब करने की हिम्मत नहीं कर पाया। उसने जेब से माचिस निकालकर एक-एक करके कई बंडलों में आग लगा दी।

जब सभी बंडल धू-धू करके जल उठे, तब कांताजी ने एक बार मेरी तरफ विजयी मुद्रा में देखा और ठीक उसी मुद्रा में मेरा त्यागपत्र आग के हवाले करके वहीं से खड़े-खड़े फरमान जारी किया, "मिस्टर आनंदवर्द्धन अचार्या, मैं तुम्हें आज, अभी, इसी वक्त प्रतिबद्ध की नौकरी से बर्खास्त करती हूँ!"

फिर ऊपर लेखा विभाग की ओर देखकर दूसरा फरमान जारी किया, "एकाउंटेंट, पाँच मिनट में अचार्या के पूरे हिसाब का चेक मेरी टेबल पर होना चाहिए। मैं किसी गरीब का हक नहीं मारना चाहती!"

कहाँ हो बाबा तालस्ताय? तुम्हीं ने बताया था ना कि हाऊ मच लैंड रिक्वायर ए मैन! दो गज! हाँ, मरे हुए आदमी को दो गज जमीन काफी है। और जिंदा आदमी को? यह क्यों नहीं बताया बाबा? अपनी कथनी का फल देख रहे हो बाबा? तुम्हारे वंशज आज भी पाँव रखने तक की जमीन के हकदार नहीं समझे जा रहे। हाँ, अगर मरने को तैयार हों तो दो गज से अधिक भी मिल सकती है। ये कहते हैं कि जी इसमें हम कैसे फेरबदल कर सकते हैं, यह तो आपके पड़दादा का बनाया नियम है। हम कुछ करेंगे तो आप ही लोग कहेंगे कि बाबा की अवमानना हुई। साहित्यिक मानदंडों के साथ छेड़छाड़ की हमने।

अब?

अब क्या? खेल खतम, पइसा हजम!

सच?

हाँ भई, सचमुच सच।

च् च् च् च्। क्या कहूँ आनंदजी। कौन-सा गीत सुनाऊँ? वो बड़े बेआबरू होकर तेरे कूचे से हम निकले...या तेरी दुनिया से, हो के मजबूर चला...या हम तो जाते अपने गाँव, अपनी राम राम राम, सबको राम राम राम...या कर चले हम फिदा जान-ओ-तन साथियो, अब तुम्हारे हवाले वतन साथियो...या ऐ मेरे वतन के लोगो, ज़रा आँख में भर लो पानी, जो शहीद हुए हैं उनकी, जरा याद करो कुर्बानी...या जब दिल ही टूट गया...

चुप भी कर यार, क्यों खामखा विविध भारती की 'गम-गीत-माला' हुआ जा रहा है!

क्यों? आज बड़ी जल्दी ऊब गए?

ऊबा नहीं हूँ। तुझसे ऊब जाऊँगा तो फिर कहाँ जाऊँगा यार। पर मन नहीं कर रहा आज।

मन? अरे, क्या हो गया है तुम्हें आनंद? मैं तुम्हारा मन ही तो हूँ।

हाँ, हो, तो, मगर जालिम हो। केवल जले पर नमक छिड़कने आते हो।

नहीं यार! मैं तो हरदम तेरे साथ रहता हूँ, पर तू मेरी सुनता ही नहीं।

अब तो सुन रहा हूँ। कोई अच्छी-सी बात सुना।

सचमुच?

हाँ।

तो सुन। चिंता मत कर। प्रतिबद्ध दुनिया का आखिरी प्रकाशन संस्थान नहीं है, समझा!

नहीं यार, अब किसी प्रकाशन में काम नहीं करना।

सच कह रहा है?

हाँ।

तब क्या करेगा?

अब थोड़ी लाइन बदली जाए। ऊब हो गई यार दीमकों के बीच रहते-रहते।

अगर ऐसी बात है तो सुन, एक काम की बात बताता हूँ। तेरे वो विदूषकजी वाले हैं न, वे प्रौढ़ों के लिए एक पत्रिका निकालने वाले हैं। तू उनसे मिल ले।

हाँ...यह हुई न कुछ काम की बात।

सचमुच तू मेरा शुभचिंतक है यार, मेरे मन!

□□□